妞啊，給我飯

3

完

文創風

627

負笈及學 著

目錄

第二十一章

當今冊封兄弟時只改了誠郡王的號，封他為賢親王，除了故意膈應最能蹦躂的二皇子之外，也有間接提醒世人，二皇子能幹，不一定就得當皇帝，還可以為賢王。

當初的二皇子如今頂著賢王稱號，杜三妞不用想也知道他一定變得謹小慎微，少年根本無須來找她，不如直接找到賢王府，賢王絕對會嚴懲打著他的名號恃強凌弱的奴才。

杜三妞嘆了口氣。「錢明。」

錢明道：「少夫人，小的這就帶他去見大少爺。」

「等等，先隨他一起把東西送回家。」接著杜三妞轉過身對衛若愉三個人說：「廚房裡還有，你們在這兒等著，我去拿。」

「別去了，三妞姊，時間來不及了，少吃一次又餓不死。」衛若愉道：「我們放學回來再吃！」

「衛少夫人，我、我們吃不了——」

杜三妞不等他說完，就把她剛才想到的講給他聽，末了又說：「今天是碰巧我出門，我不出來，你還能在這裡等一天不成？下次再遇到這種事，記得借力打力，敵人的敵人就是朋友；實在沒辦法，再去求人，男兒膝下有黃金啊！」

「謝謝衛少夫人，我、我記下了！」少年狠狠點頭。

「走了。」錢明拍拍他的肩。「少夫人進去吧，兩位小姐該醒了。」

衛若怡點菜的時候嘴巴比跑堂小二還索利，然而昨天晌午睡醒時不見杜三妞，叫了一聲，哭了兩刻鐘，杜三妞才把她哄好。

杜三妞當時很想把她倆送回去，可是衛若怡頂著紅彤彤的眼睛，二夫人看見不知道怎麼想呢！

都是衛若懷，沒事給她找一堆事！

衛若懷打了個噴嚏，他舅舅忙問：「受涼了？」

「不是。」衛若懷道：「大概是三妞想我了。舅舅，時間不早了，我回去了。」家裡的廚子一學會做沙琪瑪，衛大夫人便說今天回娘家，衛若懷回來後還沒到外祖父家過，便陪衛大夫人一同過來。

衛大夫人的娘家白家在皇宮東北面，和衛家完全不同方向，所以白舅舅也沒留他們，交代車伕路上走慢點就轉身回去，然而越過大門後，他腳跟一轉，立即直奔廚房。

衛若懷見錢明和一個陌生小子等在門口，遂道：「母親，您先進去。」

「三妞找你有事？如果難辦就去戶部找你父親。」衛大夫人見錢明身邊的少年眼眶泛紅，心中泛起疑惑，該不會衛若恒那小子又闖禍了？

衛若懷也是這麼想的，因此張嘴就問：「若恒欺負他了？」

錢明哭笑不得。「四少爺沒這麼調皮。」接著把事情和盤托出，包括杜三妞的那番猜測。

衛若懷微微頷首。「我去賢王府一趟，你是和我一起去，還是回家等消息？」

「我、我和衛少爺一起。」雖有杜三妞那番話，少年也是懼怕賢王。皇上沒把能鬧騰的賢王關起來，還讓他坐鎮刑部，可見還是看在親兄弟的分上，都說打斷骨頭連著筋呢！可是，人家衛大少幫他跑腿，他怕也得上啊！

衛若懷眼中閃過一絲讚賞。「嗯，我們現在去三妞那兒。」這話是對車伕說的。

錢明忙說：「少夫人說，這事您看著辦。」

「我知道。」衛若懷說：「打狗還得看主人，何況涉及到賢王的妾室，這事必須知會王爺一聲，去王府拜訪，總不能空手吧？」

很有道理。於是，兩人搭乘衛若懷的馬車去杜三妞家。

杜三妞倒在床上給她小姑子講故事，隱約聽院裡說什麼「跟三妞講一聲」，等她安撫好衛若恬和衛若怡出來，院裡只剩她娘和錢娘子兩人，一個在納鞋底，一個洗衣服。「誰來了？我怎麼聽著像若懷？」

「是大少爺，把糌粑全拿走了，說是要送人。」錢娘子答。「估計和李家小子的事有關。」

「送人禮物怎麼不去點心鋪子買？」衛若愉回來若看到糌粑全沒了……杜三妞一想，就忍不住頭疼。「離若愉放學還有多久？」

錢娘子看了看日頭。「一個半時辰。」

「妳快別洗衣服了，趕緊淘米做糌粑！千萬不能說之前做的被若懷拿去了。」杜三妞說完就回房忽悠起衛家小姊妹。

衛若懷把糌粑全拿走，杜三妞怕衛家小姊妹鬧著要吃，沒法立馬變出來，便趁著姊妹倆還沒想起來，哄她倆回去。

小姊妹倆一想到回家得面對嚴肅的母親，衛若怡的眼睛立即眨啊眨的，閃出了淚花。

杜三妞頭皮一陣發麻。昨天午睡醒來沒看見她，衛若怡硬是哭了兩刻鐘，中間還不帶停頓的！「我得去菜市場買明天的菜，那裡人多，而且還髒，臭烘烘的，沒法帶妳們去。」

衛若怡癟癟嘴，想說「不吃」，可是油燜大蝦、酸菜魚好好吃哦！「……嫂嫂，明天見。」

「真乖。」杜三妞一手抱著衛若怡，一手牽著衛若恬。「回到家好好吃飯，假如被我知道妳們不吃飯，我明天就不做肉了。」

「我們才不挑食呢！」衛若恬說：「母親說我可好養啦！」

衛若怡緊隨其後，十分認真地說：「若怡也不挑食。」

杜三妞笑而不語，送走她倆後，趕緊和丁春花出去買菜。

本來啊，杜三妞不打算做衛若愉三個人的飯，但是今天的事畢竟是她攬下的，也是她叫錢明帶人去找衛大少。因她臨時起意準備做飯，但是來得太晚，很多攤位都收起來了，以至於杜三妞和她娘走了一整條街才買齊食材。

杜三妞前世吃過多次雲吞麵，尤其喜愛蕎麥麵粉、麵粉混合擀製的餛飩皮，然而一碗看似簡單的雲吞麵，做起來卻十分費時。

煮麵和餛飩的湯，最好用骨棒湯或者雞湯。這兩樣家裡沒有，買隻雞回來宰殺實在太麻煩，於是她便買了兩根骨棒。

整理好的新鮮蝦仁切碎，加入剁好的豬肉餡裡，再加上各種調味料攪拌均勻後，杜三妞包餛飩，丁春花擀麵條，錢娘子和她兒媳婦熬紅豆、蒸江米，準備做糌粑。

雲吞麵做好時，糌粑還沒出鍋，這時衛家哥仨已經放學了。

杜三妞聽到聲音忙迎出去。「快去洗洗，我們這就吃飯，今天給你們做好吃的！」三人還沒走到廚房，就被她趕到堂屋裡。

「麵條和餛飩？」衛若恒咧嘴笑道：「我還以為是什麼呢！嫂子，妳也太會省事。」

「先嚐嚐。」杜三妞信心滿滿，別看她沒試吃，但她保證比前世吃的好吃。用料足是其一，再者無論蝦仁還是豬肉，都是純天然、零污染，更不用說湯還是熬了一個時辰的骨頭湯。

「咦？嫂嫂，餛飩裡又加蝦仁？」衛若忱乍一吃到還以為是錯覺。「和上次沒什麼不同啊！」

杜三妞問：「我這次加了蕎麥麵粉，真沒有什麼不同？」

「以前妳偷工減料了唄！」衛若愉脫口而出。

杜三妞朝他腦袋上拍一巴掌。「有得吃還堵不住你的嘴，又沒問你。」

「好吃！」衛若恒忙說。

衛若忱跟著點頭。

杜發財笑道：「三妞和她娘兩個人做了快一個時辰，就做這麼點，能不好吃嗎？」

「這麼久？」三人不約而同地放下筷子。

杜三妞無奈地看她爹一眼。「說這個幹麼？」發現他的碗已經見底，便問：「鍋裡還有，爹，再去給你盛一碗？」

「不行。」丁春花突然開口。「才來幾天，妳爹就吃胖了一圈。」

「我倒是想吃飽去幹活。」杜發財說：「我和老錢打聽了，附近有蓋房子的。」

丁春花無語。「活該三妞說你不是享福的命。」

「等等，你們先別叨叨，杜叔，家裡沒錢了嗎？」衛若愉說著話，翻出兜裡的荷包。

「三妞姊，這裡有二兩銀子——」

「這孩子，不好好吃飯幹麼呢？」丁春花忙把荷包塞回他手裡。「你杜叔是閒不住，家裡有錢，還有幾百兩呢！而且米麵油鹽都是你們母親送來的，足夠吃到月底。」

衛家兩位夫人上門不是送銀錢，而是以他們初到京城，人生地不熟為由，送來一堆東西，這一點讓丁春花極為滿意，所以也沒矯情拒絕。

今天三妞要給幾個小的做雲吞麵，丁春花嘴上嫌麻煩，但是買肉、挑蝦子的時候比杜三妞還認真。

杜發財老臉微紅。「我真是隨口說說，你這孩子也忒實在了。」

「你又不是第一天認識若愉。」丁春花喝掉碗裡的湯。「碗給我，我給你盛麵去。」

「剛剛還嫌我吃得多。」杜發財小聲嘀咕，見丁春花瞪眼，他立馬乖乖交出碗。

衛若恒和衛若忱看傻了眼，等她走遠就問：「嬸子真厲害！杜叔，在你們家是不是嬸子最大？」

「不，是三妞。」杜發財此言一出，兩位少年下意識挺直腰板。

杜三妞頓時哭笑不得。「爹，別胡說。」

杜發財閉嘴。

兩個小的相視一眼。到底什麼意思？厲害還是不厲害啊？衛若愉沒聽到兩人的心聲，否則不介意告訴他們，嫂子確實很厲害，而且還是不動聲色的那種。

回去的路上，衛若愉發現紙包裡的糯米糍粑是溫熱的，起初以為是他剛吃過飯，身上熱的緣故，後來快到家，紙包依然是熱的，衛若愉不用想也猜出這是剛出鍋的緣故。

聰明如他可不會直接問送他們回去的錢明，原先的糍粑哪兒去了，於是旁敲側擊，得知衛若懷拿糍粑當禮物送賢王，想都沒想，直接問：「不是全部吧?!」

錢明詫異不已。「二少爺怎麼知道不是全部？」

「他是我哥，親的。」衛若愉心想，他去杜家蹭頓飯，衛大少就吃醋，賢王和衛家的關係可不好，他那摳門又小氣的醋罈子兄長若是有這麼大方，除非太陽打西邊出來，但是顯然今天並沒有。衛若愉便問：「還剩多少？」

「十二塊，送去賢王府九塊。」錢明道：「大少爺說不能只拿一樣，就去點心鋪子買了其他三樣禮物，付錢的時候向掌櫃要了幾張紙包糍粑，一起湊夠四種，剩下的那些，被大少爺帶回府了。」

「我就知道會這樣！」衛若愉嗤笑一聲。

衛若恒眼珠一動。「所以呢？」

「看我的。」衛若愉掂著手裡的點心，到家門口便叫駕車的小廝拐去後門，從後門把點心帶進去。

誰知計劃趕不上變化，衛若愉已打算看在三妞姊特意為他做雲吞麵的分上輕饒大哥，逗逗他即可，怎奈進門時被尖叫聲驚得踉蹌了一下。

衛若恒和衛若忱則反射性捂住耳朵，然後才問：「若怡那丫頭哭什麼？」

二夫人聽丫鬟講若怡她倆在杜家如何如何聽話，治好挑食的毛病時，便當真了。

自衛老回來後，衛炳武一家便在大房這裡陪父親用餐。衛若怡是全家最小的，廚房做飯前請示過大夫人，大夫人便派人去隔壁問若怡想吃什麼。二夫人十分欣慰地說：「我們若怡不挑食。」

衛家的晚飯一向清淡，若沒人特別要求，就是青菜肉末粥、饅頭或者包子和幾盤青菜。衛若怡一看見滿桌綠油油的，小臉頓時皺成了包子。

偏偏二夫人還給她盛了半碗粥、挾了青菜，衛若怡白嫩嫩的小臉瞬間沈如黑炭。大夫人是面對著她的，第一時間發現不對，衝弟妹咳了一聲，呶呶嘴，示意她看看若怡怎麼了。

衛若怡暫時還沒忘記杜三妞說的話——不乖沒肉吃，於是便拿著湯勺在碗裡使勁攪，但攪來攪去全是米粒大的肉末，沾著米粥的湯勺伸向面前的菜，繼續剛才的動作，試圖攪出一塊肉肉。

衛家餐桌上雖然不講究食不言，但絕不許小輩亂攪菜，因此衛二夫人板著臉訓衛若怡。「再挑沒得吃！」

「不吃就不吃！」小姑娘氣性大，勺子一摔，喊道：「我去嫂嫂家吃！」

「站住！」二夫人拔高聲音。

衛若怡嚇得一哆嗦，餘光瞄到綠油油的青菜，爬下了椅子。「我不吃還不行啊？」

「不吃也坐著！」二夫人指著身邊的椅子，衝小丫鬟道：「把她抱過來！」

「您、您不講道理！」衛若怡氣丕丕地瞪著她母親。

二夫人嗤笑。「行，我講理。來人，把三小姐房裡的蛋糕都拿到我房裡去！」

衛若怡挑食，衛家三不五時就會來這麼一齣，每次都是以衛若怡乖乖吃飯告終，其他人早就習慣了，淡定地該吃吃、該喝喝，然而，衛若怡卻突然尖叫一聲，其他人猝不及防，嚇得手一抖，菜粥撒得到處都是。

沒等丫鬟過來收拾，衛若怡開始嚎啕大哭，邊哭邊喊嫂嫂。

二夫人氣樂了。

三兄弟進去就看到這麼一幕，其他人一臉無語，衛若怡揉著眼抹淚。

衛若愉嘆著氣。「不吃飯吃糌粑，妳嫂嫂叫我帶給妳的。」

哭聲戛然而止，衛若怡看哥哥沒騙她，抹掉眼淚，帶著哭腔說：「嫂嫂最好了！二哥，送我去嫂嫂家吧！」

「沒完沒了了是吧？」衛若懷突然開口。「我數三聲，再讓我看到妳臉上有眼淚，這輩子都甭想見到妳嫂嫂。」

衛若怡吸吸鼻子，癟著嘴巴，淚眼婆娑地看向長兄。

衛若懷不為所動，緩緩數道：「一，二——」

「等等！等等呀！」衛若怡慌得抬胳膊用衣袖擦眼淚。

二夫人皺眉，扯出袖裡的手絹幫她擦。「成何體統！」

衛若怡只有三歲，哪管什麼體統不體統？「大哥……」仰頭讓他看清楚。「我沒哭，沒哭！」

衛若懷面無表情。「沒哭就坐回去吃飯。」

小姑娘充耳不聞，低下頭掰扯包著糌粑的紙。

衛若懷無奈地搖了搖頭。「若愉，去喊三妞，讓她好好看看若怡在家什麼德行。」

「不准！」衛若怡猛地抬起頭，一瞅二哥不見了，號了一聲，邁著小短腿跑到衛若懷身邊，拎起小拳頭就朝他腿上打。

衛若懷拽住她的胳膊，厲聲道：「別怪我沒提醒妳，衛若怡！妳嫂嫂和我最要好，把我的腿打壞了，她不但不給妳做好吃的，還會逮著妳揍一頓！」

衛若怡的拳頭僵住，將信將疑。「……騙子！」

「不信問祖父。」衛若懷說。

衛老沒想到小丫頭誰都不怕，居然怕多年不在家的衛若懷。心有畏懼，以後才不會長歪，所以衛老這次選擇站在大孫子這邊。「是的，三妞和妳哥的關係，就像妳父親、母親。」

「每天睡覺都在一塊兒嗎？」七歲的衛若恬已懂事，雖然不喜歡吃青菜，卻也知道母親逼她吃菜是為她好，所以沒跟妹妹一塊兒鬧，一直靜靜旁觀著。「那嫂嫂為什麼不住大哥那裡？」這也是她一直不明白的地方。

見飯廳裡忽然寂靜下來，衛若怡追問：「為什麼？」卻不等眾人回答，撇下衛若懷，轉身往外走，邊走還邊晃悠著腦袋說：「我去接嫂嫂！」

衛老嘆氣道：「妳嫂嫂和妳大哥還沒成親。」

「沒成親？」這點衛若恬曉得。「那我們不能叫嫂嫂啊！」

「我喜歡，妳有意見？」衛若恒突然開口。

衛若恬看到旁邊的二哥似笑非笑，大有她敢點頭就不准她再去杜家的架勢，遂道：「嫂嫂好聽，我也喜歡！」

「見風使舵的小丫頭！」衛若懷瞥她一眼。「若怡，回來吃飯，妳嫂嫂睡覺了。」

「這麼早？」衛若怡表示懷疑。

衛若懷臉不紅、心不跳。「她明天得早早起來給妳二哥他們做早飯。」

衛若怡知道睡得晚，早上會起不來，便說：「母親，我去睡覺啦，明天去嫂嫂家吃早飯。」

「等等，大哥怎麼知道？」衛若恒忙問。

衛炳文這才恍然大悟。「所以你們這幾天起那麼早，是為了去三妞那邊吃早飯？」他還當幾個孩子終於懂事，知道用功了。

「你二哥告訴我的。」衛若懷睨了他一眼。「別想否認，你的嘴巴刁，東興樓的菜都不合你的口味，我想不出京城有哪家早點值得你一早跑出去吃。」話鋒一轉，又道：「衛若怡，回來吃飯，別叫我說第四次。」

打算偷偷溜走的小姑娘臉色發苦。「人家不喜歡吃啊！」衛若懷目光灼灼地盯著她，小丫頭只得硬著頭皮吞下半碗粥。

衛若懷指著她面前的菜，淡淡道：「還有。」

小丫頭想哭，可是為了明天的早飯……嚥下最後一片菜葉後，立馬叫丫鬟抱她回去睡覺，恐怕慢一點又要被大哥逮住吃「苦藥」。

二夫人回頭瞅一眼小閨女的背影。「若恬，妹妹在杜家也這樣？」

「嫂嫂喜歡聽話的小孩。」衛若恬說：「我們第一天過去時嫂嫂就說了，乖小孩有肉吃，然後她就給我們做很多、很多好吃的。」

「大哥、大嫂，離恩科開考還有三個多月，是不是先把若懷和三妞的事辦了？我聽若愉說，三妞家裡有田地還有牲口，他倆早點成親，三妞的爹娘也能早點回去。」

「嬸娘，我妻子不是廚娘。」衛若懷很突兀地說了一句。

二夫人噎住。「我、我又沒說什麼……」可惜她自己都不信。「我們家這麼多人，哪用得著你媳婦親自動手？」

「您知道就好。」衛若懷轉向他父親。

衛炳文性子古板，以前在吏部聽到同僚說笑，即便想融入其中也不知道該講些什麼才不尷尬；自從衛家的飯菜在京城出名後，每當小廝去給他送飯，不需要他開口，同僚就會圍上來和他閒聊。

起初衛炳文有些煩，後來有一次部裡遇到點事，某位和他關係一般的同僚提點了他幾句，末了很隨意地問他「衛大人晌午吃什麼」，衛炳文自認為沒什麼好隱瞞，反正等家人來送飯，大家都會知道，便回對方「糖醋里脊、紅燒小羊排」，孰料對方只是說了句「糖醋里脊好，開胃」，便晃悠悠地走了。

對方走遠了，衛炳文才後知後覺地想著：難道這位老大人想吃我的糖醋里脊？心裡覺得不可思議，吃飯的時候衛炳文注意到對方在他旁邊，便試探地問「要不要來點」，本以為對方不吃，他還想著該怎麼勸說呢，孰料話還沒到喉嚨，面前就多了一雙筷子，對方說著「謝謝衛大人」。

抬頭見其他同僚也往這邊瞅，衛炳文便客氣了一句，然而，沒人跟他客氣！那天中午，衛炳文吃得很飽，肚子裡全是米飯；結果也喜人，部裡若是遇到需要大家共同決定的事，只要和站隊無關，和他不同陣營的官員都會支援他。

衛炳文不想承認同僚是吃貨，但事實擺在眼前；衛炳文也是第一次知道，原來和同僚打好關係很簡單，只需要一頓飯而已。

前幾天杜三妞做的抹茶蛋糕，衛炳文得了幾塊，拿到戶部就被哄搶；今天同僚又問他家什麼時候再做蛋糕，衛炳文不好說蛋糕是未過門的兒媳婦做的，只能胡亂應付地說過幾天。

若杜三妞能早點進門，日後他想吃什麼只須吩咐廚房，廚子不會做自然會去找杜三妞，根本無須他這個公爹出面！

這麼一想，衛炳文便說：「我請欽天監的大人核算過日子，一個是五月初六，一個是九月分，七月分也有一個，不過我覺得那時候天氣太熱不適合。若懷，你看呢？」

「五月初六來得及嗎？母親。」衛若懷之前想的也是四、五月分，不過，是明年會試結束的時候。

大夫人說：「你和三妞剛訂親我就開始準備你成親用的東西了，你的院子去年也翻新過，只要你不覺得時間趕，我們沒意見。」

「我生日的時候請咱們家的親戚過來，屆時我帶著姪媳婦認認人，晚上也別叫他們回去，就和親家說說成親的日期，過幾天挑個好時間，若懷就去提親，怎麼樣？」二夫人忙問。

大夫人沒好氣道：「是我娶兒媳婦，不是妳。」

「若懷是我姪子，半個兒子，他的親事我著急啊！」二夫人臉色微紅。

衛炳武搖頭失笑。「若愉，你們晌午也在三妞那兒吃飯？」

衛若愉點點頭。

衛若懷戳他的腦門。「今天若怡不鬧這一齣，你打算什麼時候告訴我們？」

「告訴你什麼？三妞姊給我做的糯米糍粑全被你拿去，我還沒找你算帳呢！大伯，大哥房裡有一包糍粑！」衛若愉忙說：「可好吃了，外酥裡嫩，甜而不膩。」

眾人齊齊看過來，衛若懷臉色不變。「我的糍粑涼了，不好吃，若恒和若忱手裡的估計還熱著呢！」

衛若恒瞪大眼，詫異道：「你……你怎麼知道？大哥。」

「因為他不是人啊！」衛若愉涼涼道。一見母親不贊同的瞪眼，衛二少只得摸摸鼻子。「現在離他拿走糍粑也就過去兩個多時辰，稍稍一算就知道我們的糍粑是剛做好的。」

衛若恒和衛若忱不情不願地把東西貢獻出來，經過衛若懷身邊時忍不住嘀咕。「我怎麼會有你這樣的大哥？真不想和你一家……」

「沒有我也沒有這些東西。」衛若懷起身伸個懶腰。「明早記得告訴三妞，我晌午去她那邊吃飯。」

「還有我！」衛炳文脫口而出，意識到說錯了，忙改口。「我的意思是，她做好了給我送過來……不對、不對，夫人，妳派人過去拿。」

「父親，我妻子、您兒媳婦不是廚娘。」衛若懷道：「偶爾一次我權當沒看見，你們天天叫三妞做飯，我不介意告訴三妞你們最討厭什麼。」

「他們有討厭的東西？」大夫人嗤笑一聲。

衛若兮見機道：「母親，我不去，我在家陪您。」

誰知大夫人開口卻是——「妳大哥的婚事定下來後，改天我就派人請妳婆婆過來商量妳的婚期，爭取今年把妳的婚事也辦了。在妳成親之前，我不求妳像妳嫂子一樣什麼玩意兒都能做成菜，但起碼得給我會做十個碟子、八個碗！」

「您、您這有點太為難人啦！」衛若兮苦著臉說：「我不會用刀啊！」

「妳會用嘴說，用嘴巴嚐嚐味道。」衛若愉說：「伯娘，三妞姊得照看若怡和若恬，沒時間教若兮姊，我建議叫錢娘子教她。」

「你什麼意思？衛若愉！」衛若兮大怒。「看不起我？」

衛若愉搖頭。「我只是怕妳太笨，不但累著我三妞姊，還把她給氣得吃不下飯。」

「別叨叨了，時間不早了；至於教若兮做飯，等三妞進門再說。」衛老一錘定音。「小的、老的都去人家家裡蹭飯，也就三妞的爹娘好脾氣，三妞沒兄弟，沒人把你們往外攆！」瞪一眼兩個兒子。

衛炳武搖頭又擺手。「我沒叫姪媳婦給我準備午飯啊！」

「你只是還沒來得及說而已！」衛老哼道：「若懷，扶我起來。」

衛老久坐起身時會頭暈，看大夫也沒看出是因為什麼，杜三妞便建議他起來的時候別著急，慢慢來。

送衛老到臥房後，衛若懷便打算離開，衛老卻叫住衛若懷。「我床邊的櫃子裡有個盒子，你拿出來。」

衛若懷見櫃子上掛著鎖，但是沒上鎖，因此動作有些粗魯地拿出來，很是隨意地放到祖父身邊，盒子裡發出咯噹一聲。「裡面是什麼？」衛若懷嚇一跳，不可能是很貴重的東西吧？

衛老笑了笑，打開盒子。

衛若懷當場傻眼，滿滿一盒子白玉！「……祖父，您……這些東西……您、您怎麼連個鎖都不上?!」

「又沒人敢偷。」衛老拿出白玉。

衛若懷這才發現白綢緞下面還有一疊銀票。「您老什麼意思？」

衛老道：「若恒將來的妻子，身分只會比三妞高，她倘若給三妞臉色，你把他倆趕出府也好，自己出去住也好，手裡有錢才硬氣。別說不要，若懷，人心都是偏的，我最疼你，也喜歡三妞那丫頭，何況是我支持你娶三妞，總不能叫人家閨女跟著你受苦吧？你不想要這些東西就給三妞，說我作為他們家的老鄰居，給她添箱。」

「祖父……」衛若懷哽咽道：「我是長子，父親、母親不會虧待我。」

「我知道，但三妞不是他們滿意的兒媳婦，如今雖好，以後呢？你想出去歷練幾年，可等你回京城時若恒也娶了妻，那時候你母親還會待三妞像如今這樣？常言道，遠親不如近鄰，何況親兒子？一個多年不在家，一個承歡膝下，換作我也會疼在身邊的那個，就像你。」

「若愉呢？」衛若懷問。

衛老笑道：「那小子為了三妞都敢數落比他大好幾歲的若兮，我不擔心他以後和你們生分，即便將來成家了，三妞是個護犢子的，她不會看著若愉作難。」

「孫兒知道。」衛若懷給衛老磕一個響頭後，抱著盒子回去。

翌日早上，衛若懷幾人一到杜家，杜三妞聽到他們的聲音就想趕人，只是衛若懷先一步拉她回房，給她一張百兩的銀票。「留給妳買首飾，再給二嬸挑一對銀手鐲，她喜歡銀飾。初九早上我來接你們，嬸子和杜叔待在祖父那邊，開飯的時候再出來，成嗎？」

「我說不行，你會把銀票拿回去嗎？」杜三妞沒好氣道：「若愉說我今天得做好多菜是什麼意思？別告訴我，你們全家都過來！」

「哪能啊？」衛若懷揉揉鼻子。「朋友晌午請客，我沒時間。」實則是他請客，告訴好友們他成親的日子。「是父親和叔父要吃的，妳、妳做難吃點，他們明天就不叫妳做菜了。」

「我在你眼中是亂糟蹋東西的人？」杜三妞挑眉。

衛若懷立刻說：「當然不是！」可是妳今天誠心想吵架，我看出來了。「想做什麼就做什麼，他們不敢有意見，我還有些事，先走了。」

「不吃早飯？」杜三妞著急，拉住他的胳膊。

衛若懷渾身一震。「我、我回家吃，吃過飯得幫嬸娘送請柬。」

杜三妞想問，是不是去安親王府，可外面傳來衛若愉的聲音，她只能去廚房教錢娘子煮豆漿。

衛若愉跟在後面，稀奇道：「錢娘子連豆漿都不會煮，真厲害！」

「二少爺別嘲諷老奴，豆漿煮不好就黏鍋，還是你喜歡喝那樣的？」錢娘子問。

衛若愉噎住，乾脆閉上嘴等著吃。

早飯是油條和豆漿、茶葉蛋和包子，配上從杜家村帶來的鹹菜，哥三個吃得揉肚子。

杜發財見此，好奇又無語。「你們家的飯到底有多難吃？」

「不難吃，都是肉包子和粥，可是架不住天天喝。」衛若愉打個飽嗝。「三妞姊，晌午燒幾樣青菜就好了，我們今天想吃清淡點。」

丁春花關心道：「還是不想吃肉？三妞，想個辦法，他們正長身體，食不得肉可不行。」

三人笑得一臉古怪。

杜三妞心裡直嘆氣，娘親是從哪兒看出他們還在為東興樓的紅燒肉膈應？這麼天真可怎麼辦啊！「知道啦，你們仨吃完就上課去吧！」自然不忘給他們包幾根油條。

杜三妞前世是北方人，兩天不吃麵食就覺得渾身無力，油條是她最愛的早餐之一，然而炸油條太費油，之前她想做卻捨不得。來到京城後，廚房裡麵和油堆成山，杜三妞便沒有顧慮。

送走三人後，三妞就派錢娘子去給衛家送油條，回來時不出三妞所料，衛若怡姊妹倆也跟過來了。

衛若懷說做難吃的，衛若愉提議清淡點的，杜三妞可不敢跟著他倆胡鬧。衛炳文、衛炳武叫家人把午飯送到部裡，杜三妞不用想也曉得，兩人不可能吃獨食。

兩位衛大人丟臉對三妞沒任何好處，於是和錢娘子去街上買了幾條魚、幾斤豬肉和排骨。

午時未到，給衛炳文和衛炳武送飯的下人就拎著食盒過來。當時錢娘子正在做糖醋魚，杜三妞怕她太慢耽誤兩位衛大人用餐，接過圍裙，十分麻利地做好腐乳排骨和小酥肉，又炒一個莧菜。

菜分量足，杜三妞把四道菜一分為三，兩小份送出去，一大份留著他們吃。

衛家兄妹五人看到三葷一素，別提多開心。正換牙的衛若恒和衛若忱嫌魚刺多麻煩，牙齒鬆動又不好啃排骨，吃起小酥肉頭也不抬。

小酥肉做起來不費事，醃好的肉片裹上綠豆粉和蛋液炸至金黃，再撈出來和蔥段爆炒，炒至收汁即可。炸過的肉片香酥，因為裹上綠豆粉和蛋液的緣故，嫩滑又爽口。因杜三妞選用的是精瘦肉，爆炒之後也不會覺得油膩。

一盆小酥肉，杜家三口幾乎沒吃上幾口，衛若愉發現時盆裡只剩些湯汁，想提醒他們悠著點，就見衛若恒端起菜盆，把湯澆在米飯上……「能不能別這麼丟人？」

「嫂嫂又不是外人！」衛若恒理直氣壯，不經意間看到杜三妞盯著他，少年的臉一下通紅，下意識挾了一筷子莧菜；再轉頭看，杜三妞正埋頭吃飯，彷彿剛才那一幕是他的錯覺。

衛若愉無語地翻個白眼。

晚上回到家，衛若愉就同長輩們說起此事。

衛若恒羞得要打他，沒容他動手，大夫人就說話了——

「明天回家吃飯，還有妳倆，不准再去纏三妞。」

「為什麼啊？」衛若恬率先問。

二夫人的生日快到了，杜三妞得跟宋夫人學規矩，自然沒法再做飯和照顧孩子。

衛家的少爺、小姐們不樂意也沒法，這是杜三妞第一次以衛若懷未婚妻的身分在人前亮相，容不得出半點差錯。

三月初九，天剛濛濛亮，宋夫人便來到杜家，早飯後幫助杜三妞換上青翠色交領夾襖，白色繡花裙，梳個垂鬟分肖髻，戴上點翠髮簪，化上淡妝。然而杜三妞長相明豔，看起來清純不失寡淡，簡單不失大氣，既不會喧賓奪主，又不容忽視。

宋夫人十分滿意。「你們去吧，二夫人的生日宴是家宴，我就不去了。」

杜家三口便坐上衛家派來的馬車。

衛若怡得知杜家三口今日過來，飯都沒好好吃，就站在門口等她，見丁春花出來就嚷嚷道：「我嫂嫂呢？」

「在這兒。」杜三妞踩著杌子下來。

衛若怡猛地睜大眼。「好漂亮啊！嫂嫂、嫂嫂，我帶妳去找大哥！」

杜三妞平時不施粉黛，烏黑的秀髮簡簡單單束在腦後，除了穿短打還是短打，對了，偶爾還圍著圍裙；幸虧她顏色好，否則憑她那身裝扮，衛若怡才不跟她玩。

由於出發得較早，衛家的親戚還沒到。衛二夫人見衛若怡拉著杜三妞的手往隔壁去，不禁扶額。「妳伯娘和祖父都在這兒，往哪兒去？」

「大哥那兒啊！」衛若怡理所當然地說：「母親說嫂嫂今晚不回去，我得帶嫂嫂認認路。」

眾人愣住，大夫人反應過來就問：「誰跟妳說三妞住若懷那兒？」頓了頓，忙說：「親家，沒有的事，別聽這丫頭亂講！」

「是你們說的啊！嫂嫂和大哥就像您和大伯，你們都住在一起，嫂嫂為什麼不能跟大哥住？」衛若怡一臉「別以為我小就騙我」的神情。

杜家三口哭笑不得。

丁春花說：「他倆還沒成親。」

「成親和住在一起有什麼關係？」衛若怡好奇。

二夫人無力。「妳還小，長大就知道了。」

「母親，您怎麼總是用這句話敷衍我啊？」衛若怡好嫌棄，瞥她一眼，仰頭對三妞說：「嫂嫂今天跟我睡好不好？」

杜三妞沒搞明白不方便住下怎麼回事，但是當著衛家兩位夫人，還有周圍一群下人的面，只得點點頭。「好啊！」

衛若怡頓時眉開眼笑。

衛老搖了搖頭。「若怡，帶三妞去妳房裡。發財、春花，去我那邊。」

大夫人聞言跟了上去。

安親王妃今兒會過來，二夫人便留下招呼賓客。

丁春花聽衛老說起兩個孩子的婚期，又聽大夫人說家裡都準備好了，想都沒想就點頭。

杜發財跟著說：「五月初六正好，不耽誤我們回去收稻子。」

衛老好氣又好笑。「你的稻子重要還是三妞成親重要？」

杜發財一噎。

大夫人打圓場。「親家，你們先坐，我出去幫弟妹招呼客人。」

「忙去吧！」丁春花暗暗鬆了一口氣，無比慶幸不需要她出去應付。

大夫人和衛若懷這樣安排，也是怕兩人不自在，雖然今天沒外人；不過，她見丁春花和杜發財從進門就目不斜視，臉上有驚訝但是沒有貪婪之色，心下十分滿意，臉上的笑容便真實許多。

大夫人作為衛炳文的賢內助，一向會在外人面前裝和氣，杜家三口倒也沒發現她前後態度有所轉變。

收到請柬的人都曉得今天杜三妞會過來，巳時剛過，兩家近親都來了。安親王妃身分最尊貴，她不開口沒人敢造次，直到她說：「怎麼不見三妞那丫頭？」才有人接道：「大小姐，妳未來嫂嫂呢？叫出來我們看看。」

「若恬，去喊大嫂。」衛若兮笑嘻嘻道：「我嫂嫂臉皮薄，還望嬸嬸、伯娘們嘴下留情啊！」

「瞧瞧這丫頭，沒進門就護上了，妳哥曉得嗎？」衛若愉的舅母趙夫人打趣。

衛若愉不知從哪兒竄出來。「知道。」往四周看一眼，故意裝作壓低聲音卻很大聲地說：「舅娘可不知道，我早上還沒起床，大哥就交代我們保護好嫂子，不知道的人還以為嫂嫂是他的眼珠子呢，真沒見過這樣的。」

趙夫人面色僵住，眼神閃爍，嚴重懷疑大外甥是故意講給她聽的；可是她只和小姑子說過，想把閨女嫁給衛家大少爺，大外甥不可能知道啊！

偏偏衛若愉知道。也不是二夫人故意告訴兒子，而是二夫人得知杜三妞很疼衛若愉，又見衛若愉在杜家村多年沒染上一堆陋習，還比以前懂事，感激杜三妞，和衛若愉閒聊時說了句「三妞那丫頭比你表姊賢慧」，衛若愉好奇母親什麼意思，繼續追問，這事便套出來了。

「沒看出來，若懷還是個疼媳婦的！」安親王妃插嘴。

趙夫人順勢跟著笑道：「確實沒想到。」

衛若愉說：「那是我嫂嫂值得。」

外面傳來一陣腳步聲，眾人下意識轉向外面，只見是衛若怡跑進來。

「王妃姑姑，若怡給您請安！」

「這丫頭，就是嘴巴甜。」王妃笑著衝她招招手。「我看看，若怡是不是胖了？」

衛若兮說：「可不是嗎？我大嫂做的東西好吃，每天不吃撐都停不了嘴，照著她這個吃法，趕明兒得比若愉小時候還胖。」

「我招妳惹妳了？若兮姊。」衛若愉皺眉。「我那是富態，不叫胖。」

「嗯，是富態，我說錯了。」衛若兮的餘光瞟到一片衣角，想一下就迎上去。「嫂嫂。」

滿屋子太太們停止聊天，看到衛若兮身邊多出一個身量高䠷、明豔動人的女子。

安親王妃心中訝異，沒等她開口，衛若兮已拉著三妞的胳膊介紹。

「嫂嫂，這是姑母。」

杜三妞低下頭福了福身。「民女杜婕見過王妃。」

王妃愣了一下，驀然想到她的乳名叫三妞，遂笑盈盈起身，托著三妞的雙手。「妳這丫頭忒多禮，又不是外人，快站好讓我好好瞧瞧，若懷上輩子做了多少好事啊，這麼漂亮的姑娘也能被他尋到。」

杜三妞裝作害羞的樣子抿抿嘴，梨渦乍現。

安親王妃眼中精光一閃。難怪大姪子上心，我若是男子，碰到這麼動人的丫頭也得想辦法弄到手！「來來，坐我身邊來，我可得好好洗洗眼睛！」

「姑母的意思是我醜了？」衛若兮裝作不開心。

安親王妃笑道：「好有自知之明。」

「姑母！」衛若兮不依。

王妃一臉無辜。「話是妳說的，和我無關。」衛若兮很漂亮，只是五官不如杜三妞精緻又大氣，所以王妃才會當著這麼多人的面打趣她。

衛若兮本身是個喜歡美人的，杜三妞又是她未來的嫂嫂，看似生氣，見之前話裡話外瞧不上杜三妞的太太們止不住打量她，心底嗤一聲，裝作委屈道：「姑母就看我好欺負！」

「嘖，咱們衛家的大小姐誰敢欺負?反正我是不敢！」安親王妃衝她揮著手。「去去去，問問廚房什麼時候開飯?本宮餓了。」

衛若兮意味深長地打量她一番。再吃妳會胖成若怡！見安親王妃瞪眼，衛若兮才收回視線。「姑母、諸位嬸嬸、伯娘，若兮先告退了。」

「民女去端些點心，您先吃點墊墊？」杜三妞突然開口。

安親王妃笑容可掬道：「什麼民女不民女的？和若兮一樣喊姑母。我可不吃點心，早就聽若懷說了，今天的菜單是妳擬的，我得留著肚子吃菜。」

「若懷那小子又去找妳了？」大夫人進門便聽到這句。她和安親王妃自小認識，說話也就隨意許多。

杜三妞很自然地起身，站到一旁。

大夫人很滿意，坐在她原先的位子上。「去廚房看看，差不多了我們就吃飯。」

「嫂嫂，我帶妳去。」倚在安親王妃腿邊的衛若怡一下子蹦到她面前。

杜三妞嚇一跳。「小心點。」

小姑娘擺擺手。「沒事、沒事，摔倒又不痛！」拉著她的手就往外走。

「等等。」杜三妞雖然不習慣，依然記得向大夫人以及安親王妃等人行禮。

大夫人道：「去吧，自家人哪有那麼多禮。」

杜三妞乖巧地「嗯」一聲，豈料猝不及防，被衛若怡拽得踩在裙襬上，踉蹌了一下。

二夫人心臟緊縮。「若怡，再調皮晌午沒飯吃！」

衛若怡脫口道：「我吃菜！」

「噗！」安親王妃笑噴。

二夫人氣得肚子痛。「滾滾滾！」

衛若怡扮個鬼臉，仗著今天有客人，母親不會當著大家的面訓她，晃著杜三妞的胳膊蹦蹦跳跳地出去。

前天衛若懷去安親王府拿房契過戶到杜三妞名下，安親王妃調侃他堂堂的衛家大少居然是個妻奴，衛大少不以為意，反引以為榮，信誓旦旦地說：「您見到三妞也會喜歡的。」安親王妃打趣道：「我可不愛女人。」結果衛若懷回她——「姑母想多了。」隨即與有榮焉地說出衛二夫人生日宴的菜單是杜三妞擬定的，說完直勾勾地盯著安親王妃。

安親王妃不想承認她對此不感興趣，然而東興樓的招牌菜之一紅燒肉，前陣子剛剛被衛若愉嫌棄，她倒是想知道杜三妞做的菜究竟有多好吃？

隨著杜三妞和衛若怡一出去，一屋子貴婦人們相互交換個眼神，都看見彼此眼中的吃驚——衛家人似乎對杜家女極滿意?!

第二十二章

杜三妞到廚房裡見紅燒肉、滷雞、醬排骨在爐子上溫著，花生米和蠶豆花放在通風處，她各捏一粒塞進衛若怡嘴裡。「香不香？」

衛若怡伸出胳膊，杜三妞下意識抱起她。衛三小姐坐在她胳膊上，終於能看到案板上、灶臺上的東西，遂露出一排小米牙，居高臨下指著一物。「錢娘子，我幫妳嚐嚐味道如何。」

錢娘子恭敬道：「謝謝三小姐，不過，香酥牛柳老奴做過不下十次，不麻煩三小姐了。」

「不知好歹！」衛若怡嘟著嘴。

錢娘子無所謂地笑了笑。「少夫人，快到正午了，上菜嗎？」

外面關於杜三妞出身低微和衛若懷「神志不清」的風言風語不斷，衛家人經常被親戚追問真相，所以就把本該辦在晚上的生日宴改在晌午，請親戚們過來慶賀是其次，主要想藉此把杜三妞介紹給眾人，再借她們的口傳出去，堵住悠悠眾口。

二夫人不介意好好的生日宴變成「認親大會」，杜三妞很感激，對今天的宴席也格外上心，不但親自擬定菜單，還盯著錢娘子把不熟練的菜多做幾遍。

錢娘子沒有十成把握，也有九成信心，客人們會滿意今天的席面。

杜三妞微微頷首，招來個小丫鬟。「去通知夫人。」

亓朝男女大防不嚴，衛若懷的舅舅和姨丈今天也過來了，想看看未來外甥媳婦到底是何方妖孽。因他們的到來，餐桌不得不擺在三開間的花廳裡，男左女右各兩桌，長輩一桌，晚輩一桌，中間隔著一道屏風。

衛府的下人一早就收拾好了，小丫鬟回來的路上，大夫人和二夫人便帶著親戚前往花廳。杜三妞交代好丫鬟、小廝怎麼上菜，就抱著衛若怡回去。

今天是二夫人的好日子，她便挨著最尊貴的安親王妃坐下，旁邊是大夫人，大夫人旁邊是丁春花，再左邊是衛若懷的親姨母。

二夫人的姊妹、娘家嫂子則坐在丁春花等人對面。杜三妞進門看到這一幕，不禁佩服未來婆婆考慮周到。

衛若兮起身迎上去。「嫂嫂，快坐下吧！我餵若怡吃飯。」衝小堂妹招手。

「我不想跟妳坐。」衛若怡抱住杜三妞的脖子。「我要和嫂嫂在一塊兒。」瞅到香酥牛柳，忙說：「嫂嫂，我們坐那邊！」

「不准調皮，若怡！」二夫人拔高聲音。

衛若怡脆聲說道：「放心吧，母親，我不挑食。」

「別管她，菜涼了就不好吃了。」大夫人乍一聞到誘人的香味，就覺得肚裡的饞蟲開始不老實，怕肚子不給面子地叫起來，忙以眼神詢問王妃。

安親王妃挾起一點離她最近的金色泛紅的條形物後，其他人才跟著動筷子。「咦？這是什麼肉？好嫩啊！」

「牛肉。」衛若愉的聲音從屏風另一邊傳來。「姑母，您今天該叫上世子和小郡主的，我嫂子親自指點廚子做菜的次數可不多。」

「就數你的話多！」衛炳武喝斥道：「菜都堵不住你的嘴?!」

衛若愉撇撇嘴。「吃完啦！」

衛老等人轉頭一看，晚輩那桌和這邊桌上一樣是四個碟子，不同的是，這邊三素一葷還剩一半，那邊的碟子已見底。

「你們屬豬的啊？」前後才一盞茶的工夫！衛若愉的舅舅簡直無語，道：「難怪常聽人說，半大小子，吃死老子。妹夫，你們家若是在一起吃飯，是不是得蒸一桶米飯？」

「我們才不是飯桶。」衛若愉說。

安親王妃笑道：「現在叫人去接他們還來得及嗎？」

「廚房裡有醃製好、沒用完的牛肉，王妃娘娘若是不嫌棄，老奴收起來，回頭您帶走？」錢娘子跟著上菜的丫鬟、小廝一起過來，聽到這番話忙過去請示。

安親王妃擺擺手。「肉就算啦，妳跟我回府住幾天得了！就怕大嫂不捨得。」

大夫人聽了格外受用，見趙家人羨慕不已，笑道：「她現在住在三妞那邊，您得問問三妞。」

杜三妞手一僵，放下筷子，心中哀嘆，坐這麼遠也能中槍？「姑母看得上錢娘子是她的榮幸，反正菜也上齊了，錢娘子，回去收拾衣物吧！」

「是，老奴告退。」錢娘子出了花廳就恨不得蹦起來！哼，看看以後誰還敢說他們老錢家沒出息，府裡這麼多主子，偏偏跟著鄉野來的少夫人。

安親王妃詫異。「做好了？姪媳婦，妳準備幾道菜？」

「我知道、我知道！」衛若恬道：「十六個碟子、八個湯！姑母，您得慢點吃，好吃的在後面呢！」

「別告訴我就是這個？」王妃指著突然多出來的菜，一道醬排骨她認識，另外一道還沒吃聞起來就有一股怪味。

衛若恬捂嘴偷笑。「聞著臭、吃著香，姑母且試試看，就像臭豆腐。」

「這可不是臭豆腐，先告訴我是什麼？」安親王妃說著話，擺手道：「放中間。」丫鬟、小廝上菜時不約而同地把菜放到王妃面前，她嚐過之後再由身後伺候的丫鬟擺至中間，至於回頭再想吃，自有丫鬟布菜。

衛若恬道：「我說您就不吃了。」

「當真好吃？」王妃很怕踩到坑。

「不信我也該相信我嫂嫂啊！」衛若兮接道：「這道菜做起來可麻煩了，一個人得忙活一個時辰！」

安親王妃將信將疑地挾起一塊。

二夫人立馬跟上，見趙夫人也伸筷子，忙說：「這是豬大腸，嫂子，我記得妳不吃。」

「什麼東西？」安親王妃的手一抖，啪嗒一聲，九轉大腸掉在桌子上。

屏風另一邊，衛老神色自若地挾起一塊吃。

衛若懷的姨丈見此，瞅準一小塊挾起來，做好「不好吃就吞下去」的準備。「咦？不臭？」

「當然不臭。」衛若愉道：「大腸洗乾淨之後切段，倒進開水裡煮熟，撈出來再入油鍋炸，炸至金黃，再放蔥薑蒜、黃酒、胡椒粉等物爆炒，若兮姊說一個時辰還說少了。」

「若愉知道怎麼做的？」眾人驚奇。

衛炳武也不禁停下筷子。

衛若愉說：「杜家村有個賣滷肉的，我想吃的時候就會去他家買滷腸，我嫂嫂曉得母親愛吃，特意叫錢娘子做的。」

「做給我的？」二夫人詫異不已。「謝謝三妞，費心了。」轉頭又說：「親家母，妳今天可不能回去，明天晌午我們還吃這個。」

「嬸娘，錢娘子不在，想吃得等她回來。」衛若兮突然提醒。

二夫人臉色一沈，佯裝生氣。「知道妳心疼妳嫂子，府裡這麼多僕人，她動動嘴就成了。」

「廚房裡的人該說，少夫人動動嘴，他們跑斷腿、累斷手。」衛若兮說：「親家嬸子今天不回去，嫂嫂也是住我那邊，想吃就叫若愉把方子寫出來，叫您的人單獨做去。」

「大嫂，妳就不管管？這麼厲害的丫頭，小心妳婆婆知道了給妳立規矩！」二夫人瞪她一眼。

大夫人嗤笑。「放心吧，誰的兒媳婦誰知道疼。」

二夫人噎得想找水喝。

眾人也歇了請杜三妞教她們家丫鬟、婆子做飯的心思，開始專攻沒吃過、沒見過、沒聽說過的美味。

江南人喜魚蝦，口味清淡；京城人好肉食，更愛濃油赤醬。然而，如果滿桌皆是重油重鹽的菜，吃到最後客人只會覺得膩歪噁心，所以，杜三妞擬菜單時煞費苦心，上菜時也格外走心，若連上兩道葷菜，接下來的菜一定清淡爽口。

桌上擺滿了菜，每道菜只吃兩口的安親王妃不知不覺已七分飽了，索性放下筷子等著喝湯，一看最先上的是魚湯，特別失望。

而吃太多肉的大夫人很開心，魚湯清淡啊！便叫丫鬟盛半碗，誰知喝到嘴裡，一驚。

「酸的？」

「放了醋。」衛若愉的聲音再次響起。

二夫人奇了怪了。「怎麼沒你不知道的？」

衛若愉說：「除了白斬雞，我都吃過。」

三月初的京城，青菜特少，又不如杜家村物產豐富，山上、海邊隨處都能摸到可以吃的東西，偏偏又得做十幾道菜讓席面看起來豐盛，因此在最初準備時，杜三妞就想好每桌兩道整雞、魚以及多樣葷菜。

白斬雞是將雞放在蔥薑等調料水裡燉熟後，刷上麻油，放冷涼切塊配上蒜汁作為冷盤先上桌，之後還有滷雞和雞丁等菜。

衛家的親戚除了驚嘆雞的吃法多樣，就是佩服杜三妞心靈手巧。

如今聽衛若愉這麼說，衛炳武也忍不住酸他。「難怪吃這麼胖！」

「說話要摸著良心啊！」衛老在場，衛若愉不怵他父親。難得有機會懟他，說話自然不客氣，誰叫父親以前時不時地嘲諷他胖成球。「我身上沒有一點贅肉，哪裡胖？說我之前先看看您自己吧？對了，您看不見肚子，看大伯也一樣。」

衛炳文苦笑。「我可沒說你，若愉；還有，我得提醒你，給你做美味佳餚的人是我們家的人。」

「三妞姊姓杜。」衛若愉眨了眨眼睛。「說這話問過您旁邊的杜叔嗎？」

衛炳文一噎。

杜發財挺無語的，這讓他怎麼回答？「吃菜、吃菜！若愉，我們這邊的白斬雞沒怎麼吃，端過去你們吃？」說話時看向衛老。

鄰桌除了衛若懷，都是些半大小子，有衛若懷堂叔的兒子，還有衛若愉姨母的兒子，七、八個少年正是長身體的年紀，也不怪菜一上來就被他們吃光光。

衛老看了看衛若愉的姨丈和舅舅，無聲地詢問他們。

其實這幾人早就想這樣做了，怕衛家人覺得他們沒吃過好東西、小家子氣，一直不好意思，現在聽衛老這樣講，立馬叫小廝把沒動過的肘子送過去。

少年們最初還很矜持，可架不住衛家兄弟幾個像狼一樣，只要稍稍慢一點，菜就被他們幾個吃沒了，於是一頓下來臉皮變厚，看見肘子就轉頭對鄰桌的長輩們咧嘴笑道：「謝謝！」

杜三妞在屏風這邊哭笑不得，衝丫鬟招招手。

待飯後眾人辭行時，衛家的丫鬟、小廝拿著四四方方的油紙包排成一排站在廊簷下。

眾人疑惑不解，唯有安親王妃眼中一亮。

之前聽安親王嘀咕衛若懷去賢王府時拎著點心，來他安親王府卻空著手云云，安親王妃一邊說若懷不跟他見外，一邊派人去打聽衛若懷送的什麼？後來得知賢王府的奴才到處找一種叫糯米糍粑的點心，然而卻遍尋不到，便猜到應是出自杜三妞之手。

「裡面是什麼？」

小丫鬟道：「回王妃娘娘，奴婢手裡的是排骨，他手裡的是牛柳，她手裡的是雞塊。」

「熟的？」安親王妃肯定地問。

小丫鬟微微點頭，就聽到安親王妃說——

「三妞有心了，妳們收起來吧！」衝著兩側的兩個婆子和丫鬟抬抬手。

衛家的丫鬟、小廝猛地瞪大眼，就見四人笑盈盈走了過來。

「奴婢替我們家世子爺、郡主謝謝少夫人！」

「不是——」小丫鬟下意識想開口解釋。

杜三妞心驚肉跳，慌忙打斷她。「王妃姑母不嫌棄就好。」頗為不好意思地道：「都是些之前沒用完的肉，在油鍋裡過一遍加熱而已。」

「又不是我們吃剩下的。」安親王妃毫不在意。「父親、嫂嫂，你們留步，我回去了。」說完，帶著一眾奴才登上馬車。

趙夫人小聲道：「王妃她——」

「就妳話多。」趙老太太打斷兒媳婦，轉身對閨女說：「家裡還有些事，我們也回去了。」說完，老太太帶著趙家人魚貫而出。

坐上驢車後，趙夫人終究沒忍住。「那些東西明明是少夫人送給大家的，我不信王妃不知道！」

「知道又如何？母親還能要回來不成？」趙家小公子說：「裴家太太的臉色都變了，最後什麼也沒說。」

衛若懷的姨母裴夫人何止變臉？衛老在旁邊的時候她還忍著，等衛老和杜發財、丁春花去他院裡後，裴夫人便怒氣沖沖地問：「安親王妃在家時也這麼囂張？」

「一點吃的東西罷了。」大夫人拉著她去大房那邊，邊走邊說：「錢娘子從王府出來後，叫她去你們家住幾天吧！」

「這可是妳說的！」裴夫人得了這話，怒氣漸消，不忘交代身後的杜三妞。「外甥媳婦，下次再做什麼東西，別全拿出來。」

「她年齡小，哪能想這麼多？」大夫人攔下話。「若兮，帶妳嫂嫂去妳房間。」頓了頓，又對杜三妞說：「飯前和妳爹娘說過，在家住兩天，看看若懷那院裡哪兒還須改。」

杜三妞微微俯身，同她們行了禮才跟衛若兮走開。

裴夫人看了看杜三妞的背影，嘆氣道：「妳這兒媳婦哪兒都好，就是家世……」

「人無完人。」大夫人如今也看開了。「家世、相貌、才學樣樣出挑，也輪不到我們若懷；再說，王妃今天對她的態度妳也看見了，開口就讓三妞喊她姑母，又把三妞準備的東西一股腦兒地全拿走，她和我也沒這麼不客氣過。」

「王妃……」裴夫人不想說，一說就來氣。

大夫人無奈地搖了搖頭。「妳又何必呢？就算她直接說全要了，妳還敢拒絕不成？」

裴夫人有十個膽子也不敢從安親王妃手中奪食。別看安親王是個閒散王爺，每日鬥雞走狗、混吃等死，可架不住命好，有個當皇帝的弟弟，偏巧今上又是個護犢子的。

杜三妞在衛家住到十二日，這其間大夫人叫針線婆子給杜家三口量身裁衣，又商量去杜家提親的日子，吃過午飯就派人把他們送回去。

不明所以的小丫鬟嘀咕道：「這麼著急幹麼？外面還下著雨呢！」

「三小姐睡著了。」年老的婆子衝著隔壁呶呶嘴。「被那魔星知道，少夫人今天就走不掉了。」

「那正好！」小丫鬟欣喜。「少夫人住下的頭一天吃雞蛋灌餅，第二天吃湯麵炸糕，今天是油條、香菇豆渣包子，好想知道明天早上吃什麼。」

「吃吃吃，信不信少夫人在府裡住上十天，妳得胖一圈?!」婆子點著她的腦袋。

小丫鬟捂著頭，一想到自個兒變成肥婆，忙說：「算了，等等，少夫人怎麼沒變胖？」

婆子望著全開的大門。「我們覺得非常好吃的東西，在她看來只是尋常之物，自然能控制住；也不知道少夫人的腦袋怎麼長的，怎麼就這麼懂吃呢？」

剛剛吃過午飯、打著飽嗝的安親王也很納悶。「明明看起來一樣的菜，為什麼錢娘子就是比東興樓的廚子做得好吃？」

「錢娘子是杜三妞調教出來的。」安親王妃不等他開口又說：「別想把廚子送去杜家，杜三妞現在是若懷的未婚妻，不是個農家丫頭。」

「我又沒說什麼。」安親王撇嘴。「妳想得真多。」

第二天，安親王就去戶部找衛炳文，直言東興樓能有今天，多虧了杜三妞和衛若懷，等他倆成親那天，喜宴由東興樓包了。

衛炳文感動不已，到家就把這個好消息分享給大家。

衛若懷面色古怪，但見父母很開心，就沒說出他的懷疑。

五月初三早上，杜三妞聽到敲門聲，心下納罕。自從衛家過來提親後，衛若愉等人就被衛老告誡不准過來蹭飯了，這麼早，門外到底是誰呢？

杜三妞滿腹疑慮地打開大門，猛地瞪大眼。「大姊？二姊、二姊夫？你們怎麼來了？」

「又更漂亮了！」杜大妮朝她臉上捏一把，笑著說：「上個月收到妳的信，妳姊夫就叫我過來，可是家裡那麼多事，一時走不開，後來我婆婆知道了，便把幾個小的接去建康府，叫我和二丫一起來。妳二姊夫擔心路上不安全，便送我們過來。」

「怎麼不請幾個護衛？」杜三妞問。

杜大妮說：「怕他們心懷鬼胎。我們走官道，又帶兩個小廝和車伕，沒事的。」

杜三妞往外面看了看，見馬車旁邊有幾個人，心下大安。「快進來！馬車直接趕進來，院子裡有空位。」說完又喊：「爹、娘，快看誰來了！」

丁春花正想說「大呼小叫成何體統」，一看來人，也驚呼。「我的天啊！你們怎麼也不提前來封信？吃飯沒？等等，這麼早，趕了一夜路？」

「沒有。」杜大妮一見母親變臉，忙說：「昨天進城的時候天黑了，這邊的巷口長得一樣，找不清你們住哪兒，我們就在客棧住下，今天一早出來問人，才知道你們和我們住的客棧就隔一個路口。」

丁春花道：「甭說你們，我在這裡住了幾個月，一不仔細還會走錯路。剛好正做飯，三妞，帶妳姊去歇歇，吃飯的時候叫你們。」從旁邊角門繞去後面廚房。

杜大妮三人去拿行李。

杜三妞跟著說：「大姊住我隔壁，二姊，妳和姊夫住東廂房，隨你們一起來的這四位兄弟住在前院可行？」

「怎樣都行。」三人異口同聲，拎著大包小包，不忘交代車伕、小廝，先把車裡的東西卸下來，吃過飯再收拾。

杜三妞在前面引路，大妮和二丫拾級而上，發現正北面的牆壁並沒有和兩側的牆壁連在一起，留有兩人寬的距離，又見三妞往裡走去。

趙存良駐足，低聲說：「問問小妹這是不是房間？是的話我就不進去了。」

「大姊、二姊、姊夫，怎麼停下了？」杜三妞繞過牆壁，驚覺身後沒人，回來便看到幾人站在門邊，不住地往四周打量。

「去……」杜大妮正想說「去哪兒」，猛地憶起她剛才說的話和丁春花消失的地方。「等等，後面還有房子？」

「兩進的院子，當然啦！」杜三妞說：「我給大姊夫的信裡說過，這處宅子還是王妃娘娘送我的。」

杜大妮恍然大悟。「難怪呢！我還奇怪怎麼沒瞧見妳說的前院，原來這裡便是。別提妳姊夫了，他說妳在京城好得很，無須我擔心，我識字不多，聽他這樣說也就懶得看信了。」

「現在曉得識字少的壞處了？想當初我教姊兒，妳婆婆說我閒得無聊，妳不說幫忙，還跟妳婆婆一塊兒嫌棄我。」杜三妞打量她一番。「後悔了吧？晚了，想找免費的師傅再也沒了。」

「這話妳可說錯了。」杜二丫道：「妳和爹娘走後沒多久，大姊夫就叫小麥住到他家，偶爾幫他理理帳，教教哥兒認字，每月給小麥一百文，還包他吃住。」

杜三妞的臉色微變，目光灼灼地盯著杜大妮。「真的？」

「欸，妞啊，先別惱。是這樣的，書院裡年輕的夫子為了參加這幾十年才有一次的恩科，都請假回家溫習功課了，老院長不好拒絕，就同意他們的請求，結果書院裡只剩四位夫子，小麥不得不暫時放假。那孩子不說回家歇著，居然在舅舅的鋪子門口擺了張桌子幫別人代寫書信，妳姊夫看見著實不像樣，偏偏舅舅和小麥他爹還覺得很好……妳姊夫勸不了，索性叫小麥住我們家，一來他住在縣裡，可以隨時向老院長請教學問；二來村裡人都知道小麥和咱家要好，他在街上拋頭露面的不是給若懷丟人嗎？」

杜三妞說：「小麥沒偷沒搶，用所學換取銀錢，哪裡丟人？大姊，少聽姊夫胡謅，他擺明把小麥當成吉祥物。可別不信我，不說小麥長得多討喜，憑他是廣靈縣近幾十年最年輕的秀才，這一點就夠了。」

「不會吧？」杜大妮不信，可是一想到自家那口子鑽營的德行，又覺得很有可能。

杜三妞嘆了口氣，轉移話題。「房間還沒收拾，妳和二姊收拾，被子在櫃子裡，乾乾淨淨的。」

「行，我知道了，忙妳的去吧！」杜大妮到屋裡，想像的雕梁畫柱不存在，透過半開的窗戶還能看到院子中央的青石板路右邊種著生菜、蔥蒜等物，左邊是蠶豆、豌豆，頓時有種回到杜家村的感覺。

杜二丫也有同樣的感受，和京城格格不入的彆扭感，因院子裡的規劃、屋裡簡單的擺設而消失殆盡。

飯後，杜二丫就叫三妞和她一起出去逛逛。

再過兩天杜三妞就嫁人了，身為準新娘不老老實實在家待著，丁春花很不客氣地逮著多日不見的二閨女罵一頓，數落她不懂事。

杜大妮和趙存良連連點頭，表示娘說得對！不過，還是趁著丁春花沒注意，喊上二丫去街上。杜大妮如今手裡有錢，這次進京，段守義給了她二百兩銀票，瞧著妹妹準備的嫁妝不多，從未有過默契的姊妹倆到街上就直奔首飾店。

杜大妮挑金簪、玉鐲，二丫手頭不如大姊寬裕，給三妞買了兩支點翠珍珠步搖和兩個銀手鐲。兩人回去後拿出在建康府買的六疋雲錦，和首飾一塊兒送給三妞，權當給她添箱。

兩個姊姊的心意，杜三妞看在眼裡，記在心裡。

轉眼到五月初六，卯時未到，衛家請的全福婆婆就過來給杜三妞開臉。

不知是杜三妞以前太不受教，丁春花整日裡愁著她嫁不出去，還是和衛家訂親的時間太久，聽到全福婆婆一邊給杜三妞梳頭、一邊唸著「一梳梳到頭，二梳梳到尾……」時，反正，丁春花是沒有當初大妮和二丫出嫁時的不捨。

杜發財站在外面廊簷下，居然閒得指揮起衛家迎親的人抬嫁妝。有那看熱鬧的人瞧見杜發財和丁春花這番做派，心裡納悶，難道這位即將嫁進衛家的姑娘是撿來的不成？

杜三妞也是個奇葩，穿上大紅色牡丹喜袍，蓋上紅蓋頭的前一刻還笑嘻嘻的，蓋上之後，又說：「大姊，我只吃了兩個雞蛋，感覺不頂餓，妳再去給我拿兩個。」

「忍著！」杜大妮低吼她一聲，眼睛往周圍看了看，見媒婆、全福婆婆都在外間。「不是不給妳吃，我是怕妳回頭忍不住想上廁所。」

「才不會呢！」杜三妞嘟囔一句。

杜大妮轉身走開，權當沒聽見。

在杜三妞前世，南方婚禮的重頭戲是在晚上，北方則是在中午，大概亓朝那位開國皇帝前世是北方人，上有所好，下必甚焉的緣故，如今亓朝南北方的婚禮流程差不多，都是午時拜堂，晌午宴客。

衛若懷身為戶部尚書衛炳文的嫡長子、安親王妃的親姪子，他的婚禮就算沒引起全城關注，也有三分之一百姓前來圍觀。

大夫人向來好面子，知道親家沒錢，便選在晚上分幾次往杜家送東西。拔步床、黃梨花木全套桌椅、烏木衣櫃等等，反正今天來接新婦的，就看到杜家小院裡擺得滿滿的，比他們家嫁女還要豐厚。

隨著一陣炮竹聲響，鑼鼓開道，八人大轎出巷口。轎子前面是長長的迎親隊，後面也有，反正嫁妝隊伍看不到頭。十里紅妝，誇張嗎？也不是太誇張。

等著看衛家笑話的人大怒。「誰說杜家沒錢？光那張拔步床便能在城中買一處院子好不好?!」

「杜家真沒錢，總感覺是衛家置辦的。」有人接道。

有人又問：「聽說衛大夫人對這個兒媳婦不滿意，不滿意會上趕著倒貼?!」

「這……」杜家的十里紅妝讓城中大多數人想不通，然而他們卻不知道，杜發財和丁春花也懵著呢！

「總共沒多少東西啊……」聽錢明說起嫁妝隊伍的長度，如果不是礙於嫁女的人是他們，兩人早跑出去圍觀了。

杜二丫仗著別人不認識她，站在巷口踮起腳，伸頭看了一會兒。「娘，我聽說了，人家閨女出嫁要麼用車拉，要麼用擔子挑嫁妝，可衛家迎親的人全用手拿，本來一人能抱兩、三疋布，我仔細一看才發現，每個人手裡都只拿一疋布，還不並排走。」

「絕對是若愉的主意。」丁春花想都沒想就說。

衛若愉揉揉耳朵。「誰說我啦？難道是三妞姊？」

「想得美。」站在院裡等媳婦的衛若懷緊張得手心冒汗，不忘警告堂弟。「從今天開始，必須、只能叫嫂子！」

「小氣鬼！」衛若愉撇撇嘴，看到小鄧丁跑進來。「是不是到了？」

「是，不是……」

衛若愉朝他背上拍兩下。「先別大喘氣，到底是不是？」

「大少爺，您的主意絕了！」難怪要向親朋好友借人。「前頭的嫁妝待會兒就到，後頭的嫁妝才出杜家，現在街坊鄰居都在討論少夫人的嫁妝呢！」

「你有沒有說，其中一箱是安親王妃送的？」衛若懷為了今天的迎親，找至交好友討論了好幾天，同時也承諾，待他成親後，就把錢娘子借給他們幾天，教他們家廚子做飯。

「啊？小的一激動給忘了，小的這就去！」

鄧丁說完，匆匆忙忙往外跑，竄到人群中指指點點。「我二舅娘婆家小姑子的婆家姪子在衛府當差，聽說安親王妃也去給衛家少夫人添箱了，就是不知道是什麼。」

「安親王妃？」四周人大驚。「怎麼可能?!」

「咦？快看！那人抱的是不是素綾?!」不知誰驚呼一聲。

眾人下意識瞪大眼。陽光照耀下，布面亮得刺眼，無須用手觸，也知定是無比光滑。

素綾是貢品之一，有錢的商戶即便能買到也不敢大張旗鼓穿出來，但杜家卻敢亮出來，這素綾絕對是和衛家關係最親近的安親王妃送的！

小鄧丁想說，並不是。素綾是裴家太太送的，據說是皇后娘娘賞的；不過無論素綾來自誰，大少爺的目的達到了，鄧丁立馬回去稟告。

一身大紅色喜袍襯得衛若懷一張英氣十足的臉好似傅了粉，聽到親朋好友調侃，衛若懷充耳不聞，站在門邊巍然不動，雙眼直勾勾盯著大門。

鑼鼓聲驟停，衛若懷下意識跑出去，看到轎子緩緩放下來，不待媒婆開口，他就上前踢轎門。

滿院子賓客瞠目結舌，衛大夫人也好想捂著臉躲走，然而待會兒得拜堂……大夫人仰天長嘆一口氣，回到堂屋等候新人到來。

拜堂儀式結束，衛若懷牽著杜三妞回新房，身後跟著一串人，年老的太太、年輕的夫人、雲英未嫁的小姐，和一直懷疑衛若懷眼瞎的少爺們。

衛若懷難得沒吃醋，接過喜秤，乾脆俐落地挑起蓋頭。

杜三妞兩輩子第一次嫁人，說不緊張是假，不過，她早已想好怎麼和衛若懷打招呼，緩緩抬起頭，猛地瞪大眼。

眾人跟著倒抽一口涼氣，膚如凝脂，領如蝤蠐，出水芙蓉、柳如眉居然不是古人杜撰出來的。

衛若懷移至杜三妞面前，擋住眾人的視線，輕聲說：「別害怕，他們都是咱們家親戚。」接著便為她一一介紹。

杜三妞起身，微微彎下腰同眾人見禮。

二尾點翠鳳冠垂下的點翠步搖隨著她晃動，眾人再次確定，眼前美麗得不可方物的人是活的。

衛若懷說：「看都看了，出去吧！」

「別這麼小氣嘛！」安親王世子雖然比衛若懷小幾歲，卻最不怕他，笑咪咪地走到杜三妞的另一側。「表嫂，我還沒世子妃呢！」

杜三妞哭笑不得。「嗯，改日我同姑母說說。」

世子噎住，翻個白眼，直言道：「表嫂，妳家還有沒有——」

「世子爺，開席了。」衛若愉的聲音突然傳進來。「王爺在找你呢！」

「告訴父王，我現在還不餓。」安親王世子想都沒想就回道。

衛若愉的嘴角一彎。「行吧！」頓了頓，衝小郡主招招手。「我們去吃飯，聽說今天有甜甜蜜蜜、紅紅火火、歡歡喜喜和圓圓滿滿。」

「是什麼啊？」小郡主一聽有吃的，立刻跑到二表哥身邊。

衛若愉心想，當然是夾心喜糖、棗泥蛋糕、用蓮子拼出喜字的松糕和糯米糍粑，而且沒有一樣適合飯前吃。「錢娘子前幾天剛研究出來的好吃的。」衛若愉信口胡謅，說起謊來快趕上衛若懷了。

小郡主不疑有他，順勢拉住身旁的衛若恬，奶聲奶氣道：「姊姊，我們去吃好吃的吧？」

「好啊！」衛若恬想的是，嫂嫂已經和大哥拜堂，從今日起就是衛家的人，跑不掉了，便喊：「若怡，我們吃完飯再來找嫂嫂玩！」

稍稍打扮過的杜三妞像換了個人，衛若怡擠在人群裡眼巴巴地盯著熟悉又陌生的人，想過去卻又不敢，聽到姊姊的話立馬出去，到門口就問：「新娘子是嫂嫂嗎？」

「是啊！」衛若恬一手拉著一個妹妹。「怎麼啦？」

衛若怡皺著小眉頭，看起來很苦惱。「好奇怪哦，感覺不是嫂嫂欸！二哥……」見衛若愉微微頷首，小姑娘輕輕拍拍胸口，很是鬆了一口氣。「幸好、幸好！」

衛若愉忍不住暗笑，這丫頭……回頭看了看，見眾人魚貫而出，兩個丫鬟、婆子守著新房的門，懸在半空的心也落到實處。

衛家的親戚朋友眾多，只在衛炳文院裡擺宴席坐不下，所以女客便被安排到隔壁衛炳武院裡，男客留在這邊吃酒。

衛若愉領著三個妹妹到西院，賓客已入座。他把幾個妹妹送到母親身邊，轉身往大廚房方向去，然而離廚房還有兩步距離的時候，不知從哪兒躥出來的安親王拽住了他。

「二姪子，咱爺兒倆聊聊。」

「聊什麼？」衛若愉一臉警惕。

安親王笑得像尊彌勒佛。「聽說今天有十葷十素十個湯，寓意十全十美，菜單和菜的做法都是你寫的，那單子呢？」

「沒有。」衛若愉非常乾脆。

安親王摟著他的脖子，一副哥倆好的樣子。「不說也行，告訴我為什麼一樣的紅燒肉，錢娘子做的就是比我家廚子做的好吃？那個奴才，我問她有什麼技巧，她居然敢說沒有！」

說到最後，安親王咬牙切齒。

「真想知道？」安親王連連點頭，衛若愉道：「您家廚子笨！」

安親王面色微變，見衛若愉掰開他的胳膊，安親王下意識拉住他。「小子，少激我，不老實交代，咱倆誰都別想去吃飯！」

「您……您堂堂一個親王。」衛若愉無語。

安親王眨了眨眼睛，很不要臉地說：「那又怎樣呢？今天是你三妞姊的好日子，娶親的人是你哥，不是我兄弟。」

衛若愉多想給他一腳。「我……我就沒見過您這樣的人！」

「你見識太少。」安親王隱隱聽到廚房裡傳出「上菜」等字眼，沒心情同他胡扯，解下腰間的玉珮遞到衛若愉眼前。

衛若愉愣了愣。

安親王皺眉道：「不夠？」

「夠了、夠了，足夠了！」衛若愉只想逗逗他，根本沒想要他的東西。「在錢娘子那兒，我去拿。」隨即就喊錢娘子。

安親王見錢明從懷裡掏出一本冊子，長臂一伸搶過來，翻開就看到上面記載著「醬油一湯勺，鹽三錢」等字眼，瞬間明白問題出在哪裡。以前的食譜上是「鹽少許，油少許」，可這個「少許」到底是多少，除了杜三妞，誰也不清楚。

東興樓的廚子拿到食譜後，便按照自個兒猜的做，可是有的菜必須清淡，有的菜裡放糖只是提味，因他們之前從未吃過食譜上的菜，就造成該糖多的菜放的糖少，該鹽少的菜放的鹽多，且非但沒意識到菜的味道不對，還覺得自個兒做得無比正確。

錢娘子來到京城後，安親王一吃到原汁原味的紅燒肉、糖醋魚，當即命令府裡的廚子跟錢娘子學；怎奈錢娘子豆大的字不識一個，王府的廚子向她請教時，她只知道每道菜怎麼做，卻說不出為什麼，安親王便誤認為錢娘子是故意的。

安親王倒是想找衛若懷理論，可他自認沒有衛若懷狡猾，為了不被坑得太慘，聽到派來衛家的廚子說衛若愉寫了本菜單，就瞄準他，果然得到意想不到的收穫。「二十道菜、十個湯都在這裡？」見衛若愉點頭，安親王笑道：「這才對嘛！早該這樣了！」

錢明說：「王爺有所不知，為了確定每道菜具體用多少調味料，二少爺忙活了四、五天。」

「為了我的酒樓？」安親王眼中閃爍著感動。

衛若愉說：「三妞姊叫我寫的，否則……我又沒任何好處。」

安親王心中微動。「這個情我記下了。」頓了頓。「說起來，你父親也去酒樓吃過飯，本王可不信他沒發現酒樓裡的飯菜不對。」安親王別有深意地說。

衛若愉攤攤手。「這我就不知道了，他們騙您，您找他們算帳；如果不是我上次懶得回家吃，我三妞姊到現在也不知道您的廚子把她琢磨出來的美味佳餚糟蹋得像豬食。」

「二少爺，得上菜了。」錢娘子說：「先上甜甜蜜蜜四道點心嗎？」

衛若愉說：「點心和兩個素菜一起上，然後每道菜上的時候隔一盞茶的工夫。對了，上菜的時候裝作不經意的樣子，向大家透露下面還有多少道菜。」

子。

「奴婢記下了。王爺，您和二少爺快過去坐吧！」兩位爺杵在廚房門口，成何體統啊？

安親王點了點頭，拉著衛若愉的胳膊。「二姪子，哪幾道菜最好吃？」邊說邊翻開冊子。

衛若愉得了他的玉珮，心裡有些虛，畢竟安親王不找他，他照樣會把冊子給王妃，因此便很老實地說：「我最喜歡糖醋里脊、松鼠魚、醬排骨、酸菜魚和油燜大蝦。今天都有，只是上得有些晚；對了，最後一道十全十美，姑丈，別怪我不提醒您，一定要吃。」

「為什麼？」安親王好奇。

衛若愉說：「東興樓的夥計昨兒把菜送過來，我拿著菜單去找嫂嫂，她見裡面有海參、鮑魚等物，就把其中一道蒸茄盒劃掉，然後加上十全十美。別看菜單上寫著排骨、鮑魚、海參、豬蹄、豬肚、羊肘、火腿、干貝、香菇這麼多東西一塊兒燉，覺得是大鍋亂燉，其實不是，昨天下午廚子做過，祖父晚上便吃撐了。」

「這麼好吃？」安親王不信。

衛若愉昨天也不信。「高湯燉了三個時辰呢！早上剛吃過飯，廚房就開始收拾了，別的不說，燉這麼長時間，雞肉都燉化了，不吃肉只喝湯也值得啊！」

安親王將信將疑，菜一上來，他也不多吃，每道菜只挾兩筷子。

衛若懷的姨丈裴大人心下奇怪，是不合口味嗎？王爺的口味真怪，這些菜明明比東興樓的菜好吃不止一倍。

安親王並不清楚壓軸的十全十美分量多少，見他老岳父衛老也是淺嘗輒止，無論別人怎麼打量，依舊我行我素。

不知何時，小廝道：「最後一道，十全十美。」

安親王精神一振，然而卻一點也沒有聞到香味，別提多失望了，虧得他等這麼久；又看到上菜的小廝把成年男子兩個巴掌大的燉盅放到他面前，安親王意興闌珊，連打開的慾望都沒有。

可是，安親王是最尊貴的客人，他不開口，別人即便想吃，也不敢上去掀開蓋子。安親王有氣無力地說：「打開，給諸位大人都盛點。」

小廝說：「是！」拿起大勺子，掀開蓋子。

一股濃郁的香味瞬間撲面而來，安親王猛地瞪大眼。「這、這……」衛若愉個小滑頭沒騙他?!

「怎麼了？王爺？」小廝關切道。

安親王二話不說，遞出面前的碗。「盛滿。」

小廝誤認為他不開心是因為等了太長時間，也沒多想。

只有衛老明白為什麼。「也給我盛滿，聽說裡面的肉燉得很爛，正好適合我這種牙口不好的人。」

墩盅看似不小，但是盅體矮，被兩人盛走滿滿一碗，硬是不見了三分之一，其他人只得了小半碗。

裴大人不滿意。「就這麼點？廚房裡還有嗎？」雖然他的腰帶已鬆到最大程度。

小廝眼中一動。「還剩一點點，不過，小的出來時碰見大少爺，大少爺說給少夫人拿些吃的，廚房裡只有這個湯。」

眾人一聽，唉嘆一聲。

裴大人氣丕丕道：「他倒是疼媳婦！」也沒說再加一份十全十美的話。

事實上，廚房裡還有很多，如果說菜不夠吃，那廚房一定會再上兩個湯，因為好事成雙啊！然而桌上好多菜都沒動，單加一份十全十美？衛府的丫鬟、小廝不用請示當家主母也知道不行，否則，十全十美就不美了。

有一點小廝沒說錯，衛若懷敬了一圈酒後，便趁著賓客開吃沒人注意他時，溜到廚房給杜三妞端吃的；不過，那時還沒開始上湯。

衛若兮一直在新房裡陪三妞，肚子餓得咕嚕叫就喝點水先墊著，杜三妞叫她出去吃飯，衛若兮笑咪咪說：「我減肥。」

杜三妞知道她是怕自己無聊，便喊外面的丫鬟去找衛若懷。

衛若兮見她哥端著一個燉盅進來，眉頭皺得能夾死蚊子。「端什麼湯啊？米飯、點心、饅頭，隨便來點什麼不成?!」

「沒見識的丫頭，以後休要說認識我。」衛若懷放下燉盅。「三妞，快去洗洗手。」

「等等，嫂嫂，我幫妳把鳳冠拿掉。」衛若兮忙說。

衛若懷一把拉開她。「我在這兒，用得著妳？」

杜三妞抿嘴笑了笑，衛若懷的眼睛發直，心臟怦怦怦的，彷彿要跳出來，低下頭，輕輕吻上肖想已久的紅唇。

「哎呀！好香啊！這什麼東西?!」

一陣驚呼，衛若懷渾身僵住，心臟驟停，臉色發黑。「衛若兮！」

衛若兮嚇得一跳。「怎、怎麼了？出什麼事了？」下意識往周圍看，就是沒看見衛若懷的臉黑如鐵。

杜三妞推他一下。「出去吧，省得大家吃完飯找不到你。」

衛若懷哼哼兩聲，不情不願，走到門口又回頭瞪妹妹一眼。

衛若兮莫名其妙。「我什麼時候又惹到他了？」

杜三妞胡謅道：「一碗湯而已，瞧把妳給激動得，妳哥估計是嫌妳大驚小怪，多年來的規矩禮儀都白學了。」

「想說我眼皮子淺直說，用不著拐彎抹角。」衛若兮衝門外白一眼，忿忿道：「他是不激動，吃飽喝足，可憐我餓著肚子執行他交代的任務，還得不到他一聲好。」

杜三妞垂下眼，忽略臉上的熱度，問：「這個湯妳昨天應該喝過啊？」

「我吃過？」衛若兮仔細聞聞，拿起托盤上的勺子舀了半碗。「咦？真的差不多。」她怕夜裡長肉，昨晚只喝了兩口湯，早知道這麼好喝……為了身材，她照樣不多喝。

「應該一樣。」杜三妞道：「所以，若懷他……」

剩下的話不用說，衛若兮也承認這次的確是她大驚小怪了，自認為理虧，衛若兮選擇悶頭喝湯，把昨晚沒喝的都補回來。

衛若懷被杜三妞趕出去的時候，外面正在上湯，湯汁鮮美，賓客難得無視新郎官。衛若懷無所事事，踟躕到廚房，見還有半罈十全十美湯，便招來錢明盛了兩個燉盅。「給杜家送去。」

錢明愣了愣，反射性追問：「您說什麼？大少爺。」見衛若懷瞪眼，錢明一哆嗦，還是大著膽說：「容小的提醒您，您一個時辰前才剛把少夫人娶進門，現在給親家老爺送吃的，就不怕小的被打出來？縱然十全十美湯美味，也沒這樣扎心的。」

「讓你去就去，哪來這麼多廢話？」衛若懷橫眉道：「到杜家只管說不小心做多了，老太爺和大老爺、大夫人喝撐了，來的親戚想向咱家討這個湯，你娘不捨得，就差你偷偷送去。」

「得了，您連理由都給小的找好了。」轉眼間還變成他娘讓他送的，他不去真對不起「十全十美」。「還有什麼？小的一塊兒帶去。」

「東興樓送來的鮑魚還有嗎?有的話也一塊兒送去。我岳母若是不曉得怎麼做，回來叫上你娘，反正有三妞在，也用不到她，直接住在杜家也成。」衛若懷把廚房裡的人打發出去，挑挑揀揀，收拾好一包，錢明這才駕著馬車從後門出去。

丁春花幾人吃過飯，不見三妞在身邊才覺得難受，只是難受剛剛持續一刻鐘，丁春花醞釀的淚水還沒出來，就聽到拍門聲。街坊鄰居都曉得她家今天嫁女，誰這麼沒眼力啊?

杜大妮和杜二丫也跟著她娘出來，一看是錢明，頓時大驚失色。「出、出什麼事了?」

錢明見丁春花臉色煞白，不禁腹誹，大少爺真是想一齣是一齣，慌忙說明來意。「親家夫人，您且聽我說完，我娘使我過來的時候大少爺知道，他也怕少夫人出門後，你們吃不好。對了，這盒裡是我娘收拾好的海產，給你們燉著吃。」說完跨進後院，把布包著的盒子放在桌上，見杜家的飯菜還冒著煙。「真巧，剛剛好，十全十美湯還熱著呢!」

「這、這都叫什麼事喲!」丁春花喊了聲。

「欸，您可不知道，單單我聽說的就有不下十人問咱家還有沒有十全湯，偏偏那一個個吃得腰帶都沒法繫，還惦記著湯，不用想也知道是想留著走的時候帶回去，你們若不吃，可就便宜了外人!」

「你吃了?要不我去拿副碗筷一起吃?」丁春花說著話就出去。

錢明連連擺手。「安親王捨得，昨天單單母雞就令人帶來幾十隻;我先前上菜的時候瞄了一眼，好多桌整雞、整魚都沒動，來的時候和我娘說了，收碟子時把沒動過的雞魚收著，留給我回去吃，只吃雞腿！」

「別貧嘴了，知道你們府裡忙，快回去吧！」丁春花笑著趕人。

錢娘子在安親王府做菜的事不知怎麼走漏出去，這段時間滿京城富貴人家輪著請她過去住上幾天，主人家賞的銀錢比他們一家六口這輩子賺的還多。錢家人念著三妞的好，錢明空著肚子跑一趟也不曾有半分埋怨。

杜大妮看著熱騰騰、香噴噴的十全十美湯，好氣又好笑。「衛若懷他什麼意思？我們家是吃不上還是喝不上？不就幾個鮑魚，他——」

「大姊，妳還別說，這湯真好喝！難為若懷這麼忙還想著爹娘。」趙存良也想笑衛若懷太胡鬧，哪有成親當日往丈母娘家送吃的？虧得兩家離得近，允許他瞎折騰。

「一盅湯就把你給收買了？」杜大妮鄙視他一眼，餘光瞥到她爹把另一個燉盅打開，不禁扶額。「若叫外人看見，還以為咱們餓了三年呢！」

杜發財道：「若懷什麼樣的人，妳不知道我清楚，家裡做些好吃的也能想到我和妳娘，這點就比你們強。」

「爹，我可沒說妹夫。」趙存良道：「媳婦，別看了，妳也吃，涼了就不好喝了。」

杜二丫狠狠瞪了他一眼。「吃吃吃，就知道吃！趕緊吃，吃完去衛家看看，我就不信那些達官貴人做得出連吃帶拿的事！」

「如果錢明胡說呢？」趙存良小心翼翼地問。

杜二丫冷哼一聲。「明天再好好收拾他一頓。」說到這裡，便道：「多吃點，明天給我使勁揍他！」

趙存良心臟緊縮，連喝兩碗湯，米飯都沒來及得吃完就被杜二丫趕了出去。

第二十三章

裴大人聽衛府的小廝說廚房裡沒有十全十美湯，安親王是一萬個不信。他身分貴重，不好在外久留，吃完飯就得回去，安親王妃同衛家人辭行時，他便帶著兩個小廝鑽到廚房裡。

衛家一眾親戚送王妃到門外，發現王爺不在，衛炳文正想派小廝去找，轉頭就看見安親王笑咪咪走過來。

待他走近，眾人便瞧見兩個小廝手裡各拎著一個白色圓形包裹，形狀像極了燉盅。

裴大人驚呼一聲。「不是說沒有了？」

「剛剛做的。」安親王一揮摺扇，兩個王府護衛便把四個圓包放到馬車裡。

裴大人信他才怪，二話不說，轉身往廚房方向跑。

衛若懷的舅舅緊隨其後，衛炳文的表弟、姪子們立馬去追，邊跑邊喊。「給我留點，裴大人！」

廚房準備了大小兩種規格的燉盅，菜不夠吃就上大燉盅，菜吃不完，就用小一號的燉盅盛放。做十全十美湯時，自然是按照大燉盅的數量去做。

衛家今天擺宴二十桌，除了吃完的，剩下來的湯還能盛上十一、二只小燉盅，然而安親王和他的王妃一樣貪心，導致慢一步的賓客連一滴都沒撈到。

瞧著案板上有雞柳、炸好未做的排骨，有那機靈少年找了個乾淨的碗，舀一碗就跑了出去。「姑爺爺，明天給您送來！」

衛炳文能說什麼？「若愉，去拿兩張白紙來，用紙包著。」

「謝謝姑爺爺！」少年喜笑顏開。

大夫人很想捂臉，這麼個丟臉的玩意兒，絕對不是她堂哥的孫子！

趙存良仗著衛炳文等人沒見過他，光明正大地從衛府門口走過，看到每個同他告辭的人，手裡都拎了點東西，一時好後悔沒把二丫拉來。

杜三妞聽衛若兮說起外面的盛況，目瞪口呆。「他們不嫌東西是剩下的？」

「桌子還沒收拾，廚房裡剩的東西都沒人動過，乾乾淨淨的，嫌棄什麼啊？」衛若兮道：「又不是從酒桌上收下去的。」

杜三妞擺擺手。「別說了，我不想聽。」

「噗，嫂子，這是好事。」衛若兮走到她身邊坐下，親暱地拉著她的手。「我的親事訂在十月分，聽母親的意思，如果大哥高中，他會爭取外放，萬一他得提前去赴任，妳能不能等我、等我——」

「好。」杜三妞突然開口。

衛若兮大喜，猛地抬頭。「謝謝嫂子！對了，差點忘記說，廚房問妳晚上吃什麼？」

「妳、妳剛才不是說桌子還沒收拾？」杜三妞兩眼都瞪直了，衛家人上輩子都是吃貨不成？

衛若兮道：「嫂嫂有所不知，我們那些堂叔、堂哥，還有大哥的好友們，晚上會繼續在咱們家用飯，廚房說必須早點準備，否則會來不及。」

「等等，排骨什麼的都被拿走了？」杜三妞皺眉。「明知道晚上還得宴客，怎麼不阻止？」

「母親說晌午大魚大肉吃膩了，晚上改吃清淡點的。」衛若兮挺不好意思的，普天之下大概只有他們家叫新娘子置辦席面。

杜三妞突然有種進了狼窩的感覺。

「妳想啊，嫂嫂，如果飯菜好吃，大哥的朋友們只顧著吃菜，沒人同他喝酒，你們今晚才能……嘿嘿嘿。」衛若兮笑得一臉猥褻。

杜三妞滿頭黑線，可她確實不想伺候酒鬼。「去拿筆墨紙硯。」

「這裡就有。」衛若兮一邊翻找一邊說：「大哥的書房被母親作主改成大姪子的房間，他常看的書都在這邊。」

杜三妞跟過去，發現紅綢緞下面是張桌子，不是她之前誤認為的櫃子。

「嫂子，龍鳳湯是什麼？」衛若兮盯著她的字。

杜三妞說：「在南方，這道湯叫龍鳳呈祥，由雞肉和蛇做出的湯，但是辦喜事的人喜歡用鯉魚代替蛇，因為鯉魚又有送子和躍龍門的美好寓意。」

衛若兮深以為然。「嗯，不錯，晚上喝下這個湯，說不定明年的今天就能吃到我大姪子的滿月酒。嫂嫂，妳考慮得真周到。」

杜三妞的臉一下子通紅，手不自在地抖了抖。「別亂講。」

「嗯，那就生個小姪女，像嫂嫂一樣漂亮。」衛若兮歪著頭，笑著打趣她。「咦？魚上面怎麼多出一點？」

「哪兒呢？」杜三妞順著她的手指，看到「魚」字的腹中有個黑點，想來是剛才手抖，不小心滴在上面的墨。「我重新寫。」說著，把紙抽掉。

衛若兮伸手按住。「不用了，咱家廚子不識字，少不得我唸給她聽，我知道什麼意思就成。」

杜三妞不疑有他，又寫了幾道素菜，交代她吩咐廚房裡多做些魚蝦。

衛若兮點點頭，走出新房拐到她母親那邊，沒進門就笑著說：「母親，明年這時候您就能抱上大孫子了！」

大夫人手裡的山楂水「啪嚓」灑在地上，瓷杯摔得七零八落。「三妞……三妞有了？」

衛若兮的腳步一頓。「什麼時候的事？我怎麼不知道?!」陡然拔高聲音。

「妳剛說的。」大夫人道。

「啊？」衛若兮反應過來，連連擺手。「不、不是……」誤會鬧得喲！忙把她和杜三妞的談話複述一遍，末了指著鯉魚的魚字。「您看這一點，正好是魚中有子；還有，嫂子她都不知道什麼時候多加上去的，可不就是天意？」

大夫人不禁扶額，嘆氣道：「我以為她和妳哥……」

「想也知道不可能啊！」衛若兮說：「您又不是沒看見我哥上午的德行，活像幾輩子沒娶過媳婦，如果早把肉吃進肚裡，他會這麼著急才怪！好了，不跟您說，我去廚房。」

「等等，做些子孫餅，用韭菜雞蛋代替芝麻，給妳嫂子送飯時，送一碗龍鳳湯和兩個子孫餅。」大夫人嘴上不講，看到和她相差無幾的婦人要麼得外孫，要麼得孫子、孫女，偶爾閒下來也挺羨慕的。

衛若兮抿嘴笑道：「韭菜子孫餅？虧您想得出，不過，這個餅最應該讓大哥吃。」不待大夫人瞪眼，衛若兮快速遁走。

龍鳳湯是先把小母雞煮到雞肉能用筷子戳爛，撈出雞和象徵早生貴子的紅棗，剩下的清湯用來煮魚；待魚煮熟，連湯一塊兒盛出，最後把雞肉撕成條，紅棗切成條擺在鯉魚上面。這道菜由東興樓的廚子完成，在擺盤這方面十個錢娘子也不如他們，成品一出來，倒真有龍鳳呈祥的樣子。整個過程卻不如做子孫餅麻煩，這一點，來衛家幫忙做菜的東興樓廚子真沒想到。

子孫餅是先把糯米與麵和成米麵團，分成大小均勻的劑子，把調好的韭菜雞蛋餡料包進去，搓成圓團，之後壓扁，放在油鍋裡煎到一面呈盤雲花狀，再煎另一面。

等到所有的餅出鍋，杜三妞寫的六道素菜也跟著完成，東興樓的兩個廚子詫異不已。

「為什麼到你們家，做菜就變得特簡單？」

「因為我之前根本不會做菜，主子怎麼交代，我就怎麼做。」衛家的廚娘孫婆子說：「我見你們做菜的時候總想添點、加點什麼，都都磨磨，明擺著不相信我們少夫人的菜譜，那你們幹麼還過來跟咱們學？直接同王爺說，自己能做出好吃的飯菜啊！」

兩個廚子的臉頰發燙，尷尬地笑了笑。「是不是該叫人上菜了？」

「少夫人的那份給我。」衛若兮算著時間過來，把湯和餅給杜三妞送去。「我不陪妳啦，嫂嫂，今晚這頓無論如何我得出去嚐嚐。」

杜三妞失笑。「我又不是小孩子，再說了，門口有丫鬟、婆子，我有事就喊她們。」

衛若兮一想，也對。「我叫大哥早點回來，不會讓妳等太久。」說完就開門出去。

杜三妞張了張嘴，想說她不介意，等多久都沒關係，最好等到明天早上。

衛若懷可不同意，他等這一天已經等了八年。拉著好友之一，也是衛若兮的未婚夫幫他擋酒，對方不但不敢拒絕，看著他往新房跑，也不敢提醒埋頭大吃的眾友人。他和衛若兮還沒成親，雖說日子已定好，但衛大少若有心搗亂，婚期能拖到明年十月。

衛若懷還沒跑到新房，眾人就發現他遁了。

衛若愉乘機出主意。「我們去鬧洞房？」

衛若恒接道：「不去，回來菜就涼了，我還等著喝龍鳳湯，吃蒜蓉扇貝呢！」

龍鳳湯？眾人相視一眼，沒吃過更沒聽說過呢！去鬧洞房還是等著喝湯、吃什麼扇貝？公子、少爺們想一眨眼的工夫，果斷坐好，繼續吃菜等湯，卻沒發現衛若愉和兩個弟弟相互眨了眨眼。

衛若懷交代幾個弟弟想辦法拖住他的朋友，但是也沒完全放心，進院就把丫鬟、婆子趕出去守門，一旦有情況就大聲呼喊。

衛家的丫鬟、婆子沒見到杜三妞之前便對她很是佩服，年紀那麼小就能做出許多好吃的；見到她之後更是對她心悅誠服，在聊起杜三妞的出身時，多數說她投胎的時候閻王爺打了個盹，才錯投到山野人家。眾人已不像之前佩服杜三妞的同時，又替衛大少感到可惜。

守在新房門口的丫鬟、婆子聽到衛若懷的話，十分嚴肅道：「放心吧，少爺，就算拚去性命，奴婢們也會把他們攔在門外！」

「別，我可不想見血。」衛若懷嚇一跳。「喊二少爺他們過來就行了。」

「哦，奴婢記下了。」幾人有氣無力地說完。

衛若懷掏掏耳朵，什麼情況？怎麼看起來像是很失望？

春宵一刻值千金，衛若懷心中犯嘀咕，也沒多想。進去看見杜三妞坐在床邊，大紅的喜袍已脫掉，穿著白色裡衣在看書，眼底喜悅一閃而過，拱手走過去。「娘子久等了，罪過、罪過！」

杜三妞聽到聲音，心臟撲通一聲，下意識放下打發時間卻沒看進去一個字的話本，緩緩起身，抬頭對上衛若懷眼中的促狹，抬手就要捶他。衛若懷張開手包住她的拳頭，另一手攬住她纖細的腰肢往懷裡一帶，杜三妞猝不及防，反射性抱住他，頭頂傳來一陣悶笑——

「娘子等不及了？別慌，為夫這就滿足妳。」

「我、我不是……唔……」聲音被衛若懷悉數吞進肚裡。不知何時，杜三妞感到絲絲冷意，回過神發現身上一絲不掛，衛若懷身上也只剩褻褲。「脫衣服的手法挺熟練啊！」

「為夫偷偷練了許久，娘子滿意否？」衛若懷褪掉最後一絲障礙，輕啄幾下她的唇。「聽說剛開始有點疼，為了咱兒子，娘子且忍忍；實在疼的話，等那小子出來，妳多揍他幾下。」

杜三妞滿頭黑線，還以為會說別的，果然，不該對衛大少爺抱任何希望的！

「大少爺、少夫人，起了嗎？」

隱隱聽到說話聲，杜三妞睜開痠澀的眼睛，而後猛地睜大。「衛若懷，你個混蛋！」

衛若懷下意識地摟緊懷裡的人。「別鬧，媳婦兒。」

杜三妞感覺到體內的東西慢慢變大，朝他腰間使勁擰一把。

衛若懷瞬間清醒。「謀殺親夫啊！妳、妳妳——」

「謀殺的人是你！一夜！一夜！」杜三妞氣樂了。「出來！」

衛若懷愣了愣，正想問要誰出來？下半身一動，猛地記起，昨夜太累沒退出來，在他媳婦兒那裡睡了半宿……難怪三妞的臉像燒起來一樣。「昨晚見妳很喜歡……得得得，不是妳，是我很喜歡！別惱，我出來還不成嗎？」說著話，坐起身胡亂抓件衣服披上，才問：「誰呀？」

「少爺，洗漱嗎？」小丫鬟的聲音從外面傳來。「巳時兩刻了。」

「什麼時辰？」杜三妞沒聽清，伸頭往外一看，外面亮得扎眼，顯然太陽已出來了。「怎麼這麼晚？快起來，娘等不到我們該著急了！」推衛若懷一把。

衛若懷一個不穩，差點被她推下床。

「少夫人別急。」丫鬟聽到裡面的聲音。「夫人已使人告訴親家母，說您和少爺晚點過去。」

杜三妞捂住臉，道：「都怪你！」

「父親、母親是過來人，他們不會怪妳。」丫鬟一放好熱水，衛若懷就抱她去洗漱。話雖這樣講，吃飯的時候也沒磨蹭，喝碗粥，拿著包子，邊吃邊去給家中長輩敬茶。

杜三妞剛接過二夫人遞來的鐲子，大夫人就說：「回門禮我都給你們準備好了，快去吧！」杜三妞又想捂臉，太丟人啦！此刻終於明白，為什麼有的人家選擇隔天才回娘家。

午時已到，眼瞅著又過兩刻，丁春花聽到馬蹄聲，可算是鬆了一口氣。「這兩個孩子太胡鬧了。」說著話打開門，見衛若懷抱著三妞下來，頓時後悔動作太快。「進來吧，等你倆吃飯。」

小夫妻可不敢說嘴裡還有包子味，而丁春花是什麼人，一見兩人只喝了半碗湯、吃幾塊魚肉就不再動筷子，飯後不禁嘆著氣，把杜三妞叫到她房裡，關上門就說：「老實交代，你倆今天什麼時候起來的？」

「第一次嘛，難免有些失態。」杜三妞捂著臉說：「以後不會了。」

丁春花見她這樣，也不捨得再數落她。「娘是過來人，娘也懂；但是，妞啊，離恩科開考還有一個多月，妳不能只顧著現在，還得多想想將來。」

杜三妞道：「娘，我知道，我會和若懷說的。」回去的路上就和衛若懷說起恩科的事。

衛若懷伸出三根指頭。

三天後，大夫人正想找兒媳婦聊聊，卻發現兒媳婦起得比她早。大夫人下意識看了看天空，東方一片霞光，顯然是太陽準備出來的前兆。「怎麼不多睡會兒？」

「若懷起來看書，我想給他做些吃的。」其實杜三妞怕在屋裡待著打擾衛若懷做文章。「母親想吃什麼？」

「嫂嫂，我想吃雞絲餛飩，聽若愉說可好吃了！」衛若兮的聲音從身後傳來。「我和妳一起做？」

杜三妞下意識看向大夫人。

大夫人笑道：「去吧！好好跟妳嫂子學學，我不求妳能做出一桌

「母親，三天兩頭來一遍，不累嗎？」衛若兮打斷她的話。「有嫂子在，我做不出一桌酒席，也能學會十幾道菜；而且嫂子叫若愉寫的食譜，用幾粒八角都記得清清楚楚，您別擔心啦，小心老得快！」說完拉著杜三妞就跑。

大夫人氣得，轉身就去找衛炳文告狀。

衛大老爺一聽小氣的大兒子終於允許兒媳婦下廚了，立馬吩咐守在門外的小廝。「快去廚房講一聲，我晌午想吃油旋兒！」

「到底有沒有聽見我說什麼？」大夫人氣結。

昨天杜大妮和杜二丫來衛家同三妞告辭，杜發財及丁春花便和衛老說他們也想回去了，衛老說等恩科結束他也要回杜家村，杜發財兩口子便繼續住下，照舊是錢娘子一家陪兩人。而錢娘子在杜家，衛家的飯菜就一直是孫婆子做，吃過杜三妞和錢娘子的飯菜後，再吃孫婆子做的，衛家一眾總感覺味道不對。

衛炳文點頭。「聽見了，兒媳婦下廚，今天的早飯一定特別好吃。好久沒吃雞蛋餅了，來人，告訴少夫人，給我做兩個雞蛋餅，一個餅兩個雞蛋，多放點蔥！」

大夫人氣不丕道：「四個雞蛋？小心吃出毛病！」

「夫人啊，是若兮氣妳的，妳反過來攻擊我，不講理啊！」衛炳文道：「何況是妳天天念叨要若兮多跟兒媳婦學學，如今如願了，妳又不高興。」

大夫人捂著心口，好一會兒才怒道：「我根本不是氣這個！」

衛炳文抹掉臉上的唾沫，望著夫人殺氣騰騰的背影。「那她氣什麼啊？女人的心思，真難猜。」

「不難猜，她氣姊姊說她老啊！」衛若恒不知從哪兒蹦出來。「父親最近是不是冷落母親了？」

衛炳文語塞，好像不是最近，是近幾年，確切點說，是從升任戶部尚書開始；可是他也沒辦法，部裡忙得恨不得一個人掰成倆來用。「若恒，你覺得為父該怎麼做？」

「我哪知道？」衛若恒攤手。「多陪陪母親終歸是好的。」

事實上，衛炳文真抽不出時間，下午回來的時候勉強繞到首飾店選了兩支簪子。大夫人看到髮簪就埋怨衛炳文不會買東西。

衛炳文想說「不喜歡可以換」，就看到夫人坐到鏡子前貼花黃了。自此以後，夫人說自己老，衛炳文也會違心地說「老什麼啊？和兒媳婦站一塊兒，妳倆像姊妹倆」，每當這時，大夫人總會嗔道「油嘴滑舌」。

衛炳文仰天長嘆：總好過妳心口不一吧？不過，這話他只敢暗暗腹誹。

話說回來，衛若懷老老實實地備考，不再整日裡黏著杜三妞不放，杜三妞就發現她變成米蟲了。飯有人做，衣有人洗，每日早晚洗臉水和洗澡水也有丫鬟備好。

起初杜三妞樂得哼著小調，覺得鹹魚翻身了，可這樣的日子過了四、五天，她就覺得渾身上下哪兒都不舒服。一句話，閒得發慌。

於是，杜三妞拿著針線盒去跟衛若兮學女紅。

衛若兮奇怪了。「嫂子想做什麼？衣服嗎？我叫丫鬟去喊針線婆子過來。」

「不是。」杜三妞道：「我想給妳哥做一把扇子。」

衛若兮想到多年前兄長用的那個很醜的荷包，心裡一哆嗦。「嫂子，我覺得比起扇子，大哥更想吃到妳做的好吃的。」

杜三妞面色古怪，試探道：「確定不是妳想吃？」

衛若兮的呼吸一窒，好想直接講：妳做的東西太醜了，大哥戴出去很丟臉！即便衛大少不在意，可是她很在意啊！嫂子這樣一個膚白貌美、賢慧能幹的人，不能讓外人知道她的女紅很差！

「不信去問大哥。」衛若兮說：「我想吃也不會拿這事跟妳開玩笑。」頓了頓，裝作很失望。「沒想到，我在嫂子眼中竟是這樣的人。」

杜三妞頓時慌了神。「我、我不是……」見衛若兮臉上掛著難過，杜三妞嚇一跳。

「別、別哭啊！我沒別的意思，就是和妳開玩笑，也是好奇妳想吃什麼。」

衛若兮見她嚇得手足無措，怕再把人給嚇得魂不附體，大哥回頭揍人，便說：「我沒和妳說笑。」

杜三妞心想：我知道，你們衛家就是吃貨之家！「是是是，妳覺得妳大哥想吃什麼？」

「我哪知道。」衛若兮沈吟片刻。「吃點新鮮的吧！」

杜三妞張了張嘴，想問「妳真沒假公濟私」，話到嘴邊變成——「今天忙不忙？不忙我們一塊兒去買菜？」

「好啊！」衛若兮脫口而出。

杜三妞見她不像作假。「我回房換件衣服。」在衛家，杜三妞一直穿高腰襦裙，這衣服對她來說很麻煩，好在不需要她做事，平時動動嘴就行。

衛若兮訂親前三天兩頭和小姊妹去逛街，偶爾還會牽著馬出去跑一圈；訂親後被大夫人拘在家中，即便衛若兮再三表示她快瘋了，大夫人卻充耳不聞，其實是怕她出去瞎逛，相中別的男子。

大夫人見做事穩重的兒媳婦和衛若兮一起，兩人又帶著兩個丫鬟和婆子，便叫連翹給杜三妞拿十兩銀子。

杜三妞也沒推託，接下荷包直奔東市。

東市位於衛家東北方向，北邊是牲畜市場，南邊是菜市場。杜三妞剛聽到小販的吆喝聲，馬車就停下來，因想做新鮮吃食，杜三妞到菜攤子前就問有沒有什麼不常見的食材。

小販反問：「這位夫人，什麼樣的才算不常見？」

「你們不知道名字，或者不知道該怎麼吃的。」衛若兮道。

小販看到衛若兮十指不沾陽春水的手，笑了。「我們不知道怎麼吃，這位小姐知道？」

就差沒明說：妳們故意為難我吧？

衛若兮嘴角一勾。「我是不知，但是我嫂子知道。」餘光瞟到周圍的人停下腳步，轉頭往這邊看，便緩緩道：「知道她是誰嗎？她是衛家大少奶奶。」

「妳們是衛家人?!」

身後傳來一聲驚呼，杜三妞回頭一看，是個小丫頭。「妳是？」

小丫頭忙不迭地跑過來。「夫人不認識我，但是我知道您。我姓李，家裡還有一個這麼高的哥哥。」說著踮起腳比劃。「我們家住南邊，在妳娘家東邊。」

「哦，我知道了。」杜三妞恍然大悟。「妳嬸嬸有沒有把妳家的錢還給你們？」

「給了、給了，多虧大少爺！」小丫頭說著話，衝杜三妞行禮，又回頭說：「真姊兒，這位就是我跟妳說過的幫了我們家的大善人！」

「什麼意思？丫頭。」先前搭話的小販不解。

小丫頭便快言快語地把之前的事講一遍。「如果不是少夫人叫哥哥去找大少爺，賢王出面把叔叔和嬸嬸打得下不了床，又命令他們把我們的東西還給我們，我們仨說不定已經見閻王去啦！」大概現在日子順心，惡人得到懲罰，小丫頭說起往事沒有一絲難過。「我知道哪裡有賣稀罕物的！」

杜三妞瞧著她也就五、六歲年紀，遂問：「妳不在家待著，來這兒幹麼？」

「她姊姊做的團扇、納的鞋底在這邊賣。」小販說著，又問：「妳的東西賣完了？」

小丫頭擺擺手。「沒有，真姊兒自會幫我賣。」

杜三妞見不遠處比她略大一點的小姑娘靦覥地點點頭，眉頭微皺。「妳姊姊呢？怎麼叫妳出來，也不跟個大人？」

「大家都是街坊，我們遇到事，喊一聲大家都會幫我們。」小丫頭笑嘻嘻道：「少夫人，您放心吧！現在去嗎？」

杜三妞微微頷首。

小丫頭咧嘴一笑，蹦蹦跳跳跑到前面帶路。

七拐八彎，大概過一刻鐘，杜三妞才聽到小丫頭喊——

「大眼、大眼！來客人了，出來接客！」

「噗！」衛若兮笑噴，慌忙捂住嘴巴。「那丫頭家裡以前做什麼的？」

「她娘是城中數一數二的官媒。」杜三妞當初攬事的時候，吩咐錢娘子打聽過。「她姊姊如今也是官府在冊的媒婆。」

「難怪嘴巴這麼索利，也不怕人。」說話間，一行人到門口，看到包著頭巾的中年漢子。「不是我們這邊的人？」

杜三妞一眼就看出來了。「西域人。」

「少夫人怎麼知道？我還沒說這邊是西域人集聚地呢！」小丫頭耳尖，驚訝道。

「我嫂子無所不知。」衛若兮與有榮焉，頓了頓，說：「以前聽別人說城中有西域人，一直沒見過，原來你們住這兒啊！」

「不多，十幾戶。」中年漢子沒有半點鄉音。「夫人要我們那兒的布料還是葡萄乾、葡萄酒？」

「葡萄酒家裡有，給我秤五斤葡萄乾。」杜三妞走進去，將兩個丫鬟和婆子留在門口。

「咦，這是什麼？」看清隨意扔在桌子上的東西，不禁睜大眼。

「哦，是馬鈴薯。」中年漢子說：「這東西可以放很久，我們回來的路上收的。烤著吃、煮著吃都成，比帶著糧食趕路方便，京城人嫌沒有味又不頂餓，不喜歡。」

杜三妞轉頭看了看衛若兮，衛大小姐居然還點頭。「妳也知道？」

「家裡買過，裡面還有硬塊。」衛若兮說：「京城很少這種玩意兒，據說價格挺高，就沒再買過了。」

杜三妞一時不知該做何反應？「妳當初吃到的可能是發芽的。」

「少夫人好厲害啊！」小丫頭從中年漢子身後冒出頭來，崇拜道：「當初叔叔、嬸嬸把我們家的糧食拿走，大眼偷偷給我們送過馬鈴薯，有個發芽了，可難吃啦！」

「所以我說我嫂子無所不知啊！」衛若兮又問：「我們買嗎？」

乾。

「十斤有嗎？」杜三妞看向中年漢子。

漢子點頭。「少夫人請稍等。」去後院拿袋子，等他回來，他媳婦已給杜三妞秤好葡萄乾。

杜三妞抓了滿滿一把遞給小丫頭。「吃吧！」

「謝謝少夫人。」小丫頭卻沒有接。「大眼經常給我葡萄乾吃，我不想吃了。少夫人，您車裡有沒有白白的餅啊？」

「妳說的是糯米糌粑吧？」見她點頭，杜三妞笑道：「沒有，明天我們還來買菜，妳在今天的地方等我們，給妳帶兩塊。」

「謝謝少夫人！」衝三妞不倫不類地行個禮。「少夫人以後想買稀罕玩意兒，就來找大眼，大眼賣得比外面的客商便宜。」

中年漢子很不好意思地笑了笑。

杜三妞微微頷首。「謝謝。小丫頭，我還不知道妳叫什麼呢？」

「我叫李小妹。」小丫頭挺出胸膛道：「少夫人家有沒有弟弟？說媒可以找我大姊，我大姊給人說媒從不兩邊隱，有一說一，有二說二，童叟無欺！」

「好。」杜三妞搖頭失笑，見衛若兮接下零散銅板，便道：「回去吧！」

李小妹衝中年漢子揮揮手，再次跑到前頭帶路。

衛若兮壓低聲音問：「嫂子，這馬鈴薯怎麼吃？」

「買塊牛肉燉著吃。」杜三妞說。

「牛肉?!」衛若兮驚呼出聲，一見前面的小丫頭停下來回頭看，又忙低聲說：「先買幾斤豬肉試試吧？」

杜三妞笑睨了她一眼。「喲，知道過日子啦？」

衛若兮的臉一下子紅了。「我沒說笑，嫂嫂，牛肉六十文一斤，牛肋條肉得七、八十文，咱家那麼多人，至少得買五斤肉，做得好吃的話沒事，萬一浪費掉，母親不說什麼，父親也會很生氣。」

經過幾代人積累，衛家家資頗豐，然而總的算起來，一個主子身邊才只有三人。這麼說，如果衛家的主子們同時出去，只帶丫鬟和車伕，家裡只會剩幾個看門的和廚娘。

衛炳文堂堂二品大員，衛老又是今上老師，家中才這麼點人，在貴族圈裡簡直稱得上簡樸了；不過也因為如此，衛家的少爺、小姐們雖好美食華服，卻沒養出奢侈浪費的性子。

比如衛若愉，在杜家村見村民很會過日子，從沒表現得像見鬼一樣。

杜三妞信口胡謅道：「我很早以前在書上看過馬鈴薯，一直沒見有人吃，還以為是寫話本的人杜撰的，實在沒想到京城有。」

「一直有啊！」衛若兮說：「我隱約記得三、四歲的時候吃過一次，最後一次是前年。」

「沒吃壞肚子吧？」杜三妞問。

「哪能啊！」衛若兮說：「母親說有些地方的人把這東西當糧食吃，無論怎麼吃也不會吃出毛病來的。」

杜三妞微微搖頭。「這話就錯了。」衝李小妹招招手。「以後可不准吃發芽的馬鈴薯，你們吃著沒事，一來是當初吃得少，再者覺得不好吃就不吃了，如果吃了滿滿一碗，妳這小丫頭真就見閻王去了。」

「謝謝少夫人提醒，以後不吃啦！」小丫頭笑嘻嘻道：「剛才聽大小姐說牛肉，少夫人要買牛肉嗎？我知道哪家的肉最新鮮，秤最公道。」

杜三妞反問：「牛肉有不新鮮的？」

李小妹一噎，猛地想到京城達官貴人遍地，牛肉卻不常有，頓時尷尬得小臉通紅。

杜三妞揉揉她的頭，知道她想感謝自己。「去找那個真姊兒吧，我們知道哪裡有賣牛肉的。」給她抓了一大把葡萄乾，看著她跑到擺攤的地方，又衝這邊揮揮胳膊，杜三妞一行才去買牛肉。

回到家中，杜三妞沒有去見婆婆，而是拐去廚房。衛若兮怕母親追問買什麼，名曰跟杜三妞學做馬鈴薯，也鑽進廚房了。

聽著杜三妞吩咐孫婆子把洗淨的牛肉切塊，加入甘蔗糖、醬油、香葉、桂皮、八角等物，冷水下鍋燉，稍後才叫小丫鬟削馬鈴薯皮，衛若兮很好奇地問：「不一起燉？」

杜三妞說：「牛肉先燉兩刻鐘再放鍋裡煮也不晚。」說著，往四周看了看。「瘦豬肉和蒜苗一塊兒炒，再炒個青菜，分量足些，喊嬸嬸過來吃。」

衛若懷成親後，衛炳武一家就不再來這邊蹭飯，倒也沒拘著衛若愉兄妹四個，結果導致每到飯點，二房那邊只剩兩位主子。

丫鬟說：「少夫人說午飯別做了，過去吃。」

「好的，又給你們少夫人添麻煩了。」說完這句還挺不好意思的，心想終於等到光明正大蹭飯的機會了，二夫人立馬換下累贅的衣服，穿得索利去找嫂子聊天。

大夫人見她過來，都沒容她開口就問：「若懷媳婦在東市買了什麼？」

「不知道。」二夫人毫不在意。「嫂子，若兮成親的日子合計好了，那邊有沒有說哪天下定？我也好有些準備。」

「七月初八，恩科結束後。」大夫人說起這個，不禁揉揉額角。「為了若懷能安心備考，我差一點就成為自個兒都嫌棄的惡婆婆。」見她不明白，把之前的打算說給她聽。

二夫人先是一愣，繼而不知道該說她什麼好。「姪媳婦又不是不知輕重，哪需要妳提點？我聽若愉說，若懷原本打算明年會試結束再成親的，沒料到計劃趕不上變化，朝廷開了恩科。」

「想得挺美！」大夫人是第一次聽說這件事，還是從弟妹口中，因此口氣有些酸。「金榜題名時，洞房花燭夜，人生四大喜事被他占去一半，倒是不怕把一輩子的好運一次用完了。」

「哪有妳這樣說自己兒子的？」二夫人無語。「改日帶姪媳婦去廟裡添個香油錢就是。說起來，今天姪媳婦掌勺，真好奇她又做什麼吃？」

錢明一家是衛家的家生子，錢娘子最近在京城貴人跟前很得臉，連帶大夫人這個主人也沾了不少光。想著錢娘子如今這麼能幹，全賴媳婦調教，眼角不自覺地帶上幾分喜色。「她親自掌勺的時候，從未叫我們失望過。」

「嫂子，才三道菜怎麼吃啊？」衛若兮皺眉。「這個馬鈴薯燉牛肉只能說是半湯半菜。」

杜三妞老神在在。「放心吧，餓不著妳。」隨即吩咐丫鬟繼續削馬鈴薯皮，直到十斤馬鈴薯削完一半，她才喊停。接著杜三妞親自上場切馬鈴薯，一半切成塊，一半切成條，切好就放在水裡，同時不忘告訴孫婆子。「放水裡，馬鈴薯就不會變色。」

「馬鈴薯塊燉牛肉，那這個做什麼？」衛若兮如果沒吃過馬鈴薯，只會靜靜地看著杜三妞做，偏偏她吃過，且味道不美，就更加好奇她嫂嫂是不是真有一雙化腐朽為神奇的巧手？

將馬鈴薯條一分為二，杜三妞說：「孫婆子，先往這裡面加些麵粉，像煎南瓜餅那樣做，會嗎？」

「少夫人看著老奴做嗎？」見她點頭，孫婆子瞬間信心十足。「老奴會。」

衛若兮無語，狗腿的奴才。

杜三妞笑了笑，盯著她煎熟馬鈴薯餅，就去炒酸辣馬鈴薯絲。

然而衛若兮一見馬鈴薯條裹著黏糊糊的茱萸果醬，很是懷疑。「能吃嗎？」

「妳覺得呢？」杜三妞笑盈盈地看著她。

衛若兮瞥她一眼，去正房詢問母親何時開飯？

大夫人瞧了瞧日頭，估算著衛若愉三個還得過會兒才下課，便使喚小廝先去給衛炳文和衛炳武兩兄弟送飯。

杜三妞一見菜少了三分之一，連忙吩咐丫鬟把剩下的馬鈴薯全削了，和孫婆子齊動手，做拔絲馬鈴薯和馬鈴薯燉牛肉。剛做好，廚房外便傳來衛若愉的說話聲。

杜三妞脫下圍裙，喊他過來幫忙端菜。

大夫人見小兒子把濃油赤醬的燉肉放在老太爺面前，不感興趣地轉頭等著接下來的菜，然而一見四碟兩盆，只有一碟青菜，其他五道菜裡都有金黃色的東西，便隨口問：「這是做南瓜宴？」

衛若兮看了看杜三妞，見嫂子低眉垂首，彷彿沒聽見，遂抿抿嘴道：「母親先嚐嚐。」

衛若懷碰一下妻子的胳膊，杜三妞衝馬鈴薯燉牛肉和馬鈴薯餅的方向呶呶嘴。

衛若愉快狠準地連挾兩塊餅和半碗肉，面前的小碗瞬間堆成小山。

二夫人忍不住捂臉。「桌上這麼多菜，不夠你吃？」

「把我這邊的端過去。」兩盆馬鈴薯燉牛肉都放在衛老前面，小輩坐在末位，衛老便叫小丫鬟端過去一盆。「不就是馬鈴薯燉肉嗎？想吃叫廚房天天做。」

「馬鈴薯？」衛若懷吃著脆脆的餅，正想問麵餅裡裹的什麼？心想南瓜沒這麼脆，聽衛老一說忙問：「這裡面也是？」

杜三妞微微頷首。「煮軟的馬鈴薯吃起來糯糯的，適合祖父。母親，您面前的是酸辣馬鈴薯絲，挺開胃的。」

「馬鈴薯居然能做這麼多好吃的？」二夫人瞧著一桌子菜，難以置信。

杜三妞眉頭微皺，怎麼所有人都知道馬鈴薯？「是呀！我們那邊沒有種，京城這邊種得多嗎？」

「不多，據說這東西原本是客商從西南地區帶回來的，城裡有錢人不吃，窮的買不起，沒過多久市面上就少了。對了，姪媳婦在哪兒買的？」二夫人問。

杜三妞說：「西域人手裡。母親，咱們家有地嗎？」

「想種這個？」大夫人說：「我叫人去城外看看，妳想種幾畝？」

「不用幾畝，種一畝就好，一半留著咱們吃，一半留種，叫我爹娘帶回家種去，來年收穫賣給我大姊夫。」杜三妞說著一頓。「要不，我們多種些，賣給東興樓？」

大夫人噗哧笑了。「聽妳的！種四畝吧，反正小麥快熟了，收上來就種這個。」

杜三妞只知道吃，並不清楚一畝地能收多少馬鈴薯。

後來直到十月分，衛若兮出嫁的前幾天，城外莊子上的農夫來報，四畝地收了一萬多斤馬鈴薯，堆在地裡堆成了小山，大夫人是愁得想哭又想笑。

京城百姓也是第一次知道，原來沒味道、長得又難看的馬鈴薯產量如此之高。不過，這都是後話了，暫且不提。

衛家有莊子，種馬鈴薯的事大夫人吩咐下去，杜三妞就撂開不管了，在她帶著幾個小姑子埋頭研究馬鈴薯的吃法時，恩科如期而至。

殿試結束後，閱卷官員之前得了皇帝吩咐，把言之無物、匠氣十足的文章篩掉，又選出二十篇他們認為最優秀的試卷呈給帝王，由他親閱。

皇帝隨意翻了翻。「哪個是衛若懷的？」

「在最後。」主考大臣見皇帝挑眉，不疾不徐道：「他年齡最小，未及弱冠，又是衛大人之子，臣等一致認為放在最後最為合適。」

皇帝抬起眼皮看他們一眼，不鹹不淡地問：「哦，那諸位覺得點誰為狀元最合適？」

「這、這……臣等聽皇上的！」眾人一聽皇上口氣不對，心裡咯噔一下，想破腦袋也想不出他為何突然不快，便安慰自己，君心難測。

皇帝冷哼，抽出最下面的卷子，粗粗看過一遍後，提起朱筆。「剩下的名次你們填！」

筆一扔，冷冷地說。

眾大臣頭皮發麻。「是！」心中止不住懷疑，莫非衛大人的長子和皇上私交甚篤？

非也！

殿試由禮部、翰林院、都察院諸位大臣執行受卷、彌封、收掌、印卷，皇帝填榜。每屆參加殿試的貢士多，皇帝不可能，也沒時間一一親閱，眾大臣便商議取前二十名由皇上欽點。

衛若懷乃會試頭名，試卷卻壓在最後，還說因為他年齡小、資歷不夠，皇帝聽到這個理由只想冷笑。二十份試卷，輪到衛若懷的時候，他估計都沒心情看了；也不知衛炳文怎麼得罪了這幫人，被逼得想出這麼荒誕的理由來陰他兒子。

皇帝從安親王處瞭解到衛若懷此人頗精明，便打算重用他，也就沒想把他抬得太高；何況衛炳文向他暗示，衛若懷希望外放歷練幾年，這一點，倒與皇帝的想法不謀而合。

有如此通透的臣子，是朝廷之幸，帝王之福；怎奈他看中的棟梁之才被這麼對待，年輕氣盛的帝王確實很生氣，雖然面上不顯。

眾大臣在皇帝緊迫盯人的視線下，顫顫巍巍、匆匆忙忙地填完剩下的榜單。

衛府眾人也在討論衛若懷會獲得殿試第幾名。

大多數人猜第三，蓋因近幾十年來，每屆殿試選出的狀元都是老成持重之人，探花郎則一屆比一屆俊俏，集合起來能辦選美大賽。
今天是殿試放榜之日，國子監全體師生放假。衛若愉哥兒幾個在家等消息，見兩個弟弟言之鑿鑿說長兄一定是探花郎，便故意道：「我猜不是，要不要賭一把？」
「怎麼賭？」衛若恒好奇。
衛若愉笑道：「輸贏皆雙倍，敢不敢？」
「有何不敢？」衛若恒說：「等著，我去拿銀子！」迅速跑回房間拿荷包，往桌子上一放。「押一兩！」
「噗！」大夫人噴出一口茶。
二夫人手中的糕點啪嗒掉在地上。
衛若兮的棋子咯噹一聲，砸亂一盤還未分出勝負的棋面。「衛若恒！」
衛若恒滿臉無辜。「一兩很多了，我一個月的零用錢。」
「押不押？買定離手，不得反悔！伯娘，給我們作證。」衛若愉瞅準大夫人。
大夫人不答反問：「先告訴我，你的答案。」
「我的答案是，除了探花，皆有可能。」
衛若恒伸手拿走荷包。「不公平，必須說個具體答案。」
「四少爺，別說了。」鄧乙突然跑進來。「送喜報的官人到門口了！」
衛老猛地起身。「這麼快？按說得到晌午。」

「小的也不知。」鄧乙話音落下，外面已傳來恭喜聲。

衛若懷高中狀元，衛家一眾臉上一喜，繼而想到之前衛若恒的話，眉宇間閃過一絲擔憂。

衛老喊小廝放爆竹，無論因為什麼，衛若懷終歸是皇帝欽點的狀元郎，他們愁眉不展相當於對皇帝不滿。

而同樣感到奇怪的衛若懷一走出金鑾殿，和同科進士到達聚賢苑，騎著宮人早已準備好的高頭大馬遊街。

衛若懷一身常服打頭出現在京城百姓面前，街道兩側的圍觀百姓下意識揉揉眼，見第一位的依然是位俊美青年。「沒搞錯吧？狀元怎麼不是老頭子？」

狀元郎本人也想知道，皇帝是不是沒睡醒，搞得他毫無準備。看到東興樓窗戶邊趴著的幾人，新科狀元郎肅穆的神情軟了下來。

「嫂嫂，大哥看到我們啦！」靠在杜三妞懷裡的衛若恬激動得亂跳。

杜三妞捂著躁動不安的小心臟，喜不自勝。「是的。」見進士們走遠，杜三妞戀戀不捨地收回視線。「我們回家吧！」

「在這兒吃。」安親王搖著摺扇。「若懷待會兒得參加瓊林宴，不知要鬧到什麼時候，你們回去也見不著他。」

衛若愉擋在杜三妞前面。「姑父想叫我大嫂幫您嚐菜吧？何必找她，我留下來就成了。」

「小子，一邊玩去，大人說話插什麼嘴！」安親王佯怒。

衛若愉很是可惜地搖了搖頭。「有眼不識金鑲玉啊！想當初，我還在杜家村時，我大嫂她做的哪道菜不是叫我先嚐的？」

安親王走向杜三妞的腳步一頓，轉頭看看，又回過頭看了看杜三妞，見新進狀元娘子微微頷首。「想必你們家中還有事，我就不留你們了。」說著話，衝衛老點點頭，而後拎著衛若愉的衣領。「姑丈帶你玩兒去！」

丫鬟、小廝把飯菜端上來後，門外傳來噠噠的馬蹄聲，眾人以為是過路人，誰知朝外一看，竟是新科狀元。

「若懷？你、你……這是怎麼了？怎麼突然回來了？」

「吃完飯不回來幹麼去？」衛若懷奇怪地反問。

衛老語塞，換衛炳文問：「當初為父參加瓊林宴，鬧到快天黑，你出門前後還不足一個時辰吧？」

「哦，參加瓊林宴的大人匆匆吃點酒菜就走了，他們走了，大家也就散了。」衛若懷看了看桌子上的菜，不如瓊林宴上豐富。「我先回房了。」

速度太快，動作乾脆又俐落，留下衛老和兩個兒子面面相覷。「什麼情況？」

主持瓊林宴的大臣和閱卷官員是同一批，這班人精惹得皇帝不開心又猜不出君心，哪還有心情和進士們周旋？

原本認為自己是狀元的中年男子變成榜眼，年輕俊美的探花郎換成兩鬢泛白的老者，兩人心中別提多複雜了；兩人的年齡又足以當衛若懷的父輩，一甲三名自是沒什麼共同語言。

京城子弟和江南士子們跟衛若懷不熟，其他地區的進士不認識衛若懷，林瀚倒是能跟狀元郎聊上幾句，但他名次靠後，也並不想讓大家知道他與衛若懷相熟，導致宴上沒多少人找衛若懷攀談。

衛若懷樂得輕鬆，吃飽喝足便向眾人告辭，還不忘跟林瀚客氣一句。「有空來家裡玩！」

林瀚眼前一黑，沒容他睜開眼就被江南士子團團圍住。

「你認識狀元郎？他怎麼還叫你去他家？」

林瀚一個頭兩個大，萬分後悔參加恩科。

可惜他卻不知這只是開始，否則他不介意傾盡家產去尋那後悔藥……

第二十四章

五天後，隨著榜眼和探花進翰林院，衛若懷前往廣靈縣擔任縣令的旨意也下來了。皇帝見林瀚與衛若懷年齡相仿，任命林瀚為縣丞，最遲七月底到任。

衛若兮的婚期定在十月初十，她希望杜三妞等她成親後再走。衛若懷萬般不願，拖到七月十八不能再拖下去，才不得不帶著岳父、岳母先去廣靈縣。

出發前一天上午，大夫人到兒子房裡，見該收拾的東西杜三妞已收拾好，便叫三妞去做些寓意好的菜。

杜三妞眉頭緊鎖，覺得這日子沒法過了！以前做什麼、吃什麼，到後來學會點菜，如今她婆婆居然連菜名都懶得說，直接叫她自個兒想！

「怎麼還不去？」大夫人見兒媳婦不動彈。「最多三個月就能看見若懷。」

杜三妞的嘴巴動了動，想說「才不是不捨得衛若懷」，話到嘴邊改道：「相公想吃什麼？」

「我隨便。」衛若懷善解人意道：「廚房有什麼做什麼。」

「好，我知道了。」

杜三妞唉聲嘆氣地把衛若愉等人喊去廚房，又叫孫婆子守在門外。「你們知道一路順風怎麼做？」

「我知道鴻運當頭和霸王別姬。」衛若愉一臉壞笑。「要不就做霸王別姬？」

冥思苦想的衛若忱和衛若恒猛地抬頭，異口同聲地問：「霸王別姬是什麼？」

「王八和雞。」

杜三妞無力。從古到今，無論什麼人，出遠門總希望一路順風，杜三妞能理解她婆婆的心情；然而理解歸理解，關鍵她上輩子不是廚子，是酒店經理，怎麼可能每樣菜都會？「別鬧，去找東興樓的廚子，問問他們有沒有做過。」

「也不一定非做那種，嫂子，先說說妳知道的菜，名字不叫那個，上菜的時候我們也給它安上好聽的名字！」衛若忱為人實在，見她發愁，便提議道：「只要是伯娘沒吃過的都成。」

杜三妞一想，也對啊！「廚房裡有什麼？」

孫婆子道：「奴婢早上買的蝦、海參和八爪魚，都是漁民今早打撈上來的。夫人說今天親家母和親家公也會過來，叫老奴多買些，在水桶裡養著。」

「若愉，年糕和這幾樣一塊兒炒的話，起個什麼名比較好？」杜三妞問。

衛若愉只關心一事。「炒出來的東西能吃嗎？」

「這幾樣不相剋。年糕是米做的，好不好吃我是不知道，反正不會吃出毛病來。」杜三妞心想，大不了少做點，大家分著吃，吃得少，有問題也沒大礙。

「年糕，我們可以說年年高；海參、海參……」

「二哥，高升怎麼樣？」衛若恒說著一頓，自己否決掉。「不行，往海裡升，那就變成降了。」

杜三妞轉頭看了看還有沒有別的食材。「對了，加個荷包蛋，荷包蛋就像初升的太陽。」

「這個好！」衛若愉道：「不過，叫什麼名字？」

衛若忱靈機一動。「高升加高升，百尺竿頭，比起一路順風，我想伯娘一定希望大哥更進一步。」

「就做海參炒年糕，加個荷包蛋。」杜三妞一錘定音。「孫婆子，所有肉做成紅燒，蝦也一樣，看起來喜慶。對了，上菜的時候把海參年糕放到父親和母親面前。」

「噗！嫂子，妳學壞了！」衛若兮忍俊不禁，以父親和母親的性子，估計輪不到大哥吃。

杜三妞一臉無辜。「不知道妳說什麼。」

衛若兮輕笑一聲，喊先前被趕出去的丫鬟、婆子進來洗菜。

菜收拾乾淨後，杜三妞繫上圍裙，先炒魷魚和海參，然後倒入蝦，最後把煮軟的年糕倒進去，待年糕炒入味就盛出來。

衛若愉不禁吞口口水。「盛點給我嚐嚐，嫂子。」

「案板上有包子，餓了就去吃。」杜三妞切生菜灑在年糕上面增色，隨後又煎兩個荷包蛋放在上面。

本來大家都不看好的海參炒年糕，經過修飾，金黃的雞蛋，蔥綠的生菜，白嫩的年糕，通紅的大蝦和有些泛紫的魷魚混在一起，煞是令人垂涎三尺。

就連時時刻刻警告自己不可多吃，要保持身材的衛若兮也忍不住了。「嫂嫂，不如咱們先試試味道怎麼樣？」

「不怎麼樣。」杜三妞把海參年糕放到櫃子裡，天氣熱，無須擔心一會兒就變涼，同時也擋住一雙雙餓狼般的視線。「想吃叫孫婆子做，我做的時候她一直在旁邊看著。」話音落下，走到廚房門口的樹蔭下乘涼。

小丫鬟機靈地跟上去，給她搧扇子。「少夫人，奴婢去看看夫人在什麼地方？」

「不用看，在廊簷下乘涼。」杜三妞在這個時空生活了十八載，有時甚至忘記比人家多活一輩子，然而每到三伏天，她就對前世的記憶格外清晰，特別是關於冷氣的部分。

拭乾額角的汗水，杜三妞往門邊移兩步，見衛家姊弟幾個還圍在灶臺邊，很是納悶。

「你們不嫌熱嗎？」

衛若兮的額角上有密密麻麻的汗水。「今年已經比去年好多了，嫂子嫌熱先回去吧，母親也沒說必須妳親手做。」

杜三妞心想，的確沒說，但是她若回去，婆婆一定不高興。衛若懷明天遠行，即便裝也得裝作特別關心。「回去也沒事，相公這會兒估計在書房和父親聊天。」

衛若懷正在和衛老聊天。衛若兮十月分成親，衛老便等長孫女的婚禮結束，再帶杜三妞和衛若愉回老家。

衛老回來許久，今上什麼也沒講，按理大可不必回去了，但在青山綠水間待久了，接觸到的人特別簡單，衛老這次回來竟然各種不習慣；特別是和以前的同僚聊天時，對方三句話不離朝政，衛老不說只聽也很累。

衛若懷拜託衛老照顧杜三妞，看著他母親，別為難他媳婦。

衛老聽到這話樂了。「你母親到如今還以為你破壞了三妞的婚事，想起三妞的好就覺得咱家對不起她，有什麼可擔心？」

衛若懷一噎。「我、我這不是怕三妞和母親閒聊時，萬一說到她之前的事……」

「早知現在，當初何必扯那麼大的謊？」衛老鄙視他一眼。「行了，別在我跟前裝孝子賢孫，看著累得慌。去問問你媳婦，什麼時候吃飯？」

「我媳婦又不是廚娘，她不知道。」衛若懷一頓。「還有，我走後，不准三天兩頭使喚三妞做飯。」

「知道、知道！」衛老不耐煩地擺手。「你明天走，後天請太醫來給我看病，順便給她瞧瞧，叫太醫寫幾個調養身體的方子。你母親作夢都想抱孫子，聽到給三妞養身體，絕對不捨得她再跑去做飯的。」

衛若懷伸出大拇指。「薑還是老的辣！」

衛老嗤一聲，趿拉著鞋晃悠出去，恰巧碰到杜三妞端著年糕往飯廳去。「丫鬟、婆子呢？」

「今天菜多，她們一次端不完。」

杜三妞見爹娘分別坐在公婆兩側，她婆婆還拉著母親聊天，因天熱而生出的煩躁頓時消失殆盡；原本想把年糕放在公婆面前的，臨了放在衛若懷面前，不忘說：「母親，這道菜叫百尺竿頭。」

「百尺竿頭？」大夫人餘光瞟到兒媳婦端著一碟彩色的菜過來，正準備拿筷子，卻見兒媳婦拐了個彎，心裡不開心，便鬆開了丁春花的手，此時聽到兒媳婦的話，又喜逐顏開。「這個好！若懷，多吃點，你媳婦做的。對了，為什麼叫百尺竿頭？」

「我來說、我來說！」衛若愉端的四喜丸子還未放下，就急吼吼要給長輩們解釋，看起來很積極，其實是擔心他三妞姊不會編瞎話。

大夫人聽衛若愉說完，臉上樂開花，非常熱情地招呼杜三妞。「趕快坐下，忙這麼久該餓了吧？若懷，給你媳婦挾菜。」

衛若懷在母親面前從不幫杜三妞挾菜，自顧自地吃完就起身走人。起初杜三妞很不開心，但她自認為心理年齡比衛若懷大，便沒同他計較。

有次大夫人回娘家，衛炳文在戶部沒回來，當天中午孫婆子做了油燜大蝦，衛若懷不顧蝦子油膩膩的，親自給她剝蝦殼，杜三妞很是吃驚；礙於衛老和衛若兮他們也在，杜三妞便沒問為什麼，飯後衛若兮拉著她去玩，這麼一耽擱，杜三妞就忘記問了。

後來又有幾次，杜三妞才終於意識到，衛若懷某些時候的冷淡，只是做給他父母看的。一時間，杜三妞心中五味雜陳。

「不用、不用，我自己來。」杜三妞嘴上這麼說，還是等長輩們挾第二下的時候才動筷子。

丁春花見小閨女這麼懂事，心下大安，卻又覺得心酸。

「娘，您也吃啊！」衛若懷不好當著父母的面疼媳婦，卻可以孝順丈母娘。「三妞做的年糕不錯，我給您盛點？」

「別別別，我吃年糕不消化。」丁春花對上衛若懷關切的雙眸，暗嘆一聲，嫌自己心思重。

衛若懷可想不到丁春花有那麼多感慨。「吃蝦，特別新鮮。母親，您吃年糕嗎？」

大夫人似真似假地道：「終於想起我了？」

衛若懷笑嘻嘻道：「剛才見您正吃螃蟹，忙著呢！母親，我和祖父商量了一下，只帶錢明和鄧乙兩家去赴任，以後人手不夠再去買，您覺得呢？」

大夫人想了想。「也行，我再給你拿些盤纏。」

「不——」

「吃飯、吃飯！」衛老見大孫子想開口拒絕，連忙打斷他的話。傻小子，想叫兩房人全知道我偷偷補貼你不成？

衛若懷收到祖父的一記警告，趕緊埋頭吃飯。

杜三妞轉頭恰巧看到這一幕。

夜深人靜的時候，杜三妞偷偷問他怎麼回事。

「以後就知道了。」衛若懷趴在她身上。「娘子若是不累，咱們繼續……」

翌日，兩府人都去送衛若懷，獨獨不見杜三妞。

見大夫人面色不豫，衛若懷低聲說：「她累了。」

大夫人轉頭一看兒子雙耳通紅，頓時想捂臉，發現丁春花和杜發財不住地往院裡瞅，不禁揉揉額角，踱步過去。「親家母，三妞昨晚給若懷收拾東西，睡得晚，讓她多睡會兒。」

丁春花心想，昨天上午不就收拾好了？見女婿耷拉著腦袋，老臉登時一紅，拽著杜發財登上回家的車。

衛老倒是沒糊弄衛若懷，當天下午就派人去請不當值的太醫。

翌日太醫前來，得了衛老交代，十分鄭重地給杜三妞開了幾個藥膳方子，親手交給大夫人。

大夫人立馬派人去抓藥、買食材，甭說使喚杜三妞做飯了，見她去廚房做點心，大夫人也能念叨半天。

杜三妞每天被拘在院裡吃了睡、睡了吃，等衛若懷差不多到廣靈縣的時候，她整個人都胖了四斤。

不得已，杜三妞叫丫鬟守著門，偷偷在房裡練皮拉提斯。

小丫鬟趴在門縫瞧見，心裡嘀咕少夫人瞎折騰，回到自個兒房裡卻忍不住學她，然而一刻鐘不到，小丫鬟便滿頭汗水，嚇得去找杜三妞。「少夫人，您練的那叫什麼功？怎麼那麼累人？」

杜三妞先是一愣，反應過來後笑道：「吃了不怕胖的功夫。」

小丫鬟不疑有他，因為確實出了很多汗。「奴婢也能跟您一起練嗎？」

「可以啊！」杜三妞答應得十分爽快。

結果，兩府的小丫鬟得知大少夫人會一種吃了不怕胖的功夫，得空就去跟她學。

有衛若兮打掩護，大夫人並沒有發現；不過，衛若兮幫她也有條件，天天央求杜三妞研究幾道新鮮的菜，留到她回門那天做給親戚朋友吃。

京城食材有限，杜三妞縱然是巧婦也無能為力，何況她上輩子是職業女性。

「我們去大眼那裡看看？」衛若兮不死心。「大眼的老鄉上個月回來，一定帶來很多咱們這邊沒有的東西。」頓了頓，拋出誘餌。「嫂子，妳若跟我去，我教妳做衣服。」

九月中旬，天氣變冷，家裡每個人都添置了兩套厚衣服，杜三妞有三套，其中一套正是小姑子衛若兮做的。

杜三妞給她婆婆請安時，見婆婆給公公做衣服，回到小院裡就想給衛若懷做衣服，可是她不會，又不好意思向身邊的丫鬟、婆子請教。衛若兮的話讓她心中暗喜，但不動聲色地說：「好吧！」

西域人大眼見杜三妞過來，把老鄉運來的東西都擺了出來。

杜三妞忍不住打個噴嚏。「什麼東西味道這麼嗆？」

「做菜的調味料。」大眼說。

衛若兮大喜。「大嫂！」

「我知道了。」杜三妞捂著鼻子正要過去，餘光瞥到身邊的東西，猛地睜大眼。「這是什麼？」

「小茴香籽啊！」衛若兮轉頭一看。「咱家院裡就有，嫂子沒看到？」

「我、我看見小茴香了。」杜三妞不想承認她沒看到。「可是沒想到小茴香籽也能當調味料。」

聽到一聲輕笑，衛若兮循聲看去，大眼的婆娘？

包著頭巾的婦人忙說：「大小姐說錯了，這是孜然，比茴香籽小一點，我們烤肉的時候喜歡用這個。」

「有什麼區別嗎？茴香籽也能燉肉啊！」衛若兮不解。

「回家試試不就知道了？」杜三妞問：「能給我秤半斤嗎？」

婦人說：「有幾十斤呢，足夠少夫人要的。」說著話就去找秤。

杜三妞發現孜然後，不由自主地認真起來。等她和衛若兮回去時，不僅買了一大包調味料，又拐去街上賣香料的鋪子。

衛若兮直勾勾地盯著她。「嫂子，買這麼多了還買？我們得吃到明年這個時候。」小心回到家，母親數落妳。

「能用到年底就不錯了。」杜三妞正回想著咖哩粉怎麼做，沒發現她話裡有話。

到家後，杜三妞就吩咐孫婆子把她買的材料炒熟，又交代她們把調味料磨成粉。

衛若兮見孫婆子往調味料粉裡加糯米粉，下意識往周圍看，見母親沒過來，便偷偷吩咐小丫鬟去門口守著，以防她母親過來的時候正好碰到嫂子的新菜失敗。

杜三妞見她如臨大敵的模樣，心下好笑，想告訴她只做咖哩飯，其他照舊；不過，難得見她這麼緊張，便由著她誤會。

與此同時，得知兒媳婦今日出門，衛大夫人便早早坐在飯廳外的抄手遊廊下，看到丫鬟端著碟子魚貫而入，大夫人十分矜持地等兒媳婦來請她。

大夫人張眼一瞧，蒜蓉生菜、清炒南瓜絲、蔥爆豬肉片？這都是什麼跟什麼？「妳們去東市就買這些？」說好的新菜呢？

「菜是孫婆子買的。」杜三妞奇怪。「母親聽誰講的？我們就買點調味料而已。」說話間，把一碟咖哩飯放到衛老面前。

大夫人眉頭微皺。「怎麼把飯和菜一起煮？」

杜三妞前世幾年的職場生涯不是白混的，不看婆婆的表情也察覺到她不高興，可是想破腦袋也想不出她為何不快，難道更年期到了？「母親，這個是調味料飯，不叫菜和飯。今天是我第一次做，如果不好吃，祖父，您老人家得等我走了再偷偷倒掉餵狗啊！」

「咳！熟了沒？既然熟了，不好吃我也會吃完，誰叫調味料飯是我孫媳婦做的呢！」說到這裡，衛老嘆了一口氣。「兩個月啊，終於又吃上我孫媳婦親手做的飯了，下次不知得到什麼時候，我可得好好珍惜。」

「父親怪我不許三妞做飯？」大夫人意識到誤會兒媳婦，臉上閃過一絲不自在，故意拿話堵衛老，好掩飾她的不自在。

「伯娘，您不吃，我吃！」衛若愉和兩個弟弟先後進來，手上的水還沒擦乾就往飯廳裡鑽。

今日不冷不熱，微風和煦，二夫人帶著兩個閨女回娘家，衛若愉哥兒倆便名正言順過來蹭飯；雖然二夫人在家的時候他們也沒少過來蹭吃蹭喝，終歸不好敞開肚皮吃。

「你的在那邊！」衛若兮揪住他的耳朵把人拽過去。「母親，裹著雞肉的調味料和米飯拌均勻，用勺子舀，可好吃了。」

大夫人拿起筷子的手僵住。「妳吃過？」

「幫嫂嫂嚐嚐味道。」衛若兮忙說：「只吃一小口，您和祖父都沒吃，我可不敢先吃。」拉著杜三妞坐下。「您若是喜歡，我再派人去買些食材，我們今天買的調味料看起來多，磨成粉才裝了一罐子。」

大夫人的眼神閃了閃，很懷疑黃黃的調味料會不會吃壞肚子？

杜三妞餘光瞥到婆婆不動勺子，裝作沒看見，自己吃自己的。

大夫人見一家老小都埋頭吃調味料飯，試探地舀了半湯匙吃。「這……這什麼味啊？」

「調味料味啊！」衛若兮道：「薑黃、豆蔻、丁香、八角、桂皮等等，有十來種呢！單單把這些調味料炒熟磨成粉，孫婆子幾人就忙乎了一個多時辰。祖父，您覺得怎麼樣？」

「實在不怎麼樣。」衛老道：「不過，勉強還能接受。」

「您老可別勉強。」衛若愉塞了一口調味料飯，嚥下去又說：「嫂子，看樣子伯娘和祖父都不喜歡，那些調味料給我吧，我和若忱喜歡吃。妳和若兮姊想吃的時候，提前跟我母親講一聲，叫她多做些。」

「誰說我不喜歡？」大夫人不樂意了。「想吃自己買食材自己磨，別整天盡想些美事。對了，媳婦兒，給妳父親送飯了嗎？」

「咳！母親，您現在才想到父親，是不是有些晚了？」衛若恒差點嗆到。

大夫人瞪他一眼，絕不承認先前只顧著猜兒媳婦做什麼吃，把她相公忘得乾淨。

杜三妞抿抿嘴，忍下笑。「送過去了，我沒敢送調味料飯，怕父親不喜歡，到時候不吃飯，只吃菜吃不飽。」

「妳考慮得很周到。」大夫人說到這兒，猛地想到。「父親，安親王那邊……」

衛老放下勺子，喝口紫菜湯。「若兮成親後再說。若懷和三妞已成家，將來還有孩子要養，回頭我找安親王聊聊，不管多少得給點表示，不能再白送食譜。」

杜三妞心想，安親王真沒白拿她的食譜，遠的不說，她和衛若懷成親那日，王妃派人送來一套嵌紅寶石金頭面，足以買下她姊夫的迎賓酒樓。如果不是她提供食譜，縱然衛若懷去求安親王妃給她撐面子，王妃也不會一出手就是一套那麼貴重的首飾。

「必須的。」大夫人深以為然。「王妃來給若兮添箱時，我也同她聊聊。」

杜三妞低下頭和碟裡的米飯奮鬥，一副全憑長輩作主的樣子。實則，杜三妞不好意思，再一想到她拿出的食譜都是別人的勞動成果，就更加心虛了。

永遠不會知道真相的衛老和大夫人相視一眼，誤認為杜三妞乖巧聽話，便想著回頭得多敲安親王一筆！

衛老和大夫人是真受不了咖哩味，杜三妞就想把咖哩粉送給二夫人一半，另一半寄給衛若懷；然而衛若兮不同意，直言留著她回門那天做菜。

沒辦法，杜三妞只好又吩咐丫鬟去買些食材回來，磨五斤咖哩粉，三斤給衛若懷送去。

衛若懷初上任便是廣靈縣縣令，很多東西都不懂，好在身邊有個縣丞林瀚，兩人磕磕絆絆，摸索一個多月，終於對縣裡庶務上手。

忙起來，衛若懷沒時間想媳婦，剛剛閒下來，杜三妞的東西就到了。衛若懷拿著杜三妞親手做的衣服，看到信上寫她多麼無聊，又顯擺她搞出的調味料粉，衛若懷心裡鈍鈍地痛。

衛若懷和杜三妞成親後，衛若懷忙著備考，小夫妻也只有晚上休息的時候能說幾句體己的話；高中狀元之後，衛若懷又忙著跟衛炳文學習官場禁忌、待人處事等事宜，更加沒時間和杜三妞相處。

掰手指算著，最遲再過一個月就能見到妻子，衛若懷長嘆一口氣，騎馬回杜家村。

在杜家用過晚飯後，他直接在三妞房裡歇息，翌日收拾好心情才給杜三妞回信。

一來一回，杜三妞收到他的信已是十月初二下午。杜三妞拿著信回到房中，正想拆開，房門被拍得砰砰響，嚇得她忙把信藏到枕頭下。「有事？若兮。」

「不得了啦！」衛若兮拽著她的胳膊，風一般往正房跑，邊跑邊解釋。「妳前腳走，後腳城外莊子上的管事就到了，他、他說四畝地收了一萬多斤馬鈴薯！」

「多少?!」杜三妞踉蹌了一下。

衛若兮腳步一頓。「妳、妳不知道？一畝地將近四千斤，親手把馬鈴薯刨出來的農夫都快嚇瘋了！」

「我不知道啊！」杜三妞定了定神。「確定嗎？」

衛若兮使勁點點頭。「管事的說，他活了大半輩子，第一次見到這麼高產的東西，母親聽到差點暈過去，派人去找父親，又叫我來喊妳，問妳到底怎麼回事？」

「可是，我也不知道啊！」杜三妞只知道吃。「派人去找西域人大眼？馬鈴薯是他提供的。」

「對對對！」衛若兮連連點頭，隨即喊腿腳索利的小廝騎馬去接大眼。

等待的過程中，衛老來回地踱步，見衛炳文回來忙說：「先別問，咱們出城一趟，路上我再跟你講。」

等大眼過來，就坐上馬車隨衛家一眾出城。

看到堆成小山的馬鈴薯，天南地北到處跑的西域人大眼也驚到了。「怎麼這麼多?!」

「是不是因為這裡的地適合種馬鈴薯？」杜三妞想了一路，弱弱地說。

大眼心中一動，走到地裡，片刻，向衛炳文道：「小民知道為什麼了。衛大人，小民收馬鈴薯的地方土地貧瘠，一畝地最多收一千多斤馬鈴薯，您家的土地之前應該是種小麥，地裡連根草也看不到，種這塊地的人又勤快……您再看這裡，還有牛糞，所以一畝地能產出這麼多馬鈴薯，小民覺得挺正常的。」

「可是，也太多了吧？」衛炳文下意識尋找父親，只見老父親手中各拿一個馬鈴薯。「有問題？」

衛老搖了搖頭。「沒有，不過這一個至少有一斤。老大，看這個……」指著馬鈴薯秧。「看樣子，一個秧上面像有三個馬鈴薯。」

「老太爺，大塊的馬鈴薯秧上面有四個，有的還有五個呢！」莊頭忙過來說：「地頭上還有一些沒刨出來的，您看？」

「老大媳婦兒、若懷媳婦、若兮，妳們先回去。」衛老想了一下，說：「再派個人去請安親王。」

杜三妞一聽便知接下來和她沒什麼關係了。

兩天後，一萬多斤馬鈴薯只剩下三千斤拉到衛家，杜三妞叫衛若恒去打聽，才知道馬鈴薯被管農事的官員拉走了。

衛若兮的婚期越來越近，大夫人把席面交給兒媳婦處理，杜三妞便吩咐廚房，比照她和衛若懷成親那日置辦。

孫婆子等人詫異不已，大少爺乃衛家嫡長孫，大小姐怎麼能和他比？何況回門宴的客人也比五個月前少一半；然而當家主母這段時間就知道吃吃吃，廚房裡的事全權交給少夫人了，孫婆子即便心裡犯嘀咕，也只能老老實實地去買菜。

杜三妞帶著一干丫鬟、婆子試菜，也就沒精力去管別的事。

衛家這幾天因馬鈴薯一事出盡風頭，又因當初種馬鈴薯只是為了吃，從未刻意隱瞞，外人一查就查出馬鈴薯是衛家少夫人吩咐種的。

衛若兮回門當日，衛家的親戚見到大夫人就連說恭喜，恭喜她得了個能幹的兒媳婦。

大夫人謙虛地笑了笑，直言小輩們鬧著玩，沒想到下面的人當真，用心伺候，一畝地才長出那麼多馬鈴薯——意思就是，可不是衛家故意隱瞞馬鈴薯產量，故意鬧那麼大動靜的。

這些官夫人暗暗撇嘴，正想說些什麼卻聽到衛家下人來問話。

「夫人，少夫人問您可以開飯嗎？」

「可以。」大夫人笑容可掬，道：「大家入座吧！」主位坐的自然是衛若兮的姑姑安親王妃、外祖母和舅娘、姨娘。

安親王妃見還有人嘀嘀咕咕，輕咳一聲。「今天有那個馬鈴薯嗎？」花廳裡瞬間安靜下來。

大夫人答：「我還真不知，都是若懷的媳婦置辦的，要不我去看看？」

「王妃娘娘，這個是炸馬鈴薯條，沾您面前的醬汁吃。」小丫鬟適時出現。「他手裡端的是醋溜馬鈴薯絲，還有馬鈴薯餅和馬鈴薯燉小雞。」

「嘖，妳家少夫人仗著家裡馬鈴薯多，給我們做馬鈴薯宴不成？」安親王妃故作嫌棄道：「忒會過日子了！」

「可不是嗎？」小丫鬟道：「才二十道菜、十個湯，奴婢也覺得有點少。王妃娘娘您別氣，奴婢這就叫廚房再添幾道。」

安親王妃一噎，當初她的回門宴也不過十二道菜、六個湯。

大夫人見她的表情變來變去，點了點小丫鬟的額頭。「就妳話多！去喊少夫人過來吃飯。」

「少夫人回房換衣服去了，待會兒就來。」小丫鬟抿嘴笑了笑，跑出去端菜。

杜三妞一出現，眾人齊齊看向她，嚇得杜三妞下意識躲到她婆婆身邊。

大夫人拉著兒媳婦的手，笑著打趣道：「瞧這沒出息的！」

杜三妞見婆婆笑出魚尾紋，偷偷撇撇嘴，衝對面的新媳婦使個眼色，看衛若兮指了指菜，又畫個圈，杜三妞立馬明白，她婆婆又收到一圈羨慕嫉妒了。

大夫人瞟到兒媳婦和閨女的小動作，挑了挑眉，什麼話也沒講；但是，當咖哩牛肉端上來時，大夫人精神一振。「嚐嚐這個。」碟子還沒放穩當，她就用公筷給安親王妃挾了一塊牛肉。

速度快得安親王妃看到碗裡多出的牛肉，好一會兒才反應過來。「又是我沒吃過的？」

大夫人點了點頭，轉頭問杜三妞。「除了這個還有什麼？」

杜三妞抬頭一看隔壁桌的客人也跟著放下筷子，齊齊往這邊看，很是無力。「今天沒有包子、饅頭，主食是調味料飯，具體的我也講不清楚，等會兒姑母就知道了。」

安親王妃摸摸已經有六分飽的肚子，不自覺放緩挾菜的動作。

其他人有樣學樣，待最後一道菜，也就是拌均勻的咖哩飯端上來時，滿桌子菜有一半都沒動過。

杜三妞倍感頭痛，不禁揉揉額角。

二夫人忙問：「怎麼啦？這幾天累著了？」

「沒事。」杜三妞心底淌過一股暖流，使勁眨了眨眼睛，打起精神。「有點渴。嬸娘，我出去看看什麼時候上湯。」到外面把守在門口的兩個丫鬟喊到一邊，低聲交代。「上湯的時候得撤盤子，告訴他們端走沒動過的菜，比如整雞、整魚，留著你們吃。」

兩個丫鬟頓時喜不自勝，屈膝道：「謝謝少夫人，奴婢去告訴大家！」說完就跑。

杜三妞忙拉住她們。「且等等！雙皮奶在魚丸湯之前上。」

魚丸湯又稱丸子湯，喝下丸子湯也就表示宴席結束了。兩人一意識到杜三妞說什麼，孫婆子的小閨女向前一步，有些害羞、有些忐忑地問：「您不是交代我娘，雙皮奶第二個上嗎？少夫人。」

衛若兮的回門宴沒有東興樓的主廚幫忙，錢娘子也隨衛若懷去廣靈縣了，只有孫婆子一個掌勺的，杜三妞叫她琢磨十個湯，孫婆子都快為難哭了。

杜三妞以前在老家沒少幫別人做喜宴，然而那時用一隻雞做三個湯也沒人有意見，到這裡可不行；於是去西域人大眼那裡找些新鮮玩意兒，誰知甫一進門就看到他婆娘在喝牛奶，杜三妞向她打聽，才知道城外有賣鮮牛奶。

京城人不喜歡喝牛奶，嫌味道腥，大眼一家老小卻很喜歡，每天都去買牛奶喝。杜三妞問清路線，出了大眼家就去牛場，訂了幾十斤牛肉和幾十斤新鮮牛奶，叮囑他們初十早上送到衛家。

今天的湯除油炸魚塊湯、海鮮蘑菇湯、紫菜胡辣湯、排骨蘿蔔湯、清燉老鴨湯、羊肉湯、魚丸湯，還有個雙皮奶、牛肉粉絲湯和牛筋湯。

牛筋是養肉牛的那家人送的，據說是因為衛府買的東西多。在杜三妞眼中，牛筋相當於膠原蛋白，她可不捨得用牛筋招呼賓客，便交代廚房牛筋放到倒數第二道，牛筋少放點，海帶多放些，反正吃到最後賓客也沒胃口了，才不在乎湯裡面是些什麼玩意兒。

杜三妞嫁到衛家後，衛家的主子、奴才都胖了一圈。幾個月過去，全府下人不知不覺中把大少夫人的話當成聖旨，她說一沒人說二，她說喝湯沒人敢做菜。

杜三妞看到她這樣，心下好笑。「我記得今天做一百五十碗？」

小丫鬟連連點頭。「是的、是的！盛雙皮奶的碗還是奴婢和奴婢的大哥去東興樓借的，本來一百三十碗就夠了，少夫人您說那個……叫什麼有備無患。」

「客人若是不喝，我作主，全賞你們。」杜三妞說。

兩個丫鬟歡呼一聲，意識到客人在不遠處的花廳裡，忙捂住嘴巴。「少夫人，快回去吧，奴婢知道該怎麼做。」

杜三妞嫁到衛家不少時日，婆婆的脾氣就算沒摸清楚，也多少有所瞭解。衛家大夫人從來都是想一齣是一齣，前一刻豔陽高照，下一刻有可能烏雲密布；好在她不開心的時候也是一個人生悶氣，不作踐下人，也不給她立規矩，否則，她才不伺候。

然而，想到接下來要說的話，杜三妞嘆氣，回到座位上，低聲同二夫人說：「嬸娘，還有個甜點，您和母親說一聲。」

二夫人另一側正好是大夫人，只見她拍拍大夫人的腿，隨後放下筷子。

大夫人收到信號就對王妃說：「莫不是忘了還有湯？」

「大嫂，這個飯好好吃！」咖哩飯一入口，倒把安親王妃打回原形。「若懷媳婦，做出這麼好吃的飯今兒才端出來，不厚道啊！」

「姑母，這個飯我知道，嫂子前幾天才想出來的。」衛若兮接過話頭。「為了今天這頓飯，我大嫂走遍京城大街小巷，幸好大哥不在家，否則，您我都別想吃到。」
「照妳這麼說，我還得謝謝若懷了？」安親王妃一萬個不信。
一道屏風之隔的衛老冷不丁咳嗽一聲。
安親王妃倏然閉上嘴巴。
安親王爺瞥一眼老岳父，很是無語。他家王妃又沒說什麼，至於這麼護犢子嗎？
大夫人好後悔多嘴，早知道就不提醒她，然而即便有她的提醒，隨著又酸又辣又清淡的各種湯輪番登場，輪到雙皮奶時，九成賓客已是吃得直不起腰了。
女客這邊還好點，畢竟一屋子官太太，一個比一個能裝；男客那邊，安親王爺乾脆半躺在椅子上，見小廝端上來一個小兒巴掌大的碗，都沒看清楚裡面是什麼，就煩躁地揮著手。「端下去，別放在這兒噁心我。」
「王爺！」衛炳文表情驟變，聲音冷得掉冰渣。
安親王打了個激靈。「我、我沒別的意思，大舅哥，你聽我說……」指著喉嚨。「飯都到這兒了，你們居然還繼續上湯？我想吃吃不下去，不吃又忍不住，可不得先吐再吃？」
「王爺，還能再噁心點嗎？」安親王妃一手舉著勺子，一手捂著嘴巴。
杜三妞看著都替她累得慌。「姑母，要不就嚐一口，吃個味？」
「這個主意好！」安親王衝小廝擺擺手。「給我。」舀一勺子吃，驚呼。「咳！這、這……若懷媳婦，妳存心的是不是？」

杜三妞自然不理他，只對婆婆說：「這個叫雙皮奶，吃起來香甜清淡，裡面是牛奶和雞蛋，上面的笑臉是葡萄乾拼成的，今天上午剛做出來，沒來得及告訴母親。」

大夫人深深看她一眼。信妳才怪！

眾賓客也覺得她是故意的，否則怎麼偏偏放到最後，大家連一滴水都喝不下去的時候才端上來？

杜三妞漫不經心地往四周看一眼。她就是故意的，怎麼啦？許你們在背後議論我的出身，不許我由著性子來一次？再說了，婆婆大人之前可是不止一次提醒，後面有靚湯，一個個像八輩子沒吃過飯似的，怪誰啊？

安親王想怪杜三妞，衛炳文一瞪眼，安親王嚇得遁走，晃悠到外面就衝王府護衛招手。

「去把衛家廚房裡的雙皮奶全端我們府上去！」

「主子，您……還沒吃飽？」護衛長瞅了瞅他大如簸箕的肚子，艱澀地道。

「我吃了，世子和小郡主還沒吃呢！為人父母怎麼能只顧自個兒？趕緊去！」安親王想把他一窩兒子、閨女全帶來的，但是衛若懷成親那會兒他們沒來，王妃怕杜三妞看到多想，就沒帶小輩過來。

護衛無言以對，再次變成土匪，把廚房洗劫一空。

衛府的丫鬟、小廝又氣又怒還不敢吭聲，幸好桌上還剩下不少沒動過的雙皮奶聊以慰藉。

送走最後一個娘家人後，大夫人進院裡就衝身邊的大丫鬟喊。「去把少夫人給我叫過來！」

「幹麼呢？」衛炳文皺眉。「聽了半天恭維話，還沒聽夠？」

「她、她……那丫頭做出新點心居然藏著掖著！」大夫人想到就來氣。「簡直豈有此理！」

衛炳文冷哼。「這事得找妳兒子，三妞跟他學的。妳別瞪眼，好好想想，他若不娶三妞，兒媳婦不來京城，妳這輩子甭說吃雙皮奶，估計還把味不正的松鼠魚當成寶呢！」

「你……」大夫人氣得胸口起伏不定。

衛炳文不禁扶額。「是不是把調味料粉的事給忘了？」

「調味料粉什麼事？」大夫人說到這裡，朝自個兒腦門上一拍。「夭壽啊！我把正事忘了！對了，你是不是也忘了？」

「妳以為我是妳？」衛炳文鄙視她一眼。「王爺做了虧心事，早早躲在馬車裡，我沒機會同他講。」

「現在怎麼辦？兒媳婦的行李都收拾好了，後天走；若愉也和國子監那邊說好，明天開始就不再去上課了。」大夫人急得團團轉。

衛炳文等她轉累了，才說：「妳明天去王府一趟。」

「不去！」大夫人想都沒想。「這麼一去，搞得像我們上趕著求她一樣。」

衛炳文說：「妳先給兒媳婦一筆錢，騙她說賣調味料粉得的，反正兒媳婦也沒反對把方子賣給王爺，想來她也不心疼。那丫頭聰明，搞不好過幾天又想出一個來。」

「可惜我吃不上了。」大夫人想到從後天開始，家裡的飯菜將再次變得千篇一律，不禁脫口道：「後天下雨就好了，最好連下十天半個月。」

「我看連著下一年更好。」見大夫人居然連連點頭，衛炳文眼前一黑。「還想早點抱孫子嗎？」

大夫人瞬間蔫了。

為了杜三妞能順利出城，早點和她兒子團聚，早點生出大孫子，大夫人天不亮就把杜三妞喊起來了。待二房姊妹倆蹦蹦跳跳來找人時，杜三妞和衛老一行已登上南下的客船。

衛老的身子骨兒不如早兩年，這次南下衛炳文建議父親走水路，省得路上顛簸。衛老還惦記著曾孫子，想多活幾年，便聽兒子安排。

杜三妞出發那天，衛炳文給兒子去了一封信。

衛若懷早早便在縣裡買好一座三進的院子，房子位於縣衙隔壁。收到父親的來信就吩咐下人打掃院落，而他照舊每日騎馬回杜家村，直到十月底，估算著媳婦不日便可到達，才在縣裡住下。

十一月初二，下午酉時兩刻，衛若懷像以往一樣和縣丞林瀚信步出來，猛地僵住。

「不認識啦？」杜三妞笑盈盈迎上去。

「妳、妳……你們幾時到的？怎麼不派人來提前說一聲，我也好去接妳。」衛若懷抬起手，意識到他這是在衙門外。「我們快回家，祖父呢？」

「祖父和若愉回村裡啦！」

兩人一回到家不約而同地直奔臥房，關上房門後，衛若懷再無顧忌，緊緊抱住多日不見的妻子，待看清她的臉後，面色微變。「怎麼還瘦了？母親又把妳當成廚娘？父親給我的信中居然提都不提——」

「沒有。」杜三妞打斷他的話。「你這樣，若愉他們幾個也這樣，每天晌午吃飯都得先問問誰做的，聽說是孫婆子做的才繼續吃，一旦聽說是我做的，就跟母親好一番理論。」

「妳是我八抬大轎娶進門的，又不是母親從人牙子手裡買來的。」衛若懷撇撇嘴。

杜三妞好笑。「給你講個故事吧！若兮有個小姊妹，去年年初嫁人，今年九月分孩子滿百天的時候若兮去看她，整個人精神萎靡、臉色蠟黃，一點也不像剛生過孩子的人。」

「生病了？」

杜三妞朝他腰間擰一把。「聽我說完。若兮說她生了個姑娘，她婆婆一心盼著大孫子，見是個丫頭片子別提多生氣了，剛出月子就一天三頓地伺候她婆婆，端茶倒水、盛飯挾菜，儼然把她當成丫鬟使喚。好生生的一個人被折磨得，見若兮要回去，還拉著不叫她走，若兮說得空就去看看她，這才鬆手。」

「別擔心，妳若生個閨女，我們就不回京城，什麼時候生兒子什麼時候再回去。」衛若懷信誓旦旦地保證，攬著杜三妞的胳膊緊了緊。

杜三妞想說「我不是這意思」，見他這般緊張，遂笑道：「如果我像我娘連生三個丫頭片子呢？」

「我們在外面待到母親年齡大到沒精力折騰時再回去。」衛若懷想都沒想。

杜三妞噗哧樂了。「嗯，記住你今天的話啊！不過我還沒說完，從你走後，母親就把廚房裡的事交給我了，偶爾叫我做頓飯，從未叫我給她挾菜啊什麼的。」

「給她做飯就不錯了，還想怎樣？」想他當初為了能吃到媳婦兒做的飯，絞盡腦汁想各種不要臉的理由，衛若懷現在想起來就忍不住佩服當初的自己，臉皮真厚。

杜三妞搖頭失笑。「若兮的回門宴，母親推給我，這裡只有咱們倆，我跟你說實話，剛開始我可生氣，可後悔嫁給你了。」

「不准！」衛若懷在她嘴巴上咬一口。

杜三妞不客氣地推開他的腦袋。「還讓不讓我說？」

「說說說！」衛若懷心裡很不爽，這時候應該把缺了幾個月的公糧交出來吧？但又怕媳婦兒真受委屈，遂道：「我不再打斷妳的話。」

杜三妞深深地看他一眼。「母親把客人的名單給我，讓我安排座位，我哪會安排啊？好在那時若兮還在家，我一邊問她誰是誰，一邊安排。不知道母親從哪兒得知我寫好了，立馬派人來取。第二天又派人把名單送回來，我翻開一看，裡面改了好幾處，又找人打聽才知道那幾人表面上關係不錯，私下裡卻有些不小的矛盾。對比若兮的小姊妹，母親明明就是在鍛鍊我。」

「她可以和妳直接講啊！」衛若懷不懂內宅的事，還是覺得母親把他媳婦當成廚娘，卻不知道京城沒有幾個新媳婦能像杜三妞這樣，嫁進門就被婆婆委以重任。

衛若兮的回門宴，京城貴婦人來了三分之一，杜三妞在船上的那段時間回想起來，真不知該說她婆婆被飯糊了腦袋，還是生來就這麼大膽？

杜三妞道：「那樣我如果遇到不懂的地方一定會先想到問母親，而不是自己想辦法解決。如果我們在京城，這樣做沒關係，但是我們在廣靈縣，我娘又不懂，大姊和二姊也幫不上什麼忙，哪天你請同僚來家裡吃飯，我鬧出笑話，你就不會這樣說了。」

「照妳這麼說，我還得謝謝她？」衛若懷點了點她的額頭。「可別被母親給騙了，我看啊，她把若兮的回門宴交給妳，純屬她不知道該做哪些菜；至於把廚房交給妳，就是為了吃到好吃的，順便讓妳練練手。」

「果然知母莫若子，我都沒想到。」

衛若懷正想說「那當然」，一看到她眼中的促狹，便道：「好啊，敢打趣我，看我怎麼收拾妳！」

鄧婆子聽到房中隱隱傳來的聲音，衝錢明的婆娘低聲說：「過半個時辰再做飯吧，做些清淡點的。」

「嬸子，他們……」錢明家的指了指臥房。

鄧乙的娘點點頭。「明年這個時候，咱們就該有小主子了。」

錢明家的忙問：「是不是得買人？」

「估計過兩天就得去建康府看看，那邊城大，無家可歸、沒爹沒娘吃不上飯的人多，咱們也好挑。」鄧婆子邊和她往廚房方向去，邊說：「到時候妳就是管家娘子了。」

「我什麼都不懂，只會做飯。」這還是嫁給錢明之後，婆婆手把手教的。

鄧婆子拍拍她的手。「這一點就成了，你們家照顧了少夫人的爹娘幾個月，以後啊，少夫人不會虧待你們家錢明。」

「我家那個斗大的字不識一個，少夫人要用，也是用我小叔子。」錢明家的謙虛地笑了笑。

鄧婆子瞥她一眼。「別瞞我了，妳的兩個小叔子整日裡惦記著脫籍單過呢！也就少爺身邊沒多少可用的人，一旦少夫人騰出手來調教幾個，不用妳婆婆求到少夫人跟前，少爺也會打發他們出去。」

錢明家的尷尬地笑了笑。她本是衛家莊子上小管事的閨女，從小見慣貴人作踐附近百姓，很能理解爹娘作夢都想到主子身邊伺候的心思。她爹只是個小管事，官差看見都客客氣氣的，若是在主子身邊做事，那豈不是官老爺看見也得客客氣氣的？

在京城衛家大宅待了幾天，錢明的媳婦看出來事實上確實如此，所以很不能理解小叔子為什麼一心想著脫離衛家？獲得自由身又如何，一定能獲得自由嗎？好在婆婆沒少念叨下輩子要繼續伺候少夫人，所以錢明家的雖然尷尬，心裡卻沒多少惶恐。

小別勝新婚，但留給衛若懷和杜三妞的時間並不多，衛老當初答應丁家人，在村裡辦回門宴。

衛若懷和杜三妞帶著一眾奴僕，拎著大包小包，見到杜發財便同他說辦兩天流水席，第一天晌午宴請親戚朋友，接下來請村裡人吃飯。

丁春花不同意，杜三妞掏出兩張銀票往她娘面前一放。「我婆婆給我的，說專門留著請客，夠嗎？」

二百兩？甭說兩天，三天也足夠！村裡東西便宜，雖然已進十一月，但廣靈縣這邊不到臘月不上凍，京城已被冰雪覆蓋，這邊因天氣暖和，還能買到很多青菜。

「我和妳爹不在家的這段時間，妳大伯他們駕著我們的驢車去幫人家做飯，也幫人家做過兩次流水席，你們若是決定了，這事交給他們就成。」丁春花說。

杜三妞點頭。「我們決定了。」其實她才不捨得。

前天晚上，衛若懷給她一箱金銀，杜三妞問他裡面有沒有別人孝敬的，衛若懷哪想過這些？兩口子算到半夜，算出那箱子銀錢至少有一半是別人孝敬的。

偏偏衛老一直沒事，京城也沒有關於他貪污的流言，所以杜三妞猜，這些錢大概是衛老幫了什麼人，人家後來感謝他的；雖然是這樣，杜三妞還是覺得錢有些燙手。

這個猜測杜三妞沒同衛若懷說起，但心裡存著早點把這些錢花出去的心思。

流水席過後，杜三妞和衛若懷回廣靈縣，衛若愉倒是想跟著，但是他明年得參加童試，衛老便把他拘在身邊看書、做文章。

回到縣裡的第三天，杜三妞帶著鄧婆子和錢明家的，以及四個穿著常服的官差去建康府。傍晚，縣衙隔壁的衛府多出三男三女，頭髮枯黃、瘦瘦弱弱，年齡最大的不過十四歲。

衛若懷看到他媳婦買的人，頭疼不已。「他們能幹麼？」

「我……小的力氣大，能挑水！」最矮的少年猛地竄出來，恐怕男主人把他送走。

杜三妞拉著衛若懷的胳膊晃啊晃的，晃得衛若懷心蕩漾。「他們都是好孩子，而且人是我買的，你有意見也忍著。」說完，轉身回房。

衛若懷忙不迭地跟上。

三男三女一臉茫然，什麼情況？

鄧婆子笑道：「在這個家裡，當家的人是夫人，不是大人，你們只管伺候好夫人，大人自然不會趕你們走。」

「真的嗎？」少男、少女們不太信。

第二十五章

翌日，六人遠遠瞧見男主人吃著晶瑩透亮的豬肉燒賣，喝著他們早上磨的豆漿，沒有再和夫人說送他們走的話，心下大安。

衛大人出去後，六人就從角落裡出來，卯足勁在杜三妞面前獻殷勤，一會兒倒水，一會兒要給她捶腿。

杜三妞擺擺手叫他們下去，他們一個個露出惶恐不安的表情，氣得杜三妞想去隔壁揍衛若懷一頓。「我買你們可不是叫你們來伺候我的，暫時跟著鄧乙和他媳婦學規矩、學識字，明年這個時候必須學會看帳本。」

「夫人打算讓他們管鋪子？」鄧婆子忙問。

杜三妞搖搖頭。「他們日後要做的事比鋪子裡的事重要多了，告訴妳兒子，用點心；還有妳家那幾個小子，明年我都有用。對了，大人不知道，讓我聽見誰在若懷面前嚼舌根……」

「不會的、不會的，奴婢這就交代下去！」鄧婆子面上惶恐，心想得趕緊告訴大家，少夫人終於要單幹了！

杜三妞從未想過單幹，一來她不想忙得腳不沾地，二來她想要個孩子。杜小魚不過比她大一歲，如今已是兩個孩子的娘；陳萱剛成親那會兒雖然不好好過日子，現在孩子也會跑了。

衛若懷處處為她考慮，杜三妞不想聽到大家議論縣令大人的妻子中看不中用，是個不下蛋的母雞。杜三妞小時候聽夠這些話了，無論如何她都不想衛若懷再經歷一遍，雖然衛若懷本人可能並不在乎。至於買來的六人做什麼？怎麼做？杜三妞也已有打算。

臘八傍晚，夫妻倆回到杜家村的衛家，晚上杜發財和丁春花過來吃飯，一家人閒聊時杜發財問衛若懷衙門裡忙不忙。

杜三妞接道：「不忙，他有時候一整天都沒什麼事。」

「妳知道啊？」杜發財沒好氣地瞥她一眼。

衛若懷點了點頭。「一些雞毛蒜皮的事，林瀚就能處理好，我這個縣令跟個擺設似的。」閒下來他就忍不住懷疑，真像父親說的，皇上打算重用他？

皇帝倒是想把他弄到貧窮地區，然而衛若懷未滿二十，從小到大順風順水又沒經歷過什麼挫折，怕他到貧困地後把自己為難得一蹶不振。

廣靈縣地處江南，風調雨順，物產豐富，百姓安居樂業，偶爾出點事衛若懷不知該怎麼決斷，也有衛老幫他；待他積累些經驗，再把他調到別處，那時的衛若懷如果還不能解決當地的問題，皇帝自然會捨棄這位狀元郎，繼而培養他人。

皇帝的用心良苦，衛若懷無從知曉，他這會兒閒得唉聲嘆氣。

杜三妞很自然地說：「沒事就找點事做唄！」

衛若懷眼中一亮。「妳想到什麼？」

「天氣冷了，帶些米油鹽、棉衣棉被的看望貧困戶啊！」

杜三妞說完，衛若懷就嘆了口氣。「我已經吩咐下面的人統計了。」

杜三妞愣了愣。「已經去了啊？」

衛若懷點點頭。「我和二姊夫說好了，棉衣、棉被按照成本價給我們，後天去拿。」

「這樣啊……」杜三妞不由得又看他一眼。

衛若懷下意識摸摸臉。「怎麼啦？」

杜三妞說：「沒事。」然而飯後小夫妻倆回到自己房裡，她又忍不住問：「縣衙有錢嗎？」

衛若懷莞爾一笑。「我就知道妳有事，晚飯都比平常少用一半。先說說，問這個幹麼？」

「我們這次不是坐船回來的嗎？本來直接在咱們這邊靠岸就行了，但是這兒沒有碼頭，我們只好又拐到建康府，從建康府坐車回來，麻煩死了。」杜三妞說到這裡，眼巴巴望著他。

衛若懷有點明白，卻不敢相信。「妳的意思是，咱們自己修建個碼頭？」說著，不禁瞪大眼。

「不行嗎？」杜三妞問。

建康府並不靠海，那邊有條很大的河，不知道哪一年的知府把內河和海打通，又在河邊修了個很大的碼頭，過往船隻便開始拐到內河休息。

廣靈縣縣城離海邊有二十多里，但是廣靈縣八成的村落都靠著海，如果在這邊修大碼頭，漁民都不需要把漁網拉上來，拖著漁網直接去碼頭賣海貨就行了。

「按道理可行。」廣靈縣到處是山，最不缺木材和石頭。「但是修好也沒人過來啊！」這才是最大的問題。

「如果有吸引過往客商必須過來的東西呢？」

杜三妞點點頭。「不只這一樣，祖父說，把調味料粉方子給安親王時，安親王承諾不外傳，我們可以做了賣，反正他又不做調味料生意。調味料粉、五香粉、肉鬆，還有我們這邊的山珍，以及最新鮮的海味，夠不夠？」

衛若懷仔細琢磨一番。「還有馬鈴薯，廣靈縣比北方暖和，這邊的馬鈴薯收穫了，那邊才開始種，這點我們也占先機；不過，照妳這樣說，我們得在碼頭邊蓋房子，縣裡沒這麼多錢。」

「碼頭屬於縣裡，房子麼，咱們自己先買地蓋幾間，叫鄧乙管理，就賣我說的這些東西。大家看到有船靠岸，不用你們出面，附近漁民就會去兜售自家的東西；一旦有人氣，縣裡的商戶自然會買地蓋鋪子，到時候縣裡來個拍賣，價高者得地建房，修碼頭的錢自然也就收——唔，幹麼？」杜三妞下意識推開不等她說完就要流氓的人。

衛若懷環住杜三妞的腰，不禁感慨。「幸虧妳嫁給我。」

「我若嫁給別人呢？」杜三妞不懂他又犯什麼病。

衛若懷望著房樑嘆了一口氣。「可就沒我的出頭之日了。」頓了頓。「我大概知道該怎麼做了，夜深了，我們休息吧！」

「等等，我還沒洗腳。」

「我不嫌妳臭。」衛若懷攔腰抱起她。

杜三妞朝他胳膊上打了一巴掌。「洗臉、洗臉！你想讓我變成黃臉婆是不是？」

「媳婦兒……能不能別這麼會破壞氣氛?!」衛若懷心好累。

杜三妞才不管他，開門喊丫鬟進來伺候。

衛若懷覺得杜三妞說的事十分可行，雖然過程麻煩，也不是一朝一夕就能看見效果，但是吃過早飯後，便留三妞在家陪幾位老人嘮嗑，他騎著馬去縣裡。

林瀚正在吃早飯，聽到小廝說衛若懷已到大門外，扔下包子，拎著大氅就跑過去。「出什麼事了？」

「建功立業、惠及鄉民的大事。」衛若懷並不知道他今日偷懶，轉身就往縣衙方向去。

林瀚偷偷揉揉飢腸轆轆的肚子，無力地跟上去。

衛若懷一說起建碼頭，林瀚立馬扔給他一個帳本堵住他的嘴。「大人您大手一揮，現在帳面上只剩二百二十五兩三文了。」不等他開口又說：「這筆錢您甭想動，明年春耕遇到點什麼事，要是沒錢，下官就帶人去您家搬東西填補。」

「可是碼頭……」

林瀚擺擺手。「您前面那位在的時候沒修，上上任縣令也沒修，是他們沒想到還是他們傻，放著政績不要留給您？」

「聽我說完。」衛若懷道：「他們估計也想，但是那時候廣靈縣可沒有吸引外來客商的東西；今時不同往日，廣靈縣的特產只在碼頭兜售，過往客商要買我們的東西必須去碼頭。

「他們第一次來，或許駕著馬車，來了後一看我們的碼頭也能停靠大船，碼頭邊有客棧、有酒樓，下次一定會停在我們這邊；就算不進城，只要他們下船，就甭想只買一樣東西就回去。」

林瀚看他一眼。「您先說都有什麼？」

衛若懷把杜三妞同他說的那些，潤色一番後講給林瀚聽。

林瀚一聽馬鈴薯、調味料飯，想起京城友人寫給他的信中提到衛家少夫人想種點馬鈴薯吃，結果種出一萬多斤，連皇上都驚動了的事，看向衛若懷的眼神瞬間變得古怪起來。

衛若懷不明所以。「這麼多東西還不成？」

「成、成！但是沒錢。」林瀚好氣哦！親生父母沒得選擇，他就不說什麼了，結果千挑萬選的媳婦兒還不如衛若懷家的小農女！「縣裡只能拿出五十兩。」絕不承認他羨慕嫉妒，有那麼點故意。

「這麼點錢只夠打地基。」衛若懷好後悔閒著沒事瞎折騰，偏偏油米麵鹽已買好，只待趙家的棉衣、棉被明天完工，想退也沒法退了。

林瀚眼珠一轉。「你我再添些？」

「不行，這和拿錢買政績有什麼區別？」衛若懷想也沒想就拒絕，突然聽到「咕嚕」一聲，他頓時笑開了，往椅子上一坐。「不給是吧？我們誰都別出去。來人，把大門關上！」

「大人，無須關門，小的守在門外，林大人出不去。」話音落下，一干當值的衙差魚貫而出，把大門堵得嚴嚴實實。

林瀚氣得出氣多、進氣少。「你、你——」

「別急、別急，有話慢慢說。」衛若懷也怕把人氣出個好歹來。「俗話說，三個臭皮匠賽過一個諸葛亮，你我可是新科進士，總能想出辦法來。」

「哦，那先說說你有什麼辦法？」林瀚問。

衛若懷面色一僵。「我、我暫時還沒想到。」

林瀚淡淡地瞥他一眼。「也不是沒辦法，就是不知道可不可行。」

「繼續。」

「募捐。」林瀚吐出兩個字。

衛若懷猛一拍桌子。「我知道了！來人，跟我出去一趟，帶上筆墨紙硯。」

「等等，我還沒說完！」林瀚忙拽住他。

衛若懷撥掉胳膊上的手。「林大人回家吃飯去吧！本官知道該怎麼做，你說的未必適合廣靈縣。」

「行，我去吃飯。」林瀚心想：我看你能玩出個什麼花來！

衛若懷帶人沿街統計有多少商戶，其實是想看看這些商戶的生意怎麼樣，寒冬臘月天，哪家店裡有客人，衛大人就把對方的店名記下。

店鋪老闆不知道小衛大人搞什麼鬼，當晚，廣靈縣的大商戶齊聚在段守義的酒樓裡，紛紛叫他去打聽打聽。

段守義今天也瞧見妹夫和一班衙役在迎賓酒樓門口站了很長的時間，儘管心裡打鼓，面上仍一派從容。「大家少安勿躁，我覺得沒什麼壞事。天不早了，大家先回去，我明兒去一趟杜家問問我妹妹。」

杜家三女在廣靈縣的名聲並不低於衛若懷，除了相貌出挑，還有姊夫段家和舅舅丁家富裕起來也都和她有關，因此眾人一聽這話，便都散了。

翌日，杜大妮帶著幾個孩子回到娘家卻撲了個空。

原來啊，昨晚衛若懷回來後和杜三妞說起募捐一事——

杜三妞打量他半晌，要不是從小認識他，真懷疑多活一輩子的那個人是衛若懷。

衛若懷不知真相，很得意。「是不是覺得妳相公特別厲害？」

「需要我做什麼？」杜三妞似笑非笑。

衛若懷瞬間收起翹起來的尾巴。「到縣裡再跟妳講，今天跑一天，累得腿疼。」說著話邊倒在床上。

杜三妞誤認為他又等著自個兒安慰，故意晾他一晾，誰知杜三妞只是發個呆，卻聽到鼻鼾聲。輕輕把衛若懷身上的斗篷抽掉，一夜無話。

杜大妮去衛家找妹妹的時候，杜三妞帶著錢娘子和兩個小丫鬟正出門買東西。

衛若懷窩在書房裡寫請柬，請廣靈縣的商戶們賞梅。

衛若懷這處宅子裡根本沒有梅花，而且他定下的時間還是晚上，三歲童子也知道衛大人另有深意，至於是不是鴻門宴，且看他的兩個連襟。

趙存良和段守義出發去衛府，收到邀請函的眾人緊隨其後。

衛府院子裡燈火通明，等所有人到齊，衛若懷吩咐鄧乙關上門。厚重的木門「呀」的一聲關上，眾人心裡無不咯噔一下。

有那和林瀚相熟的商戶衝他使個眼色，林瀚攤攤手，他比在場的任何人都想知道衛大人搞什麼鬼。

衛若懷漫不經心地掃眾人一眼。「別站著，都坐下。錢明，去告訴夫人，可以上菜了。」

「好咧！」錢明的爹娘和弟弟、弟妹在村裡，錢明和他媳婦跟在衛若懷身邊，他媳婦做飯，錢明平時就幫主子跑腿，一聽這話，他麻溜地跑開了。

眾人只覺得一眨眼的工夫，錢明的聲音便再次響起。「夫人說，菜還沒入味，請大家先吃點點心。這個叫鴛鴦酥，這個心形的是紅豆山藥糕，剛剛出鍋。」把手裡兩盤點心放到衛若懷面前。

商戶代表加上林瀚和衛若懷兩人，總共兩桌，二十四人。桌子是當年杜三妞訂做的，因為用的次數少之又少，現在還像新的一樣。

「大家嚐嚐，這點心我還沒吃過。」說話間，衛若懷挾起一個形似鴛鴦的麵食。

錢明回到廚房大概一碗茶的工夫，又端來兩樣東西，炸馬鈴薯條和由豬油、麵、咖哩粉做的咖哩炸包。本來不太敢動筷子的眾人一見這兩樣，不敢再猶豫，因為再猶豫下去，盤子裡的東西就沒了！

四樣點心過後，是酸辣馬鈴薯絲、咖哩雞塊，同時小丫鬟給每位客人倒滿了一杯小衛大人的親家母釀的桂花酒。

待第六道菜孜然羊排一端上來，衛若懷不輕不重地放下筷子，也不知是他有意還是無意，筷子剛巧放在碟子邊，發出「啪」的一聲。

眾人挾菜的動作一頓，來了?!

衛若懷吃個半飽，估算著接下來還有不少菜，便停下來歇歇，順便和眾人聊聊。「大家覺得今天的菜如何？」

眾人下意識看向段守義。

「你們看我幹麼？」段守義反射性去看衛若懷，對上他似笑非笑的眼神，表情僵住，咳嗽兩聲。「我覺得很不錯，特別是那個調味料炸包，和這個羊排，我從未吃過。」要不是礙於有外人在，段守義早鑽進廚房裡看個究竟。

「姊夫想不想知道羊排上撒的是何種調味料？做調味料炸包用的又是何種調味料？」衛若懷不等他開口又說：「還有馬鈴薯，姊夫感興趣嗎？」

段守義不知道他什麼意思，卻不得不承認他問到自己心坎裡了。「大人知道哪兒有賣？」

「廣靈縣的碼頭上。」衛若懷一說出這話，眾人紛紛愣住。

好半晌，趙存良試探道：「我們這邊的碼頭？這裡什麼時候有的碼頭？」妹夫莫不是吃糊塗了？

衛若懷笑道：「現在沒有，過些天就有了。」見眾人不解，又說：「縣裡打算在海邊建個碼頭。」

「所以呢？」段守義心裡有個不好的預感。

小衛大人緩緩道：「方便過往客商靠岸休息，想來各位的生意也會跟著更上一層樓。姊夫，您說是不是？」

眾人心裡咯噔一下，果然，宴無好宴！

段守義只聽到腦袋裡嗡一聲，眼冒金星，使勁咬咬下唇，艱澀道：「要多少？」

難怪媳婦兒以前喜歡和大姊夫做生意，聰明人，不需要多說，他喜歡。衛若懷伸出一根指頭。

段守義心裡一哆嗦，故意往少了說：「一百？」見衛若懷竟微微頷首，段守義瞬間活過來了。「我身上沒帶那麼多，明兒叫人給你送過來。」

「不用這麼麻煩，小趙子！」衛若懷衝廚房方向喊一聲，矮矮瘦瘦、像隻猴子的少年立刻麻溜地跑過來。「老爺叫小的啥事？」

衛若懷不禁扶額。「說了多少次，不准喊老爺。」

小趙子低下頭裝作沒聽見。

衛若懷真想給他一腳，可這孩子是他媳婦跑去建康府買來的，揍他媳婦的人？天寒地凍的，衛大人可不想孤孤單單睡客房。「去迎賓酒樓取一百兩。」

「是。」小趙子轉身就跑。

衛若懷睨了他二姊夫及其他人一眼。「你呢？你們呢？」

「大人，您可不知道，我家是小本生意。」其中一位中年漢子站起來，哭喪著臉說：

「可不比段老闆家大業大啊！」

「是呀、是呀！大人，我們都是小本生意啊！」眾人跟著附和。

衛若懷臉上的笑意隱去。

趙存良跟著打個寒顫，嚥口口水。「妹夫，那什麼，我爹娘管著鋪子，我也拿不出那麼多銀錢來。」

眾人一聽這話，齊齊看向衛若懷，就看他怎麼應對。

衛若懷問：「那你能拿出多少？」

「最多八十兩。」趙存良話音落下。

眾人瞪大了眼，好後悔沒捂住他的嘴巴！

衛若懷臉色陰雨轉晴。

趙存良清楚地感覺到周圍空氣一鬆，正想舒一口氣，又聽到——

「我替鄉民們謝謝二姊夫。」頓了頓。「各位想必也知道趙家的店是布店，過往客商下了船，或吃飯、或住店，或者買些土儀，幾乎沒人會去買衣服的；但是，為了讓鄉親們富裕起來，各家各戶都能多點進項，我二姊夫還是拿出了八十兩。」說完，目光灼灼地盯著在座的眾人。

趙存良好想找個地縫兒鑽進去，他沒這麼大義啊！他會把全部家當拿出來，那是怕他如果不支持妹夫，回到家會被媳婦兒攆去守鋪子！

一時間，偌大的院裡靜得只能聽見段守義啃羊排的聲音，眾人默默地看他一眼。

段守義抬頭笑了笑。「再不吃就涼了！」

吃得下去嗎？

當然吃得進去！段守義本以為得大出血，誰知還沒有他媳婦去京城的時候他花得多，要不是怕被群毆，段守義真想說「縣令妹夫，我再給你一百兩」啊！

「小民最近進了些新貨，鋪子裡沒有多少閒錢，只能拿出七十兩。」就在眾人相互觀望的時候，衛若懷左側的位置站起一人。

衛若懷瞇著眼，見其雙鬢發白，大約五十出頭。「你是？」

「小民是姚記木材店的東家。」男子說著話，不由自主地看一眼桌子。

「我知道了。」衛若懷福至心靈。「這幾張桌子是你做的吧？」

「是的、是的。」姚老闆連連點頭。「多虧夫人，小民的店才能起死回生。」

「大人的夫人？」在場其中一人不解。

姚老闆說：「杜家村的杜家三女。」

「等一下，她父親是不是叫杜發財？」年輕人來之前得了長輩交代，別出頭，隨大流。

剛才見只有段守義和趙存良兩個掏錢，便悶不吭聲觀望，此時一聽姚老闆的話，便立刻說：

「我出一百兩！」說話間，直接從荷包裡掏出銀票。

鄧乙過去接過來，衛若懷微微頷首，鄧乙放下銀票轉身去書房。

衛若懷問：「你也認識我夫人？」

「大人面前的魚形盤子便是我家窯廠燒製的。」年輕人往衛若懷這邊看一眼，又說：「小民若是沒看錯的話，您面前的碟子是新的，今天可能是第一次用。」

「這……我也不清楚。」衛若懷確實不知。「這些是我們今天早上從村裡拉來的。」

年輕人道：「那就對了，三個月前，有個杜家村的村民拿了個破損的魚形碟子，到我們店裡換新的，小民當時在店裡，誤以為他是來鬧事的；當時掌櫃也在，他攔下小民，問清來人的姓名後便給了他一個新碟子。」

「那人是我岳父杜發財？」段守義問。

年輕人微微頷首。

衛若懷便問：「姊夫知道這事？」

「知道，在你過來之前的事。」段守義說著，很不好意思地輕咳一聲。「其實那個碟子是我家小子調皮摔碎的。」

「大少爺，這些東西放在哪兒？」鄧乙的聲音由遠及近，等他走到衛若懷身邊，眾人就看到他手裡拿著筆墨紙硯。

衛若懷叫小廝搬張桌子過來。「諸位出了多少錢，我會一一寫在上面，回頭臨在石碑上；碼頭建成之後，石碑就立在碼頭旁邊，諸位意下如何？」

「這……」眾人作夢也沒想到還有這麼一齣！

「我、我出五十兩。」其他人正猶豫的時候，姚老闆身邊的中年人直接從荷包裡掏出一把金錁子。「只多不少，多了也算五十兩。」

「這位老闆儘管放心，縣裡不會昧下你們的錢，哪怕是一文。」林瀚站起身。「廚房裡還有很多菜還未上來，諸位大概也餓了，我去催催。」

眾人起先不敢動筷子，等他們發現衛府的菜居然比迎賓酒樓的菜還要好吃時，衛若懷就突然放下了筷子，這會兒一聽林瀚的話，他們肚子裡的饞蟲又動了起來。

如今見縣裡最富裕的幾戶都掏出錢，他們不捨得也只能認捐；又因為衛若懷說會把他們的名字刻在石碑上，一個比一個愛面子的人，最少的也掏出五十兩，其他人六十、七十兩不等。

待所有人重新入座，掐準時間的林瀚回來了，手裡還端著一個像花一樣的盤子，放到衛若懷面前。「芙蓉魚卷，接下來還有酸辣湯、魚丸湯等等。段老闆，這桌菜在你店裡得多少錢？」

段守義猝不及防，差點被羊骨頭卡到。「咳……不多，五兩吧！」

「嗤！」衛若懷白他一眼。「大姊夫，被你吃掉的半碟子羊排，在京城要一兩！還有，容我提醒你，羊排上面的調味料來自西域。」

「噗！」段守義嘴裡的水噴了出來，看了看面前的一堆羊骨頭。「你、你別嚇我。」

衛若懷嫌棄地看他一眼。「調味料炸包裡的調味料，其實是十幾種香料混在一起的，別看是麵做的，放在安親王的東興樓裡，二兩銀子也有人吃。」

「咱們衛大人夠有誠意吧？」林瀚笑咪咪地打量著眾人。

眾人一見他們桌上的芙蓉魚卷也上來了，哪還顧得搭理他？能吃多少是多少，最好吃回剛才捐出去的錢！

待六罈桂花酒也喝完，眾人起身告辭時，衛若懷說出日後拍賣碼頭邊的地皮一事。「屆時會公開拍賣，別人和你們競價時，只要你們出的價格超過縣裡的低價，那塊地皮就屬於你們的，無論其他人叫多高的價格。」

眾人聞言，眼底精光一閃，心裡最後那點不自在也消失殆盡了，紛紛道：「大人日後用得上小民，儘管吩咐。」說完陸續告辭。

林瀚伸出大拇指。「打一棒子給幾個棗，牛！」

「佩服吧？」見林瀚點頭，衛若懷笑道：「這就是為什麼你是縣丞，我是縣令，你是三甲十名，而我是狀元。」

林瀚仗著周圍沒人，大膽地鄙視他一眼後，立馬跑走。

衛若懷望著他的背影搖頭失笑，回到院裡見杜三妞指揮一眾丫鬟、婆子收拾桌子。

「妳吃了嗎？」
「錢籌夠了嗎？」
兩人異口同聲。
杜三妞噗哧樂了。「我哪能餓著自己？鄧乙的娘陪我吃的。錢夠了？」
「夠了。」衛若懷攬著她的腰。「先進屋吧！年前把需要的材料買好，等年後修碼頭的匠人過來就能開工，屆時還得麻煩夫人帶領鄉親們多釀些果子酒，多準備些乾貨。」
「準備吃的東西是我的強項，你放心吧！」杜三妞脫掉斗篷。「蓋的店鋪放在誰名下？」
衛若懷道：「當然是妳名下。」看到杜三妞很是意外的樣子，正想問怎麼了？話到嘴邊意識到她什麼意思，好氣又好笑。「又瞎想什麼？」
「沒有啊！」杜三妞有些心虛，但是她才不會承認又拿前世的眼光看待現在的男人。
「我以為你會把那些鋪子放在兒子名下。」
「兒子？」衛若懷一愣，噗哧笑道：「妳想得也忒遠了，連影兒都還沒有呢！」頓了頓，說：「既然娘子這麼著急，為夫再努力努力！」眼底精光一閃，作勢抱起她。
杜三妞反射性躲開。「不行、不行，我今天好累啊！」
「想什麼呢？我們去睡覺。」衛若懷話音一落，迎來一拳。
今天兩人早早起來，衛若懷去縣衙，杜三妞和丫鬟、婆子在廚房裡試菜。這其間衛若懷進去過廚房兩次，每次都見杜三妞拿著筆記調味料，忙得顧不上同他說句話，他心疼又感動，聽她這麼說，衛若懷也不忍再鬧她。

翌日，杜三妞還在賴床時，衛若懷就給京城去了一封信，請父親找幾個會建碼頭的匠人。信發出去後，衛若懷和林瀚去相對貧窮的村落找修碼頭的雜工，順便在那邊買石頭和木材。

衛家人口簡單，衛若懷一出去，府裡便剩杜三妞一個主子。杜三妞的女紅不行，唯一拿得出手的便是廚藝，然而今天中午衛若懷不回來，她一個人不過是一碗飯。於是，吩咐錢明套車送她去杜家村，路過打鐵鋪子，叫鐵匠給她做銅鍋子。

錢明伸頭瞅瞅杜三妞遞給鐵匠的圖紙。「鍋中間有個東西擋著，這種鍋能做多少飯啊？少夫人。」還有一句沒說，銅製的，老貴了！

杜三妞不知錢明正一個勁兒地替她心疼錢，到杜家村便直接拐回娘家。

有個縣令女婿，杜發財不再出去幫別人建房子，閒得渾身難受，也只是編些籮筐託天天去縣裡的四喜幫他賣。

四喜起初以為杜發財手頭緊，暗暗埋怨衛若懷不盡心，連老丈人家裡揭不開鍋都不知道；豈料這個想法剛在腦袋裡過一遍，就見杜發財遞給他一串銅板。「下午回來的時候順便幫我秤兩斤排骨。」

「……好。」四喜控制又控制，伸手接錢的時候手才沒抖得像篩子。

杜三妞看到她娘納鞋底，她爹編籃子，牆邊籃子、筐子已堆成小山，不禁扶額。「你們就不能歇兩天？編這麼多賣給誰？」

「賣不出去就送人。」杜發財抬起眼皮看她一下。「妳姊夫前幾天還說店裡裝碟子的筐子壞了，妳走的時候給他帶幾個。」

「叫他自己買！出門就有人賣，非得要你編的，有毛病！」杜三妞脫下白色織錦緞面斗篷遞給小丫鬟，吐了一口氣，走到丁春花身邊，看清她手中的東西，眼前一黑。「這又是誰的鞋？」

「我大外孫的。」

杜三妞立刻想到她二姊家的小子。「他們家開布店的，養了好幾個繡娘，哪用得著妳做？」

「我樂意。」丁春花咬斷線，瞥她一眼，見閨女滿臉不快，涼涼道：「妳若是能生個孩子，我和妳爹去幫妳帶孩子，想做這些也沒時間。」

「……我去隔壁看看祖父。」杜三妞轉身就走。「晌午去那邊吃飯。」

「等一下，我還沒說完呢！」丁春花見她要跑，起身抓她。

杜三妞身體一轉，繞過身後的丫鬟。

小丫鬟春燕擋住丁春花。「老夫人，別追了，大人和夫人說過孩子的事，明年這個時候你們兩老準能抱上大孫子。」

「當真？」杜發財扔下籃子。

小丫鬟下意識回頭找主子，哪還有杜三妞的影子？「是呀、是呀！昨天大人在府裡宴客，錢嬸子問夫人喝不喝黃酒暖暖身子，夫人說不能喝，搞不好孩子已經在肚子裡了。」

「這就好、這就好。」丁春花長吁一口氣。「去告訴三妞，我和她爹待會兒過去。」

小丫鬟福了福身，抱著斗篷到隔壁沒見到她主子，一問門房，才知道她主子出了杜家，往東邊去了。

住東邊和杜家交好的人，除了村長便是四喜兄弟幾個。春燕初到杜三妞身邊，鄧婆子就把杜家的情況跟她說過一遍。

雖說已被杜三妞買回來許久，春燕卻沒有來過幾次杜家村，便向路人打聽杜四喜家怎麼走。

村民一看她懷裡的東西，了然道：「我帶妳去吧！三妞的丫鬟啊？以前沒見過妳，新來的？」

「是的。」春燕家裡有五個女孩，她是老四，她娘想再拚一胎生個兒子，便把九歲的春燕託給人牙子。她爹不知聽誰說簽死契給的錢多，便簽下死契。春燕被杜三妞挑回衛府，聽和她一起的女孩說起，才知道她爹娘這麼狠心。

從此以後沒有家，春燕難過得低聲抽噎，同屋的兩個女孩安慰許久，直到小姑娘實在太睏才停止哭泣。

昨晚幾個小丫鬟上菜的時候聽客人們說，縣裡赫赫有名的迎賓酒樓的飯菜都不如衛府，再想想如今跟著錢明家的學做飯，將來無論嫁到哪兒，憑一手廚藝，在婆家都不會被看低的。直到這時候，三個丫頭才意識到她們遇到個厚道主子。

春燕打心眼裡感激女主人，昨晚睡前還暗暗發誓一定會照顧好主子。一看見四喜家，對帶她來的村民說聲謝謝就往裡跑，見杜三妞站在院子裡，踮起腳就要給她披上斗篷。

杜三妞哭笑不得。「我自己來。四喜，那事就這麼說定了，回頭你去縣裡找若懷。」

「我知道了，三姑奶奶。」說著話，四喜送杜三妞出去。

春燕來衛家的時日不多，規矩學得雖差不多，但性子還沒沈下來。此時瞅瞅她主人，再看看身後越來越遠的杜四喜，一臉欲言又止。

杜三妞餘光瞟到，心下好笑。「想說什麼？」

「少夫人找他做什麼？」春燕好奇。「說不定奴婢也可以做。」

杜三妞拍拍小丫頭的腦袋。「妳會做滷肉？」

春燕一噎，抬頭看到杜三妞眼裡的笑意，小臉一紅。「奴婢……奴婢會學。」

「嗯，那妳好好學。」杜三妞沒在意，頓了頓又說：「現在去幫錢娘子燒火。」

「是！」春燕下意識轉身，走了兩步，突然腳步一頓。「夫人，您、您不要敷衍奴婢！」

杜三妞張了張嘴，正想問「我敷衍妳什麼」，就見小丫鬟跑得飛快，彷彿後面有人追她，頓時樂不可支。

「嫂子笑什麼呢？」衛若愉遠遠看到她扶著腰。「有了？」

「有？有什麼？」順著他的視線，杜三妞滿腦門黑線。「不認真看書，每天瞎琢磨什麼呢？祖父在哪兒？我找他有事。」

衛若愉頓時好失望。「在書房裡，找祖父什麼事？」

「天大的好事。」杜三妞並不想瞞衛若愉，同他一起見到衛老便說：「祖父，我想買塊地，蓋幾間房，冬天和春天請人做酸筍、醃辣白菜、鹹菜和酸菜；夏天和秋天釀果酒、做肉鬆、方便吃的麵食。由誰出面、在哪裡買地建房比較好？」

「等等、等等！」她一進來就說這麼多，衛老沒反應過來。「沒錢用了？」不該啊！他給若懷的那筆錢，小夫妻倆別瞎花，夠用半輩子的。

「不是啊！」杜三妞突然想到衛若懷打算建碼頭的事，老人家還不知道，連忙把這事告訴他，包括已籌集到建碼頭的善款。

不單單衛老，這下連衛若愉也驚到了。「什麼時候的事？我們怎麼不知道?!」連聲質問。

「前兩天。」杜三妞說。

兩人瞪大眼，衛老難以置信地道：「他怎麼又想一齣是一齣？妳怎麼也不攔著他？」衛老說著話，邊披著黑色大氅往外走，邊走邊喊。「錢明、錢明！快去備車，我去縣裡！」

「祖父，若懷和林縣丞一起去給貧困戶送過冬的物資，這會兒不知道在哪個犄角旮旯裡。」杜三妞忙攔住他。念叨衛若懷想一齣是一齣，您老不也一樣？也不看看多大年齡了。

衛老腳步一頓。「不是說過幾天再去，怎麼這麼突然？三妞，可得跟我說實話，否則這個年你倆就在縣裡過。」

「祖父——」

衛老一瞪眼。「若愉你閉嘴！三妞，說！」

杜三妞不得已，和盤托出，見老人臉上怒氣稍緩，暗暗鬆一口氣。「離碼頭建成還有些日子，我再琢磨些吃食，不怕沒有客上門。祖父……」

衛老深深看她一眼，坐回椅子上，仰天長嘆。「你們大了，我是管不了了，以後啊，再想做什麼事就去做，別來問我。」

「祖父。」衛若愉拽著他的衣袖。「無論嫂子在哪兒建房子收竹筍、做酸筍，屆時村裡人都會使勁地砍筍換錢，不消半個月，山上的筍一定會被砍絕。您老就是不關心大哥和嫂子，也得替山上的竹子考慮考慮啊！」

衛老哼笑一聲。「若愉啊若愉，虧你五歲就跟在她身邊，你嫂子敢說出這種話，絕對有萬全之策。向我請教？說得好聽，不過是看我年齡大，家裡建房沒有越過長輩就做的道理。」

杜三妞尷尬地笑了笑。「真沒有。」

「我不是第一天認識妳。」衛老心想：我第一天認識妳就知道妳什麼德行了，還想在我面前裝？「還不老實交代?!」

衛若愉看了看祖父，又看了看他三妞姊。「真的？」

「……我想請祖父出面，山上的東西由村裡統一管理，每次砍多少竹筍也由村民共同決定，賣給我換來多少錢，全村按戶平分。」

衛老挑了挑眉。「若愉，聽到沒？」不等二孫子開口，又問：「還有呢？」

「暫時還沒想到，畢竟碼頭一時半刻建不好，今年冬天和明年春天是趕不上了，最早也得明年冬天；但是，房子一定要蓋，不然果酒沒地方放。」

「行了，這事妳不用管，交給若愉。」衛老大手一揮。

杜三妞心臟一縮。「若愉明年得參加童試。」

「若愉，耽誤你考試嗎？」衛老問。

「沒事的。」衛若愉連連搖頭。「我看過歷年來的試題，童試對我來說沒什麼難度。」

杜三妞聽他這麼說還是不太放心，晚上看見衛若懷便把他身邊的鄧乙要過來幫衛若愉跑腿。

在衛若愉上午看書、下午到處找地方的時候，衛若懷和杜三妞的年禮送到了京城，衛老也收到兩個兒子和兒媳婦送來的年禮。

臘月二十四，南方小年，忙碌了半個月的衛若懷總算抽出時間陪杜三妞回到村裡。

衛老一見大半個月不露臉的長孫，不期然又想到他背著自己幹的好事，頓時怒上心頭。「還知道回來?!」

「我和三妞給您訂做的銅鍋子好了。」衛若懷答非所問。「春燕，去問問錢娘子，廚房裡有沒有骨頭湯？」

「有的、有的！」衛若懷如今不再只是衛家少爺，而是一方父母官，他一回來，家裡一眾奴僕都不約而同地出來迎接他。錢娘子的腿腳不如小的年輕索利，等她趕到，前面早沒空位，錢娘子從人群裡擠出來，接過銅鍋子就聽到——

「用開水燙幾遍，然後把少夫人先前吩咐妳準備的肉片、魚、蓮藕、山藥、生菜等物端到客廳裡去。」

「還沒下鍋做呢！」錢娘子忙提醒。

杜三妞抬抬手，三個半大小子鑽出來。「錢嬸子，夫人都告訴我們了，我們知道該怎麼做，咱們去廚房。」

衛若懷接道：「祖父，三妞又研究出的新吃食，您不想嚐嚐？」

「不想！」衛老瞪他一眼，背著手轉身就走。

杜發財和丁春花指著兩人。「看你們幹的好事！」跟上去勸老人家，別跟不懂事的小輩一般見識。

子孫有出息，衛老高興還來不及，哪會真生氣?衛老氣的不過是衛若懷做事冒失，建碼頭這麼大的事居然只考慮一個晚上。衛老一想起來，心裡就堵得慌。

但事已至此，衛老也只能看在新吃食的分上，暫時原諒大孫子。

衛若懷和杜三妞已用銅鍋吃過兩次火鍋，衛若懷見銅鍋子方便乾淨，便吩咐鄧乙再去訂製一個。鐵匠那時才知道，先前給他圖紙的人是縣令夫人，前去衛府送鍋的時候，連帶著將遺忘在他那兒的圖紙一塊兒還回去。

杜三妞如今有錢，無須再靠賣前世的東西養活自己，說遺忘倒不如說她是故意把圖紙丟在那兒的，看到鐵匠把圖紙送回來，杜三妞亦不會怪他多事。

「圖紙我用不到，你若喜歡便留著吧！」

「這、這怎麼成？」鐵匠雖然沒搞清那怪模怪樣的銅鍋用來做什麼，但是縣令夫人訂做了一個又一個，絕對有用！

杜三妞笑道：「不過一張紙而已。」想了想，道：「這樣吧，我告訴你銅鍋怎麼用，你給迎賓酒樓免費做十個。」段守義這些年來對杜家以及杜三妞如何，杜三妞一直記在心裡。

「十個?!」鐵匠陡然拔高聲音，意識到此地是衛府，他居然大聲喧譁，嚇得打個哆嗦。

杜三妞看到這一幕心裡落忍，便喊春燕去拿些青菜，端水，再撿幾塊炭來。隨後杜三妞把炭填到銅鍋腹中，往鍋裡添些水，再把青菜放進去。「明白了？」

鐵匠眼中一亮，喜不自勝。「明白、明白，小民這就回去做銅鍋！」放在迎賓酒樓裡一宣傳，廣靈縣的富戶都會來找他做銅鍋，屆時甭說免費給迎賓酒樓做十個，做二十個銅鍋他也有得賺啊！

段守義收到十個銅鍋和杜三妞派人送來的用法以及湯料配方後，忍不住和杜大妮反覆念叨。「總算沒白疼那丫頭！」

言歸正傳，圍著銅鍋涮羊肉的衛老撐得癱在椅子上，也沒力氣再同衛若懷置氣。

因臨近年關，廣靈縣比平時熱鬧，雞毛蒜皮的事也比往常多。林瀚攜妻兒回家過年了，衛若懷吃過飯便得回縣裡，以防出什麼事，當值的衙役找不到主事人。

丁春花急著抱孫子，杜三妞說要在家住幾天，也被她趕了回去。

這一走，小夫妻直到二十九日晚上才回來，同時帶來半車年貨。

年三十上午，衛、杜兩家男女老少、主子僕人都換上了新衣服，衛若懷和衛若愉哥兒倆貼春聯，杜三妞吩咐小趙子把所有下人都喊去廚房。

衛若愉好奇地問：「嫂子準備做多少菜？」

「還能做多少？夠一家吃的就好了。」衛若懷低頭瞧見他，指著小鄧丁的背影說：「做二十個碟子、十個碗也不需要他幫忙。」

然而，這次他猜錯了。衛家今年殺頭豬又殺隻羊，丁春花便從兩個妯娌那兒買了四隻鴨子和四隻公雞，洗乾淨拎到衛家，卻忘記告訴錢娘子。錢娘子二十九日上午去縣裡買年貨的時候又買了幾隻雞鴨，加上衛若懷帶來的，今天廚房裡堆滿了肉和菜！

留兩隻雞、鴨清燉，杜三妞作主把其他雞鴨、豬頭、豬腳、豬下水全滷了；然而又不能放在同一個鍋裡，便叫鄧丁、小趙子這些年齡不大的孩子燒火，鄧乙、錢明等成年人剁肉、劈柴，錢娘子、鄧婆子她們洗菜、滷花生、炸蠶豆等等。

院裡忙得熱火朝天，衛老看著高興又嫌吵鬧，便和杜發財夫妻倆去屋裡閒聊，順便等著吃好的；不過，衛老沒想到的是，吃過午飯後，東西還沒收拾好。

天色漸暗，門板搭建的簡易案板上放滿生的及熟的菜和肉，不明真相的人見到一定會認為這家要辦喜事。

杜三妞看到這麼多東西也發愁，便喊來衛若愉。「喜歡吃什麼？」指著那一案板菜。

衛若愉嚥口口水。「想吃什麼都給做？」

杜三妞點頭。

衛若愉立刻說：「那我要吃松鼠魚、芙蓉魚卷、油燜大蝦，還有這個豬耳朵，涼拌的。」

「把二少爺說的東西端到廚房裡。」杜三妞說。

錢明麻利地端走魚、蝦和豬耳朵。

小趙子則向杜三妞稟告衛老、衛若懷、丁春花和杜發財想吃的東西。

杜三妞照例喊人把小趙子說的端走。半副豬肉在案板上格外醒目，杜三妞想一下，說：「錢明，把肉切開，你們分了。」

「我們？」錢明詫異，指著自己。

杜三妞說：「想紅燒還是想爆炒，你們隨便做，做好端到自己屋裡吃。」

錢娘子樂得見牙不見眼，可以跟家人單獨過年了！

春燕則是快哭了。

杜三妞餘光瞥到，忙吩咐錢娘子做飯的時候多做一份，讓春燕、小趙子他們六個一起過。

第二十六章

翌日，大年初一，衛家一眾僕人，人人得個紅包，裡面是兩個小小的銀錁子，重不足半兩，值不了幾個錢，但做工精緻，而且每個人的都不一樣。

衛家眾僕人私下裡拿出來一對比，便知主人家用心了，禮輕情意重，便是如此。

年後，建作坊的位置選出來了，在杜家村和縣城中間，與杜家村一河之隔，靠近山邊的地方。五畝的山石地，杜三妞按照良田價格買下來。之後，衛若愉拿著杜三妞畫的平面圖，坐在山邊，一邊看書、一邊看著工匠建房。

杜三妞本想請杜家村的村民建房，怎奈他們年前接個活，年後開工，別人的定錢都付了，杜三妞只能出去找人。這邊熱火朝天打地基的時候，廣靈縣東南十七里的海邊也忙個不停。

縣裡建碼頭非但沒從百姓身上要錢，百姓過去幹活還有錢拿，還每十天發一次錢，廣靈縣百姓確定這一點是真的後，紛紛去報名。

人多力量大，杜三妞的作坊還沒落成，碼頭就完工了。碼頭完工之後，在衛若懷從京城請的匠人回去之前，縣衙公布募捐到的善款還剩多少。

關於這一點是林瀚和衛若懷商量後決定的，剩下那些錢全部用來鋪路，不夠的縣裡再加點。林瀚建議用青石磚或者青石板，衛若懷不同意，要買最最便宜的石子。

衛若懷是縣令，他決定的事林縣丞不服也得憋著。

七月中旬，除了深山裡的村落，廣靈縣村村都鋪上了石子路，村民們再也不擔心陰天下雨沒法出門了，有幾個會做人的村長便敲鑼打鼓地給衛若懷送上一塊匾額。

衛若懷哭笑不得，收下匾額後卻沒放他們離開，叫衙役去倉庫搬了兩袋馬鈴薯放在大門外，招呼街坊鄰居、路過的百姓到這邊來。

縣衙前圍得裡三層、外三層，熱鬧聲傳到衛府，把杜三妞都驚出來了。

衛若懷說：「這東西叫馬鈴薯，一畝地可以收穫幾千斤，這個月二十日，碼頭邊的杜家雜貨鋪開始賣馬鈴薯，感興趣的人可以去那邊。」

「現在不賣？」不知誰問了一句。

衛若懷搖頭。「還有一些馬鈴薯沒刨出來，等所有馬鈴薯收上來再賣。」

「我們二十日一定去！」送匾額的幾個村長異口同聲。他們心想，馬鈴薯價格雖貴，但看在衛大人上任後就為大家做了兩件實事，也得支持他。

擔心老丈人家的兩萬多斤馬鈴薯賣不出去的衛若懷連說：「謝謝、謝謝。」卻不知道，杜發財已賣出去一半。

杜發財家的幾畝旱地今年全種上馬鈴薯，村民說他瘋了。馬鈴薯收穫的時候，杜四喜兄弟幾個、杜三妞的幾個堂哥，還有衛家的下人紛紛去地裡幫忙，其他村民站在馬路邊看熱鬧；然而眼瞅著十幾個大男人刨了半天，硬是沒刨完一半，偏偏地裡已堆成小山，杜家村的村民便嚇到了。

村長拉著杜發財問：「你地裡種的什麼玩意兒？」

「我也不清楚。」杜發財搖了搖頭。「三妞叫我種的。」

「三妞？」村長一聽是三妞的主意，忙說：「給我留一百斤，回頭我在地頭上試試。等等，多少錢一斤？」

杜發財依然搖頭。「三妞說要拉到碼頭上賣。」

「三妞的意思是賣給過往客商？那怎麼行！俗話說肥水不落外人田，三妞妹子年輕不知事，可不能聽她的。」

「是啊！」四喜放下鋤頭。「三姑奶奶一向喜歡隨著性子來，幸好平時有縣令大人看著。」

「縣令大人」幾個字一出，看熱鬧的眾人不禁打個哆嗦，意識到杜發財如今不再是他們能隨便打趣的，也不嚷嚷著買馬鈴薯了，而是跑回家拿鋤頭幫杜發財收馬鈴薯。

男人在前面收，女人在後面秤，太陽快下山的時候，馬鈴薯總算全部都刨出來，女人們秤完最後一筐馬鈴薯，險些暈過去；然而大家都沒昏倒，是因為無論杜發財怎麼說「三妞交代我馬鈴薯要拉到碼頭邊賣」，杜家村的村民就是不同意，跟他使勁地鬧。

二寡婦這個無賴乾脆坐在杜發財家大門口，這次沒人數落她，紛紛讚她幹得漂亮！

不得已，杜發財去問衛若愉。「馬鈴薯多少錢一斤？」

衛若愉很清楚，隨著種馬鈴薯的人越來越多，馬鈴薯只會越來越便宜，便沒敢說高價，恐怕以後馬鈴薯不值錢，村民埋怨他們。「一文錢一斤。」

杜家村的村民有錢啊，一時間你說要兩百斤、他要三百斤的。

聽小鄧丁嘀嘀咕咕說馬鈴薯怎麼做好吃時，二寡婦當即高聲嚷嚷道：「我們要一千斤！」

杜四喜正幫忙秤馬鈴薯呢，聞言手一哆嗦，好想一甩秤砣把他娘砸暈！三姑奶奶特意吩咐把馬鈴薯拉去碼頭一定是另有用處，他娘跟著鬧事不夠，還要買這麼多？

「娘，我們吃不完！」杜四喜忙提醒。「馬鈴薯不是糧食，不頂餓。」

「當菜吃，咱們家又不是吃不起！」二寡婦這麼說。

眾人一想，很對！有那人口多的，又多買了一些，買完之後就拉著小鄧丁，問他馬鈴薯的做法。

月亮都出來後，杜家的馬鈴薯還剩下一半。衛若懷和杜三妞回到村裡，聽說村民幹的好事，哭笑不得，卻也沒追究，畢竟還剩一萬多斤馬鈴薯。

衛若懷掏錢在碼頭旁邊建的門面已落成，一裝修好，便將馬鈴薯拉去碼頭，喜報也傳到了杜家村——衛若愉童試的成績是第三名。

衛若愉挺滿意的，杜三妞卻總覺得是她害得衛若愉和案首失之交臂，由於過意不去，杜三妞特意吩咐錢明去買海鮮，她要給衛若愉燒一頓他喜歡的海鮮宴。

回去的路上，杜三妞同衛若懷閒聊。「碼頭現在可以用了，有客商從咱們這邊靠岸嗎？」

衛若懷最近也在為這件事發愁。「還沒有。」

杜三妞見他眉頭深皺，試探道：「是不是因為大家都不知道？」

「是啊！」衛若懷說：「林瀚一直建議我派幾個人去建康府那邊的碼頭上拉客，可……可我們又不是做那什麼的。」

杜三妞輕咳一聲，忍著笑。「我覺得林瀚的主意挺好的。」

衛若懷猛地抬起頭，一副「妳說什麼鬼」的表情。

杜三妞又想笑。「且聽我說完，不是你派人出面拉客，而是我們把廣靈縣吸引人的地方寫出來，最好請畫師畫出來。商人重利，有利可圖，不需要我們許之好處，他們回去的時候也會拐到我們這邊看看。」

「對哦！」衛若懷仔細一想，抱著杜三妞，吧唧在她臉上啃一口。「我怎麼就沒想到呢？」馬車停下，沒等杜三妞下來，他就跑到書房裡。

衛若愉從院裡出來，差點和他撞個滿懷。「大哥怎麼啦？」

「瘋了。」杜三妞拐去廚房。「若愉，調味料魚蛋吃嗎？」

「吃。」衛若愉已從先一步回來的錢明那裡得知真相，心裡又感動、又好笑。「嫂子，別真整十個碟子、八個碗，做五、六道就好了。」

「我知道該怎麼做，不用你交代。」杜三妞圍上圍裙，便吩咐錢明家的。「妳收拾蝦，我片魚肉。」

「是。」錢明家的忙把鱸魚端過來。

「嘔……」杜三妞下意識扔下菜刀，捂著嘴巴往外跑。

「怎麼了？少夫人。」丫鬟、婆子忙不迭地跟出去。

杜三妞擺手。「沒事，大概坐車顛的，有些反胃。」說話間深吸一口氣。「給我倒點水，我漱漱口。」

錢娘子反射性看看地上，沒有嘔吐物；再看杜三妞，見她眉頭緊皺，這到底怎麼回事？錢娘子很是疑惑，突然想到什麼，猛地瞪大眼。「莫不是有了？」

「有了？」杜三妞下意識摸肚子。

錢娘子點頭。「對，對、對，一定是有了！錢明、錢明！快去請大夫！」邊扯著喉嚨喊，邊上去扶著她的胳膊。「少夫人，先、先回房，小心點，看著腳下。」

「等等！」杜三妞按住她的胳膊。

鄧婆子說：「有什麼事先坐下再說。少夫人，魚蛋交給奴婢們做，孩子要緊，二少爺想必也不會怪您出爾反爾的。」

衛若愉剛出現在拱門口，錢明就從他面前一下跑過去，衛若愉看見直皺眉。「多大歲數的人了，還沒點穩重勁，大哥，你真該把他們送到京城，請府裡的管家調教一番。」

「錢明有什麼急事吧！你不是要去看你嫂子做飯？還不進去？」衛若懷來到門邊，抬眼一看鄧婆子和錢娘子一左一右小心翼翼地托著他媳婦，心中倏地一凜。「這是怎麼了？」一個箭步衝過去。

錢娘子慌忙攔下即將撞過來的人。「大少爺別急，別急，沒事！不對，也不是沒事，是好事，少夫人有了。」

「有了?!」衛若愉一愣，反應過來，驚叫道：「妳的意思是，我嫂子肚子裡有個孩子？」睜大眼上下打量她一番，試圖看清她肚裡的孩子長什麼樣。

腦袋有點懵的杜三妞瞬間清醒過來，額頭掛滿黑線。「就算有，也不到三個月，你能看出什麼來？還有你們，我不是瓷的，走兩步摔不碎。」

「該小心也得小心。」錢娘子道：「特別是頭三個月。大少爺，老奴還沒來得及稟告老太爺和隔壁親家。」

「等一下！」杜三妞忙說：「確定了再告訴他們，省得跟著空歡喜一場。」

「聽少夫人的。」最近大半年，衛若懷隔三差五就會收到京城的來信，起初他挺高興，然而每次展信便問他媳婦懷上沒？衛若懷忍不住懷疑，如果他們在京城，母親絕對能幹出盯著他和三妞行房的事。

不管基於什麼原因，反正衛家上下共同的期望便是女主人早點懷上孩子。

錢明一聽說杜三妞可能有了，比當初他媳婦懷孕時還興奮，因為太激動，馬車跑得飛快了他還覺得慢。

車裡的老大夫差點被顛散架，暗暗發誓以後再也不來杜家村；然而等他看到門匾上寫著「衛府」兩個大字，驀地一個激靈，都不用錢明催促，邁開步子就往裡跑，不出所料，果然在屋裡看到小衛大人。

老大夫趕忙行禮，剛放下藥箱彎下腰，人就被拽到縣令夫人跟前。「別磨蹭，快點給我嫂子診脈！」

「是是是。」老大夫一聽對方說的話，瞬間猜到這人是衛府二少爺，深吸一口氣，坐到杜三妞對面。

衛若懷下意識屏氣斂息，豎起耳朵，恐怕漏掉一個字。

直到衛若懷感覺已經過了有一輩子之久，但也不過一碗茶工夫，便見老大夫移開手，站起來，衛若懷忙問：「是不是有了？」

老大夫拱手道：「恭喜大人！夫人——」

「來人！」衛若懷打斷他的話。

杜三妞朝他腰間擰一把。「聽大夫講完。」

衛若懷痛得倒抽一口氣，咬住下唇咽下驚呼，故作從容。「對，需要注意什麼？要不要開幾副安胎藥？多久了？」

老大夫暗暗嘆氣，原來年輕有為的狀元郎也是個俗人。「夫人身體好，不需要安胎藥，但是現在還不足兩個月，平時得多加小心。大人這裡有筆墨嗎？把注意事項寫下來。」

「有的，我帶你去。」衛若愉抬起胳膊。

老大夫見狀，嚇得一哆嗦，忙後退兩步。「二少爺前面帶路，我會自己走。」

衛若愉看了看自己的手，又看了看老大夫，嗤一聲。「得咧，走吧！」

老大夫走後，衛若懷便揮退所有下人，杜三妞一看他這架勢，慌忙起身。「大夫說我沒事，你若也把我當成瓷的，我可就真有事了！」邊說邊往後退。

衛若懷慌忙說：「別動、別動！我沒想幹什麼，只是想問妳餓不餓？錢娘子剛才說妳聞不得腥，想吃什麼我吩咐廚房去做。」

「天氣熱，我沒胃口。」杜三妞說著，頓了頓。「那些海鮮做了吧，你們吃，給我煮一碗白米粥。」

衛若懷說：「再炒兩個青菜？用麻油。」

杜三妞腦袋裡浮現出兩盤綠油油的小青菜。「好，再弄個拍黃瓜。」

「我知道了，妳在屋裡坐著，哪兒也不准去，我去去就來。」衛若懷盯著她，大有敢不聽話就把人抱回臥室的打算。

杜三妞立馬回去坐好。

衛若懷見她這般乖，出去的時候特意把門窗全部打開，恐怕她熱著，又喊閒得在數螞蟻的兩個小丫鬟給她打扇子。

杜三妞肚裡揣著兩家長輩期盼已久的孩子，又是她前世今生的第一個孩子，杜三妞也不敢大意；然而當看到她爹娘和衛老連袂而來，直覺告訴杜三妞趕快撤。

豈料剛剛站起來，丁春花進來就抬手把她按下。「快坐好！懷了孩子都不知道，還兩邊跑，萬一有個閃失——」

「咳！」杜發財打斷她的話。

丁春花想問「幹麼」，意識到剛才說了什麼，忙呸呸兩聲，拍拍嘴巴懊惱道：「瞧我這張嘴喲！」

杜三妞忍不住嘆氣，也想給自己兩巴掌。「娘，妳以前還說二姊出生前一天妳還在地裡幹活呢！我肚子裡的也是個孩子，哪就這麼脆弱，站也不能站？」

「妳的肚子和我的肚子能一樣？」丁春花瞪眼道：「妳二姊是丫頭片子，妳的是衛家的長孫，矜貴著呢！」

「春花，別給三妞壓力。」衛老說：「小子、閨女我們都喜歡，若懷他爹娘敢有意見也得給我憋著；妳也別再嘮叨，聽錢明說三妞不舒服，容她清靜清靜。」

「……好。」丁春花一見衛老發話，只得在閨女旁邊坐下，雖忍住不說，卻忍不住來回打量三妞的肚子。

這樣一來，甭說杜三妞本人，衛老在旁邊都被她給看得頭皮發麻，忙叫丫鬟扶著三妞回房休息。

錢娘子親自煮了一砂鍋米粥，炒兩樣青菜、拍了黃瓜，又自作主張做了一份香菇豆腐煲，怕杜三妞嫌油膩，盛出來之後仔細地把油花一點點撇掉。

吃飯的時候，衛若懷陪杜三妞在房裡吃孕婦餐，衛老四人在堂屋裡吃海鮮宴。

有人陪著，杜三妞的胃口挺好。飯後，得到老大夫交代的衛若懷扶著杜三妞繞著村子逛兩圈，把她送回家才去縣裡。

長輩們都在村裡，衛若懷便不准杜三妞去縣裡養胎；也是從這一天開始，無論颳風下雨忙到多晚，衛若懷都會趕回村裡歇息，杜三妞卻靜不下心。

衛若懷和林瀚連日畫了一百多份圖文並茂的宣傳單，挑了幾個機靈的衙役換上常服，騎馬去周圍的縣城以及建康府的碼頭發宣傳單。

宣傳單發出去當天，杜家雜貨店開張，旁邊還開了一家滷肉鋪子，主人正是杜四喜。

兩年前，杜四喜在縣裡買了一間鋪子，別看小小一間鋪面，託他的福，如今四喜三個哥哥都蓋上了青磚大瓦房。四喜當初的一間鋪面變成兩間不說，還在縣裡買了一處宅子，饒是如此，杜四喜和他妻子依然經常回村。

杜三妞去找他的那日，杜四喜剛從縣裡回來。杜三妞希望他去碼頭賣滷肉，杜四喜想都沒想就同意了；而杜四喜料定剛開始不會有客人，就告訴三個嫂子，別在縣裡做滷肉，去碼頭拉他和他妻子做的滷肉到縣裡賣。

四喜的幾個嫂子念著三妞的好，每日往返碼頭和廣靈縣，而碼頭上的滷肉鋪子，只是在案板上留幾塊肉，有人來買就賣，沒有人買，晚上就帶回去給全家加餐。

杜四喜的鋪面對面是杜三妞表哥的店，開早點鋪子，賣包子、油餅等物，每日做的不多。當初杜三妞承諾房子免費給他們用一年，一年後交租或者自己蓋，隨便他們。兩家人一想，不吃虧，還能幫衛若懷的忙，便安心守在碼頭邊。

小廣告發出去一個多月，杜三妞懷孕剛滿四個月，她立刻央求衛若懷陪她去碼頭上看看。衛若懷拗不過她，只能送她過去，誰叫孕婦最大呢！

杜三妞還沒聞到海腥味就看到碼頭邊烏壓壓一片。「全都是來往客商?!」

「別懷疑，是的。」衛若懷畫小廣告時，只希望有人知道廣靈縣有碼頭，沒承想廣告發出去才五天，鄧乙便回來稟報，店裡的六罈酸菜、十罈果酒和三百斤馬鈴薯全賣出去了。

若有人一個月前告訴衛若懷，不出一個月，碼頭會比縣城熱鬧，衛若懷一定會毫不猶疑地說對方異想天開；但事實確實如此。

杜三妞和衛若懷一下車，就聽到有人打招呼。

「衛大人，早啊！」

「衛大人又過來?這位是您夫人？」

杜三妞點頭微笑，心裡對碼頭好奇得要死，偷偷扯了一下衛若懷的衣服。

衛若懷拍拍她的手，讓她別急。「是的，你吃早飯了？」

「還沒，準備去丁家包子鋪。」對方說著就轉身，突然一頓。「衛大人，問您件事，那個可以燉馬鈴薯的調味料粉，什麼時候到貨？」

「還得個把月，調味料粉裡的香料有一半來自西域，你嫌做菜沒味，先去縣裡買些五香粉將就一下吧！」衛若懷建議，順便幫丁家的鋪子招攬客人。

對方連連擺手。「味不對，不好吃，小民還是等調味料粉吧！」衝衛若懷抱了抱拳，走進包子鋪。

碼頭邊的地皮還沒拍賣，除了衛若懷蓋的房子，四周空地上到處是臨時搭建的涼棚，有賣羊肉湯的、有賣紫菜湯和魚丸的，也有賣涼茶和乾貨。

杜三妞四下裡看一遍。「他們都認識你？」

衛若懷想一下。「差不多，這段時間我有空就過來，就算不認識，妳相公我玉樹臨風，大家一想就能猜出我是誰。」

「臉皮真厚！」杜三妞撇嘴。「天越來越冷，該建房子了。」

「妳就別操心了，我知道該怎麼做，妳安心養咱兒子。」衛若懷扶著她。「到雜貨鋪子裡看看？」

杜家雜貨鋪子門口全是人，杜三妞怕來往的人碰著她的肚子，搖搖頭，拉著衛若懷繞過滷肉攤子，走到杜四喜的鋪子裡，等到安全了才伸著頭往外瞅。「他們幹麼？」

杜四喜的妻子邊切滷肉邊解釋。「鄧乙的婆娘幹的好事！眼看買馬鈴薯的客人越來越多，七月分種下去的馬鈴薯還得等半個多月才能收，她怕賣斷貨，搞什麼每人限購十斤。人家客人解釋是買回去吃的，她也不聽。這不，船家把船工、丫鬟全派來排隊買馬鈴薯了，這下可好，估計不到天黑，馬鈴薯就能賣完。」

「她是聰明反被聰明誤啊！」杜三妞說。

杜四喜家的點頭。「可不是？我們現在最要緊的是賺錢，是趕緊把廣靈縣碼頭的名聲打出去，換作我，別人買多少我賣多少；也是別的地方沒有馬鈴薯，如果建康府也有，憑鄧乙的婆娘這麼一搞，人家下次絕對不往這邊來。馬鈴薯又不是什麼稀罕物，賣完就沒東西賣了，我聽春燕幾個說，三姑奶奶作坊裡的葡萄酒都堆成山了！」

「哪有那麼誇張。」杜三妞笑道：「酒還沒到時間，味道不怎麼樣，現在拉出來賣，客人還當我們坑他們呢！」

「您說得對，不能只顧著眼前。」

「老闆娘，別聊了，我的滷肉好了沒？還等著下酒呢！」中年男人見她越切越慢，忍不住提醒。

「好了、好了！」杜四喜家的連忙把豬頭肉放進盆裡，澆上醬汁、撒上蔥花拌勻後，另外切一截豬大腸，不等人家開口就說：「送給你嚐嚐，不要錢。」

「謝謝啦！」男人並不喜歡吃豬大腸，但見她這麼熱心，還是挺高興的。「妳那番話說得不錯！衛大人，不如叫她幫您看店吧，我瞧著她比較會做事！」

杜四喜家的咧嘴笑道：「這位客官有所不知，我的這間店鋪也是衛大人的，他免費借給我們用，我家做滷肉的手藝，也是大人的夫人教的！」

男人順著她的視線看向衛若懷身邊身形圓潤的少婦，眼神一閃。「衛大夫人教妳做滷肉？」感覺不可思議，又看了杜三妞一眼，怎麼看也不像是會做飯的人啊！

杜四喜家的說：「還有對面的包子鋪，您來得晚大概不曉得，之前做包子、油餅的女人和我年齡差不多，她是大人家的廚娘。」

中年男子回頭看了又看，恍然大悟道：「我還奇怪你們賣的東西不一樣，關係倒挺好，蓋房子的時候都商量好蓋一樣的，樓上貼的窗花也一樣，合著左右五間店都是大人的？」

「不是我，是我家裡出錢蓋的。你年後再過來，這邊會多出兩排房子，那些才是商戶自己蓋的。」衛若懷指著西面一片空地。

中年男人衝他抱了抱拳。「在下佩服！衛衛大人您這麼為當地百姓著想，日後即便別的地方也有賣滷肉和馬鈴薯，在下也來你們這邊買！」

「我替我家幾個不懂事的奴才謝謝你。」衛若懷抱拳，鄭重道。

「不客氣、不客氣！」男子反倒不好意思。

他走後，杜三妞拉著衛若懷朝裡走，估算著客人聽不見她講話才說：「鄧乙家的心是好的，但她那摳摳索索的性子不適合待在店裡。」

「我知道，我會跟鄧乙說，錢娘子年齡大，腿腳不方便，叫他媳婦陪著錢娘子買菜，以她的性子，一年下來能省不少錢。」衛若懷說著話，忍不住笑了。「四喜，幫我喊小趙子。」

「好的。」杜四喜放下撈肉的大鐵勺，去隔壁喊人。

鄧乙聽說衛若懷來了，忙跟過來，見主子面無表情，心裡一咯噔，惴惴不安地問：「您知道了？」

「你說呢？」衛若懷板著臉，佯裝生氣地往裡走。

房子前面的部分招攬客人，後院自己住。從外面看五間鋪面是分開的，但是進了後院便會發現五間院子是直通的，中間沒有院牆。如果此刻有人盯著雜貨鋪和滷肉攤，便能發現衛若懷沒有從四喜這邊出來，再出現時，已站在雜貨鋪子裡。

鄧乙的妻子已定下規矩，衛若懷儘管不同意，也沒做朝令夕改的事，他吩咐鄧乙把所有馬鈴薯搬出來，又讓他寫一塊「馬鈴薯已售完，請半個月後再來」的牌子，待馬鈴薯賣完，把牌子放在門口，同時立一塊「明日售桂花酒」的牌子。

沒買到馬鈴薯的客商十分失望，但看到有桂花酒可買，臉上的失望又變成欣喜，連忙問：「可以提前預定嗎？」

鄧乙看向主子，見衛若懷頷首，這才說：「可以，不過喝酒傷身，為了你的身體著想，也為了我們不牽扯上官司，只能賣給你五罈。你不要再叫家僕來排隊了，停在這裡的船不多，每個船老闆我們都認識。」

小心思被直白地說出來也不尷尬，對方反而笑問：「是不是因為馬鈴薯吃再多都沒事，你們才任由我們買了一次又一次？」

鄧乙心想，當然不是！只是沒等他想好怎麼應對，主子就來了，不能直說，也不能不答。「第二批的馬鈴薯有十萬斤，價格比現在便宜，不讓你們買，是怕回頭降價，你們覺得買虧了。」

「才多少錢啊，掌櫃想得忒多了！」對方擺擺手，把五罈桂花酒的訂金給他後，去斜對面的包子鋪買包子。

衛若懷睨了鄧乙一眼。「不是挺會說的？」

「小的剛想到。」要不是船老闆不約而同地派家僕買馬鈴薯，鄧乙到現在還會認為他妻子的方法很好。

衛若懷嗤一聲。「下次碰到類似的事去隔壁找杜四喜，他賣了近十年滷肉，遇到的事比你見過的都多。」

「大人，夫人找您。」小趙子突然跑進來。

關於鄧乙他妻子的安排，衛若懷先前在院裡已經同鄧乙聊過，也沒什麼要再囑咐的，便跟著小趙子到隔壁。「怎麼了？」沒到跟前就急急地問。

「我沒事。」杜三妞搖頭。「我看對面有不少人吃饅頭、鹹菜，突然想到我們接下來可以做什麼了。」

「作坊裡不全都是酒，還有空的地方？」作坊一直由帳房先生的兒子和鄧乙的爹打理，兩家人都是家生子，衛若懷對他們很放心。他忙著衙門和碼頭上的事，分身乏術，以致從作坊投入使用到現在只去過一次，也就不太清楚裡面的具體情況。

杜三妞說：「沒有，把酒搬到這邊，庫房就清理出來了。離冬筍收成還得一個多月，這段時間我們做冬菇豆瓣醬，怎麼樣？」

「不怎麼樣。」衛若懷見她變臉，忙問：「岳母種的馬鈴薯收上來放哪兒去？」

杜三妞想說放她家，可她娘家一間糧食房放不下近兩萬斤馬鈴薯……

杜四喜夫妻伸頭一看杜三妞眉頭緊鎖，背著她衝衛若懷伸出大拇指：還是您有辦法！

衛若懷見不得媳婦作難，嘆息道：「平時不是挺聰明的，怎麼這會兒犯起傻？記得妳跟我說過馬鈴薯也能做粉絲，下半年種馬鈴薯的人又多，馬鈴薯沒有原來值錢，不如把一半馬鈴薯做成粉絲，放在鋪子裡賣？」

「對哦！」杜三妞一拍腦袋。「我怎麼沒想到呢？難道人家說的一孕傻三年，從現在就開始了？以後可怎麼辦啊！」不禁發愁。

「有我呢！」衛若懷無力道：「豆瓣醬等明年兒子出生後再做也不遲，反正妳不講，別人也不曉得具體該怎麼做。」

「是呀、是呀！」杜四喜附和。「晌午在這邊吃嗎，三姑奶奶？」

杜三妞下意識看向對面，見她表哥、表嫂忙得團團轉。「你去那邊講一聲，我們在四喜這邊吃飯。」推一把衛若懷。

衛若懷點了點頭。

誰知他一離開，杜三妞就和杜四喜的妻子去後院，吩咐她洗菜、切菜，還翻出人家的圍裙繫在腰上。

四喜家的嚇得心肝兒顫，差點切到手。「快放下！姑奶奶，好不容易來一次，怎麼能讓您做飯？我來做吧！」

「妳不知道我喜歡吃什麼。」杜三妞閃開，見角落裡有一盆洗好的豬下水。「幫我切點小腸、豬肺和豬肚，有沒有豆腐和豬肉？」

「有。」四喜家的下意識回答，說出來又想給自己一巴掌，嘴巴怎麼這麼快呢？直接說沒有，她三姑奶奶不就不做了？

「三妞要做什麼？」衛若懷進來便看到四喜家的一臉懊惱。

四喜家的心中一喜。「大人，快勸勸她，我說的三姑奶奶不聽。」

「沒事的，大夫同我說過，適量運動對孕婦的身體好。」衛若懷心想，不准她做飯，她不開心，不開心就沒胃口，她不吃飯，兒子就得跟著挨餓，怎麼算都不如由著她。

「聽到了吧？」杜三妞衝她挑了挑眉。「虧妳生過兩個孩子，這點常識都不懂。對了，剛才你問我什麼來著？」

衛若懷嘆氣。「做什麼吃？」

「滷煮火燒。」杜三妞說出來，猛地想到。「好像得花很長時間？」

「妳現在餓嗎？」衛若懷關心道。見杜三妞搖了搖頭，他立馬說：「那做滷煮火燒吧，反正我也不餓。」心裡對鬧饑荒的肚子說了聲抱歉。

杜三妞卻當真了，一邊揮手示意衛若懷出去等著，一邊翻找她需要的調味料。

衛若懷同意她做菜已是最大讓步，但是不准他待在廚房裡，他立馬說：「出去也行，妳和我一起。」

「你、你怎麼這樣子？你又不會做菜！」杜三妞瞪眼。

衛若懷「嗯」一聲，那又怎樣呢？

杜三妞氣結，挺著大肚子是沒法把他給怎麼樣。

杜三妞原本以為被他這麼一搞，她做好會沒胃口，豈料今天胃口大開，連吃了兩大碗白米飯。

衛若懷見她又把碗遞給小丫鬟，嚇得忙說：「沒飯了！」

起身盛飯的杜四喜一僵，沒搞清怎麼回事就說：「三姑奶奶沒吃飽嗎？我去對面給您拿幾個包子？」

杜三妞臉上閃過一絲不自在。「不用，我吃得差不多了。」

衛若懷三下五除二地扒完碗裡的飯。「我們去海邊看看，順便消消食？」恐怕慢一點，杜三妞又要再來一碗米飯，撐著自己又撐著孩子。

鋪子離沙灘有兩百多公尺，夜深人靜的時候在這邊能聽到海浪的聲音。

杜三妞前世生活在北方內陸地區，很少能見到海。今生出生在江南沿海，但是在建碼頭前她還真沒見過大海。她拿過披風，對丫鬟說：「自己玩去吧，我和大人逛逛就回來。」

十月中旬天已轉涼，衛若懷怕她感冒，到海邊沒一刻鐘就提醒她回去。

杜三妞想再待會兒，見衛若懷盯著她的肚子，不禁朝肚子輕輕拍一巴掌。「都是你啦！以後不孝順，我就把你塞回去。」

衛若懷面色微僵，張了張嘴，想提醒她孩子小，聽不懂，能聽懂也沒辦法把他塞回去，但直到他倆回家，衛若懷都不敢真講出來，蓋因現在衛、杜兩家，三妞最大，把她惹生氣了，他會遭到全家討伐。

回到村裡的杜三妞繼續吃了睡、睡醒到作坊裡逛一圈再繼續吃的養胎生活。

衛若懷則馬不停蹄地前往縣衙和林瀚商量拍賣地皮一事。

碼頭在海邊，不知何時就會來一場大風把所有房屋吹倒，除了廣靈縣當地早已習慣大風的商戶，想招外地商戶在此開店並不容易。

林瀚建議比照宣傳碼頭的方式，把賣地的消息放出去。廣靈縣碼頭邊的空地遠遠比建康府那邊多，衛若懷有心搞大就必須想辦法吸引外來商戶。

兩人商量半個時辰後，衛若懷吩咐衙役把主簿、典史等人找來寫宣傳單。宣傳單上面除了介紹碼頭邊的地皮廉價、周邊物產豐富，還詳細記載著廣靈縣每十二年有一場颱風，上一次的颱風正好是發生在去年七月分。

十多個人齊動筆，第二天酉時就寫好兩百多份宣傳單。衛若懷和林瀚仔仔細細檢查兩遍，見沒什麼遺漏，翌日早上，衛若懷陪杜三妞用飯時，上次負責發小廣告的衙役便再次出發。

八天後，廣靈縣碼頭的地皮正式對外拍賣，每位商戶最多只能買三間。起初並沒有這個規定，衛若懷從最先到達拍賣地點的段守義那兒得知，今天到場的五、六十位商戶代表，其中有一半是外來商戶。

衛若懷怕外來的土財主一次買下一半地皮，只能臨時加上這一條。

擔心銀子不夠、競爭不過別人的杜四喜樂開花，沒等外來商戶代表抗議，他就扯開喉嚨問：「什麼時候開始？」

「現在開始。」衛若懷順勢回答，維持秩序的衙役便敲響銅鑼。

一番競價，有三十四位商戶成功拍到滿意的地皮，其中包括段守義、趙存良、杜三妞的舅舅以及杜四喜。衛若懷見自家親戚都面帶微笑，賣出去的地也大大超出他的預期，便把善後的事交給林瀚，他回家看媳婦，順便把結果告訴她，免得她跟著憂心。

「母親，您只做小姪子的衣服，萬一嫂子生了個大美妞呢？」衛若恒見他母親收拾的小衣服全是男娃穿的，忍不住吐槽。

「胡說什麼！」大夫人的手僵住。「呸呸呸，趕緊吐掉！你嫂子懷的一定是小子！」

「甭管是小子還是閨女，離過年還有兩個月，妳這麼早去幹麼？」衛炳文揉著額角。

「若兮再過三個月就生了，要我說，等若兮生下孩子，妳再去看兒媳婦。」

衛若恒連連點頭。「去就去唄，還不帶我去！」

大夫人瞪他一眼。「你去幹麼？你二哥天天忙著幫你嫂子建作坊，還考了第三；你呢？一天到晚想著吃、想著玩，就不想著看書，三年後你得考倒數第三！」

「那也不錯，起碼是秀才。」兄弟間衛若恒排第四，上面有幾個能幹的哥哥，沒有子承父業的壓力，所以無論大夫人怎麼念叨，衛若恒的成績始終在中間徘徊。

大夫人腦門痛，本來見相公和兒子都勸她別著急，打算晚些天再走的，這瞬間決定盡快出發得了！

十一月初七，早上，衛若懷照例扶著杜三妞出去消食，誰知一打開門，就看見一個十分熟悉的人。

「大人，您的家書。」差役奉上一封信。「昨夜到的。」

衛若懷接過來。「下次不用這麼著急，京城有急事會直接發到縣衙。」衙裡面招招手，錢明立即麻溜地跑回屋裡拿了個荷包出來。

差役下意識伸手，伸到一半意識到衛若懷如今是他的大老闆，連忙擺手。「小的還有事。」不待衛若懷開口，騎馬就走。

衛若懷搖頭失笑，待看到信件內容後，笑容卻僵住。

「怎麼了？」杜三妞推他一下。「京城不會真出事了吧？」

衛若懷把信遞給她。「京城沒事，妳我有事。」

杜三妞更加不解，低頭一看，臉色也驟變。「我的娘啊！」

「妳娘來了。」衛若懷抬手一指。

丁春花正好端著碗從隔壁出來。「若懷喊我？」

「不是。」衛若懷搖了搖頭。「我母親要來了。」

「啊？」丁春花一驚。「怎地這個時候過來？天寒地凍的，多遭罪啊！」

衛若懷心想：妳不會想知道為什麼的。「父親抽不出時間，便叫母親替他來看看祖父。

父親信上說，同來的還有個老太醫，來給祖父檢查身體。」這一點衛若懷倒是沒想到，不過，他覺得太醫是衝著他媳婦來的。

杜三妞也有這個感覺，雖然信中只有寥寥幾筆提到她婆婆，然而從上輩子新聞越短，事情越大的經驗告訴杜三妞，必須先去請建康府名氣最大的大夫給她檢查一下。

衛若懷雖覺得沒必要，但見他媳婦比平時少用一碗飯，第二天上午，建康府的大夫就被小衛大人請到了杜家村。

聽大夫說她和孩子都很好，杜三妞才算把心放回肚子裡；然而只顧著開心的小夫妻沒注意到，大夫眼中的懷疑一閃而過。

杜三妞不怕婆婆念叨自己沒照顧好她孫子後，心情格外的好，喊來錢娘子。「買菜的時候多買些羊肉，晌午煮羊肉湯喝！」

羊肉比豬肉貴一倍，衛家僕人伙食挺好，每頓都有葷菜，但羊肉卻不經常吃。

鄧乙家的心中一喜，正想說買肉燒湯不如買羊骨頭，就聽到錢娘子開口勸阻。

「少夫人，羊肉上火，奴婢們不吃也沒關係，老奴多買些魚和蝦吧，聽說多吃魚，生出來的孩子白白嫩嫩的。」

「我娘懷我的時候吃雜麵，我也長得白白嫩嫩的。」杜三妞自從懷了孩子後，脾氣就有點拗。「叫妳去就去，有好吃的也不知道吃。」

「老奴的牙不好，吃不動。」涉及到小主子，錢娘子不怕惹怒女主人。「大少爺也不喜歡喝羊肉湯。」

「妳！」杜三妞突然想到一道藏在記憶深處的菜——老爆三！便改口說：「行，不喝羊肉湯，那妳買個羊心，買塊羊肝，再買個羊腰，我炒著吃，總行了吧？」

「這……」錢娘子遲疑。

杜三妞嗤一聲。「這樣也不行？那我乾脆什麼都不吃，喝水好了！」

「行！」

錢娘子忙把她要的東西買回來，又背著她去隔壁請丁春花和杜發財，看見兩人便說：「少夫人今天做個新吃食，請你們兩位過去吃飯。」

杜三妞在村裡養胎，兩家人經常在一起吃飯，丁春花沒多想，看到錢娘子把一碟她沒見過的菜放到面前，丁春花就招呼杜發財。「她爹，快嚐嚐，閨女親手做的！」

衛若愉一聽是他嫂子下廚，使勁挾了一筷子。

衛若懷瞪他媳婦一眼：回頭再跟妳算帳，又不聽話！緊接著也挾一筷子。

等輪到杜三妞時，盤子裡只剩下幾塊羊肝和些許蔥段、蒜瓣。

杜三妞想哭，怎奈全家人都忙著討論她做的老爆三，她爹杜發財還嫌做得少，根本沒人注意到她有多難過，一時哭也哭不出眼淚。

錢娘子把魚湯放到她面前，同上的還有一碟油燜大蝦。

「我給妳剝。」衛若懷見杜三妞伸手，以為她想吃蝦。

其實杜三妞只是想喊小丫鬟把蝦端遠點，她今天想吃的從來都不是蝦！

衛若懷不知內情，剝了隻大蝦，又沾了點醬。「快吃吧！」

「……好！」是他的一番心意，杜三妞咬咬牙，暗暗瞪了錢娘子一眼：妳給我等著！

然而沒等她找錢娘子算帳，飯後杜三妞就被衛若懷拉到臥房裡好一番數落。

衛若懷下午要去碼頭察看施工情況，傍晚便回來，即便這樣都不忘交代丫鬟、小廝看住少夫人別往廚房去。

杜三妞氣得差點咬碎一口銀牙；錢娘子樂得恨不得奔相走告。

碼頭邊的房子蓋得一天比一天高，衛家大夫人離杜家村也一天比一天近。

終於，在十一月二十一日這天，杜三妞在睡夢中聽到了婆婆大人的聲音，迷迷糊糊地睜開眼，杜三妞下意識揉揉眼，發現面前的人依然在。「母親？您、您什麼時候到的？」連忙要爬起來。

大夫人按住她。「聽郭婆子說，妳每天這個時辰都得睡會兒，繼續睡吧，不用管我。」

「我、我睡好了。」杜三妞不想離開溫暖的被窩，但依然掙扎著坐起來。「再睡晚上就睡不著了。」

衛大夫人說：「既然這樣，我去請老太醫過來給妳看看。」說完轉身就走。

杜三妞望著她的背影愣了愣，意識到婆婆說什麼後，忙掀開被子去梳洗。

由於先前已請大夫看過，所以杜三妞心裡雖然莫名有點不安卻並不緊張，到堂屋裡便坐到婆婆身邊，見老太醫過來，立馬伸出手腕。

老太醫的手輕輕搭在她手腕上，剛開始杜三妞還能悠閒地打量給她看診的太醫，眼皮耷拉下來，依然能看出老太醫的眼睛不小，鼻梁高挺，方塊臉，年輕的時候估計有不少姑娘喜歡……然而隨著看診時間越來越長，杜三妞心中越來越不安了。

「換另一隻。」

杜三妞想問她有什麼問題時，老太醫淡淡地開口了。她心中一突，差點站起來；沒有第一時間嚇得起身，是因有人先一步按著她的肩膀。

「怎麼回事啊？太醫，若懷信上說孩子很好啊！」

「孩子沒事，衛大夫人，先別著急。」老太醫老神在在地道：「衛少夫人，妳放鬆，放鬆，是孩子太調皮，在同老夫躲貓貓。」

「我還沒五個月，孩子就會動了？」杜三妞詫異，傳說中的胎動，她可是等很久了。

老大夫點點頭。「按理說妳是能感覺到動靜的，不過，看少夫人的樣子是一直沒感覺，想來是太擠的緣故。」

「太擠？」大夫人不解，忽然心中一動。「太醫、太醫，您的意思是，我兒媳婦懷的是雙胞胎？」難以置信地睜大眼。「怎麼可能啊？我們家從未出現過雙胞胎！兒媳婦，你們家有嗎？」

杜三妞隱隱聽別人說過，雙胞胎基因會遺傳。「沒有。太醫，您確定嗎？」

太醫移開手，捋著鬍鬚笑道：「難道妳沒發現，妳的肚子像人家六、七個月的？」

「這……這不是我吃的嗎？我比沒懷孕之前胖了二十斤呢！」杜三妞不可思議地看了看肚子。「沒想到……沒想到居然有兩個？不會把我的肚皮撐破吧？」

「快別胡說！」大夫人心裡的激動蕩然無存。「聽說雙胞胎易早產，根本等不到足月，別人還說七個月就出來了。」

「那豈不是一月底？」杜三妞掐指一算。「還有兩個多月？這麼短的時間，孩子能長好嗎？」

「孩子小一點倒是好。」老太醫說：「我現在怕的是兩個小傢伙待到足月再出來。」通常婦人生一個孩子就累去半條命，更何況兩個？

太醫一說，大夫人也意識到問題關鍵，忙衝小丫鬟招招手。「把少夫人懷雙胞胎的消息告訴老太爺和隔壁親家。對了，再告訴若愉，幫我寫一封信給大老爺，就說我等少夫人生完孩子再回去。」頓了頓，道：「太醫，麻煩您給我兒媳開個食譜。若懷媳婦，以後白天可不能再睡覺了，犯睏就出去——」

「聽說三妞懷的是雙胞胎，親家？」丁春花急切的聲音從門外傳來。

大夫人一轉頭，她人已到跟前。

「別急、別急，親家，太醫說孩子沒事，我也正同若懷媳婦說以後多動動，可不能再這麼胖下去了。」大夫人怕她莽莽撞撞地撞到大孫子，忙攔住她。

丁春花發軟的雙腿頓時有了力氣。「親家說得對，她是不能再吃下去了；妳可不知道，每頓三大碗米飯、一桌子菜，我和她爹一天也吃不下這麼多！」

大夫人下意識看向她。

杜三妞忙說：「沒有一桌，只有兩碟。」

「胡說！上次一條魚、一盤蝦被妳自己吃完不算，又吃了大半盆豬肉燉馬鈴薯和兩碗米飯，末了竟還說自己沒吃飽，妳還想吃多少啊？」丁春花瞪眼。

杜三妞瞬間慫了。

這吃得也太多了吧？老太醫張了張嘴，好半晌才找回自己的聲音。「少夫人平時也吃這麼多？」

「只多不少！」丁春花又覺得當著外人的面這麼數落她閨女不好，畢竟三妞還是縣令娘子。「我以前還奇怪，她吃這麼多怎麼只胖一圈？合著肚子裡是兩個娃！」

「是呀！」杜三妞沒好氣地看她一眼。「是不是很吃驚、很興奮，突然發現我特別厲害，一次來個雙黃蛋？」

「是的，突然發現我閨女特別厲害；但是，從今天開始，妳的飯照樣減去一半。」丁春花生三妞的時候，就是因為懷孕的時候吃太多，三妞跟著她吃胖，生產當天，把丁春花給折騰得，發誓再也不生了。

杜發財在院子裡從天黑坐到天亮，聽到孩子的哭聲還跟作夢似的，明明已快到深秋，他身上的衣服就跟從水裡撈出來的一樣；也是自那以後，他再不說再拚一把了，萬一將來孩子出來，孩子的娘沒了，他一個人帶著四個孩子……想到那種日子，杜發財就覺得還是不生為好。

「娘！」杜三妞臉色大變。「我一個人吃三個人的飯！」

丁春花點點頭，杜三妞一喜，就聽到丁春花說：「我是妳娘，妳敢不聽我的?!」

大夫人忙說：「親家，沒這麼嚴重，咱們先聽聽太醫的。」

「對哦！」丁春花反應過來，轉向太醫。

老太醫搖頭失笑。「衛大夫人，麻煩妳帶我去書房，老夫給少夫人寫食單，保管你們兩家來年順順利利得兩個大孫子。」走到門口，和衛老碰個正著。

杜三妞搶先道：「我沒事，什麼事都沒有，就是一個變成了兩個。」

「我看出來了。」衛老見作夢都想著孫子的兒媳婦滿眼笑意，而丁春花雖然有些緊張，卻沒有惶恐不安。「派人去告訴若懷了嗎？」

「啊？忘了！」大夫人忙喊人去縣裡找衛若懷。

第二十七章

衛若懷一聽杜三妞懷了兩個，扔下公文，穿著寶藍色官服就直奔杜家村。

不明真相的行人紛紛駐足，交頭接耳道：「小衛大人這是怎麼了？」

「莫不是衛夫人生了？」不知誰說了一句。

於是，慢一步的小廝從縣衙裡出來時，就聽到「縣令夫人已經生了個小少爺」的話。

小廝氣得好想罵人，這幫嘴碎的八婆！「別亂講，我們家夫人才沒生！」

一聲怒吼，擠在縣衙門口瞎嘀咕的百姓頓時作鳥獸散。

然而小廝一離開，縣裡又傳出「縣令夫人不好了」的消息，嚇得杜大妮和杜二丫扔下孩子就駕車前去杜家村；不過，那時已是第二日下午。

衛若懷盯著杜三妞的肚子，滿臉不可思議，想碰又不敢碰，畏畏縮縮的模樣和早上簡直判若兩人。

杜三妞很無力地說：「不就是懷上兩個孩子嗎？又不是揣了個爆竹，你一點他就炸了。」說著話，趁其不備，拿著他的手往肚子上拍一下。「看，什麼事都沒有！」說完還聳了聳肩。

「三妞！」

「三妞！」

兩聲怒吼響起，杜三妞嚇得一哆嗦，忙躲到衛若懷身後。

「妳給我出來！」丁春花指著她。

杜三妞緊緊抓住衛若懷的胳膊。「孩子半天沒看見父親，想得慌了！」朝衛若懷胳膊上擰一把。

衛若懷下意識點頭。「是的、是的，我也想孩子了！」

「那我們回房吧！」杜三妞順口接道。

衛若懷頂著兩位母親的怒視，艱澀道：「好、好吧！」

「少夫人，晌午吃什麼？」錢娘子找了一圈找不到杜三妞，誰知她卻躲在書房裡。推開書房的門，錢娘子疑惑道：「咦？夫人也在？還有老太爺、二少爺？大少爺，您什麼時候回來的？」

「做個清蒸魚，再做個糖醋排骨，還有——」

「魚和肉選一樣！」丁春花打斷她的話。

錢娘子剛買菜回來，還不知發生什麼事。「魚不能和糖醋排骨一起吃嗎？」她怎麼不知道？

「可以！」婆婆和親娘都不在跟前的時候，就是錢娘子盯著她吃飯，杜三妞可不想叫她知道為什麼。「孩子又想吃魚、又想吃肉，怎麼辦？」

「妳告訴妳肚子裡的孩子，忍著！」關乎著日後生產順不順利，丁春花的態度十分強硬。

錢娘子此時也發現書房裡的氣氛不對，試探道：「那奴婢是做魚還是做肉？」

「有豬肉嗎？」杜三妞又問。

錢娘子點了點頭。

「妳去做魚香肉絲，再炒兩樣素菜，這樣總行了吧？」杜三妞看向她娘。

丁春花想了一下才點頭。「行，買的魚留著晚上做。」

錢娘子下意識看向衛大夫人，見衛若懷的母親微微頷首，錢娘子行了禮，轉身出去就拉著門外候著的丫鬟，又指了指書房。

大夫人的丫鬟在她耳朵旁低聲說兩句，錢娘子猛地睜大眼，轉向書房的方向瞧著，又驚又喜。回到廚房後，錢娘子就把所有閒著沒事的丫鬟、小子喊過來，削馬鈴薯、山藥、蓮藕皮，洗生菜、菠菜和小青菜。

不消半個時辰，丫鬟就過來稟報。「飯做好了。」

滿屋子人只顧著研究杜三妞神奇的肚子，也沒意識到廚房今天做飯格外快。

到堂屋裡，老太醫和杜發財分別坐在衛老兩側；杜三妞輩分最小又是個婦人，便坐末尾。

最先上來的是兩碟魚香肉絲，一碟毫無疑問地放在衛老面前，另一碟沒等端菜的丫鬟詢問，大夫人就衝杜三妞的方向指一下。

魚香肉絲之後便是馬鈴薯絲炒雞蛋、蓮藕肉糜、清炒山藥、蒜蓉生菜、清炒青菜、排骨湯和雞蛋菠菜湯。

人多，錢娘子怕不夠吃，每樣做了兩碟，大圓桌上擺得滿滿當當的，杜三妞樂開花。丁春花的臉色卻驟變，大夫人只得輕輕拍拍她的胳膊，桌子上的確沒有魚。

丁春花盯著埋頭大吃的閨女，一陣懊惱，還不如讓她如願。還有，這錢娘子是怎麼回事？平時不是最緊張三妞肚子裡的孩子嗎？

錢娘子不准杜三妞吃上火、有傷身體的東西，在她看來，孕婦每天吃飽吃好，生產的時候才有力氣，所以她並不贊同杜三妞節食；何況懷著兩個孩子，又不是一個，按照她想的，伙食還得加倍才對！

杜三妞嚥下最後一根青菜，忍不住打了個嗝。

衛若懷很是無語。「又不是吃上頓、沒下頓，差不多就好了，幹麼非得吃得打嗝？」

「吃飽了，娘才知道我真正的飯量啊！」杜三妞放下碗，又忍不住打嗝一聲。

大夫人好氣又好笑。「行行行，我們知道了，晚上做魚、肉，妳還和以前一樣吃，成嗎？」

杜三妞挑了挑眉，早該這樣，她又不是個傻的，不知道孩子養太大不好生。「成啊！」按著桌子站起來。

衛若懷立馬扔下碗筷。「我扶妳出去走走。」

杜三妞「嗯」一聲，出大門直接拐去隔壁。「扶我去屋裡躺會兒，撐死我了，走不動了，等我歇會兒再去逛逛。」

「妳說妳，今天吃了四碗飯，比平時多吃了一倍，圖什麼？」衛若懷無奈地把人拉到懷裡，半摟著她走。

杜三妞順勢把重心放到他身上。「為了我的魚啊、肉啊！」躺在高高的枕頭上，舒服地吁一口氣，拍拍身邊的位置。「你也上來歇歇。母親今天到，我娘估計得和她說會兒話，祖父可能還會請太醫給我爹看看身體，他們沒這麼快回來。」

「我就不睡了，上午回來得匆忙，縣裡還有些事等著我處理。」衛若懷脫掉她的鞋，又拉過被子給她蓋上。

杜三妞說：「那你快去吧，別在這兒陪我了。」

「半個時辰的時間還是有的。」衛若懷見床頭櫃上散著幾本話本，隨便抽出一本，倒在床邊。「瞇一會兒，待會兒我喊妳。」

「好吧！」其實杜三妞吃得太飽，飯堵在喉嚨裡極不舒服，也不想說話，見衛若懷當真沒有走的意思，便閉上眼。

正如杜三妞所預料，丁春花和杜發財在衛家待到杜三妞醒來後出去逛一圈，又送衛若懷出門的時候，老倆口才回家。

兩人回家後，老太醫去歇息，衛老和衛若愉去書房，院裡頓時只剩下婆媳兩人。

杜三妞不會跟婆婆相處，沒等大夫人開口就率先說：「母親，您坐了十幾天的車，想必也累了，我就不打擾您啦！」說完眼巴巴地望著她。

大夫人張了張嘴，掃到她圓鼓鼓的肚子。「可不是嗎？我這老胳膊、老腿差點散架了。」

「兒媳告退。」

杜三妞立馬扶著丫鬟的手離開，動作快得差點讓大夫人誤以為她沒懷孕。「我、我有這麼可怕？」大夫人難以置信地指著自己。

「您當然不可怕。」大丫鬟連翹笑道：「但是您讓少夫人節食倒是挺可怕的。咱家少夫人您又不是不知道，一向會吃，您不讓她吃，豈不是要她的命嗎？」

「我、我還不是為她好啊！」大夫人忍了又忍，還是沒忍住，翻了個白眼。「再說，她娘也叫她少吃點。」

「所以少夫人沒跟著她母親去隔壁啊！」連翹道：「您吃飯的時候奴婢找府裡的小丫鬟打聽了下，少爺和少夫人回來的一年多沒閒過。」隨後把碼頭和作坊的事詳細講一遍，末了又說：「出村就能看到少夫人的作坊，雖然作坊裡只有從村裡找的八個婦人在做事，但聽府裡的小丫鬟說，是因為少夫人懷了小少爺，沒精力打理的緣故。明年少夫人的作坊做起來，估計會比咱們京城莊子上一年產得還多。」

大夫人哼一聲。「不用盡撿好聽的說，只要和吃的有關，妳不說我也知道她虧不了！」朝杜三妞離開的方向看一眼。「既然作坊離得這麼近，陪我過去看看吧！」

連翹一點也不意外，衝遠處的小丫鬟擺擺手，早有準備的小丫鬟立馬送來一件斗篷。

大夫人餘光瞥到貼身丫鬟手裡瞬間多出的東西，愣了愣。「好啊，學會給我下套了?!」

「哪能啊？奴婢知道您只是表面上對少夫人嚴厲，其實很關心她。」連翹說著話，給她披上斗篷。

「就妳知道得多！」大夫人嗤一聲，抬腳往外走。

大丫鬟連翹跟在身後聳了聳肩，心想：奴婢知道得多還不是您告訴奴婢的？沒出京城就念叨您兒媳的作坊什麼樣，奴婢今天不說，您明天也會找個機會去瞅瞅！

大夫人見院裡井井有條，八個婦人包著頭巾、穿著圍裙，正在做馬鈴薯粉，又去倉庫裡看看，裡面堆滿各種果酒，不禁滿意地點點頭，出了作坊就直奔碼頭而去。

杜三妞的身子越發笨重，時常精力不濟。上午睡到一半她婆婆就來了，晌午吃飯的時候又和親娘、婆婆鬥智鬥勇，因此回到屋裡倒在床上才一會兒又睡了過去。

大夫人把兒子和兒媳一年多的成果巡視一遍後，看到杜家雜貨鋪子裡人來人往，本想指點兒媳婦的大夫人也打消了這個念頭，回到村裡，一心一意照顧她未出世的孫子。

大夫人先前只準備了一個孫子的衣服，現在多了一個，便吩咐趙婆子去建康府買些好布料，比照之前的衣服、鞋子、尿布等物再辦一份。

衛炳文收到夫人的信，見信中寫到自己夫人要等到兒媳婦生產後再回來，眉頭緊皺，再看到兒媳婦懷了雙胞胎，立馬扔下信，喊來小廝去告訴衛若兮。

衛若兮乍一聽說母親不畏嚴寒地去杜家村，雖然理解在母親眼裡孫兒比外孫重要，但心裡多少有些不痛快；如今聽到娘家來人，說她嫂子懷的是雙胞胎，衛若兮哪還顧得上不開心，挺著個大肚子就吩咐下人套車，送她去街上給兩個姪子買禮物了。

衛若兮的禮物送到杜家村那日正是北方小年，杜三妞看到那一車小物件，再一想到她婆婆這些日子置辦的，忍不住替她未出生的兒子感到頭疼，每天一套，一歲之前也換不完啊！

在杜大妮和杜二丫年初三來送節禮時，杜三妞就十分嚴肅地告訴兩人，不要給她兒子買東西；可惜很少聽說過雙胞胎的趙存良和段守義當作沒聽見，回到縣裡就叫二丫和大妮去給三妞的孩子買禮物了。衛若兮送什麼，他們就送什麼！

杜大妮和杜二丫心裡高興自家男人對自家妹妹好，卻不得不提醒跟著瞎激動的人，人家衛家女送的很多東西，廣靈縣乃至建康府根本沒有賣。

相隔一條街的趙存良和段守義不約而同地呆愣一下，接著就說：「送我們有的。」於是，從年初四開始，兩家小廝三天兩頭地往杜家村不是送件小衣服，就是送點新鮮魚肉等等，一直到正月十四上午才消停。

正月十五是元宵節，去年這時候杜三妞和衛若懷還能出去玩玩，如今只能老老實實坐在屋裡吃湯圓，而且杜三妞還是看著別人吃。

湯圓是糯米做的，生怕杜三妞晚上吃了不消化，會反胃，大夫人便叫廚房給她做些加了核桃的芝麻糊。

自從妊娠反應消失後，杜三妞的胃口一天比一天好，聽說她晚上可以吃芝麻糊，瞬間變臉。「母親，廚房做了多少芝麻糊？」

「足夠妳吃的。」大夫人說：「今天管飽！」

杜三妞一噎。「……菜呢？」

「菜也管飽，但是不能吃豬肉和糯米粉做的點心。」大夫人說。

那還好，杜三妞心下滿意，面上不自覺帶著一絲笑意。「啊！」

「怎麼了？」衛若懷老遠聽到一聲驚呼，風一般跑進來，看他媳婦捂著肚子，笑道：「兩個小子又調皮了？」輕輕拍拍杜三妞的肚子。「你倆乖乖的，再鬧騰小心我揍人啊！」

「不是！」杜三妞下意識抓住肚子上的大手。「不是、不是的。」

「不是他倆踢妳？」衛若懷臉上閃過一絲尷尬。「兒子，爹誤會你們了，爹向你們道歉，下次你倆再踢你娘，爹就裝作沒看見。」

杜三妞使勁朝他手上擰一把，衛若懷痛得「哎呀」一聲，大夫人眼中閃過一絲不快。

「若懷媳婦，妳……我的老天爺，額頭上怎麼這麼多汗？」再一看她臉色煞白，大夫人猛地推開擋在面前的兒子。「快！快來人，三妞要生了，快來人啊！」

「要生了?!」衛若懷一個趔趄，剛剛穩住身子，一聽母親的話，身體一顫，直直地向杜三妞倒去。

衛若愉扔下盛滿湯圓的碗，連忙扶著兄長。「嫂子要生了?!怎麼、怎麼這麼快？」下意識低頭去找孩子。

大夫人使出渾身力氣拉起杜三妞，粗暴地踢開擋著路的兩人。「快去喊人！」

「哦哦，喊人、喊人……」衛若懷同手同腳，慌裡慌張地往外跑，和衛老撞個滿懷。

老人家抬手朝他臉上打一巴掌。「慌什麼！鄧婆子，把若懷他娘準備的東西送進產房；錢明，去請穩婆；鄧丁，去隔壁說一聲；鄧乙家的，幫夫人把少夫人扶去產房。」

衛老不慌不忙地發號施令，乍一聽少夫人要生產了而亂作一團的主子、僕人瞬間有了主心骨兒，有條不紊地各忙各的。

衛若懷下意識跟上去，衛老攥住他的胳膊。「女人生孩子你去幹麼？給我老老實實在這坐著。」指著堂屋裡的椅子。

衛若懷張口想說「不」，嘴巴一動，臉上火辣辣的痛。「我……祖父，我站著成嗎？」

「站好！」早已做好杜三妞早產的準備，衛老此刻真不擔心，何況老太醫還在家裡住著。對了，太醫！「若愉，去請太醫。」

「老夫在這兒呢！」老太醫的獨子早年幹過一件蠢事，是衛老從中周旋，不但使他免受牢獄之災，還能保住官職。老太醫兩年前致仕後，在家中養養花、養養鳥，大夫人不相信這邊的大夫，杜三妞懷孕的消息一傳到京城，她就去老太醫家拜訪，請他隨自己走一趟，自然是以給衛老看病的名義。

老太醫一家感激衛老當初伸出援手，恰巧他在家又沒什麼大事，便同大夫人過來。大夫人希望他待到杜三妞生產，老太醫給家人去信，家人得知新科狀元郎的妻子懷的是雙胞胎，還託驛站送來一份薄禮。

話說回來，大夫人把杜三妞扶到早已準備好的產房，一邊令丫鬟把廚房裡的兩個炭火爐子拿來，一邊吩咐小廝燒水。窗戶關上，厚重的窗簾放下，丁春花推門進來，看到大夫人正在給杜三妞脫棉衣。「我來吧，親家，妳歇歇。」

大夫人擦擦額頭上的汗水。「行，我出去看看。若懷媳婦，別害怕，穩婆待會兒就到了，太醫也在門口。」

杜三妞剛剛看到衛若懷整個人嚇傻了，肚子一抽一抽地痛也強忍著沒叫出來，恐怕孩子沒生出來，先把孩子爹給嚇出個好歹。「我……沒事，母親……別擔心。」

「不擔心、不擔心。」說不擔心是假的，她懷的是兩個，不是一個啊！大夫人給她擦擦額頭上的汗，遞給丁春花一塊乾淨的紗布。「實在忍不住就叫若懷媳婦咬住這個。」隨後就去看看穩婆怎麼還沒到。

今天是元宵節，穩婆在家過節，錢明駕著馬車到她家把人接來，回來的路上馬車跑得飛快，車裡的穩婆顛得抽氣，卻沒叫錢明慢點，還恨不得長出翅膀飛過去。給知縣夫人接生啊，足夠她吹一整年的！

到衛家，穩婆直奔最熱鬧的地方，果然，走到門邊就聽到低低的呻吟聲。拎著東西進去，換上乾淨的衣服，洗漱一番才去裡間給三妞檢查。

「是不是還要一會兒？」丁春花生過三個孩子，沒給孕婦接生過也有些經驗。

穩婆點點頭。「羊水還沒破，還早呢！少夫人吃飯了嗎？」

「正準備吃呢，突然就要生了。」丁春花一說：「對了，是不是先讓她吃些東西，好有力氣？」

「是的。」

穩婆話音一落，丁春花就去喊小丫鬟端些易消化的東西來。

「怎麼還吃上了？」衛老只顧得看住六神無主的衛若懷別去添亂，沒注意到衛若愉。衛若愉坐在廊簷下見小丫鬟端來一碗芝麻糊，霍然起身。「嫂子還能吃這個？」

「這個不行！」大夫人連連擺手。「叫廚房趕緊煮些粥，再殺隻雞，煮些雞湯留著少夫人後半夜吃。」

「我去殺雞。」杜發財也在門口守著。「我家有老母雞，給三妞做老母雞湯。」

「娘，我不想吃。」外面說話的聲音大，杜三妞聽到連連搖頭。「若懷沒事吧？」

「若懷沒事。」大夫人把門關上。「正在念叨著妳肚子裡的兩個小子太磨人，等他們出來非得揍他們一頓，瞧把妳折騰得。」

杜三妞一聽這話就頭疼。「萬一是兩個丫頭怎麼辦？」

大夫人呼吸一窒。「丫頭就丫頭，先開花後結果，何況人家一個，咱們是雙生花，放眼整個廣靈縣能有幾個雙胞胎這麼會挑日子，剛好趕在元宵節？」頓了頓，問：「渴嗎？我給妳端點水來。」

「好。」杜三妞弄不清她婆婆是不是在安慰她，不過聽了心裡好受多了。

大夫人走到外間，忍不住嘆了口氣，倒杯溫開水端進去。

丁春花忙扶起她。「少喝點，潤潤喉嚨就好。」

「啊！」

衛若懷渾身一僵。「三妞！」忙不迭地跑出去。

「慢點、慢點。」衛老趕緊跟上，見若愉趴在門口聽，忙喊：「快攔住你哥，若愉！別叫他進去！」

衛若愉下意識抱住衛若懷。「我好像聽到什麼羊水破了。」

「那就快了、那就快了。」衛老扶著柱子，不住地喘著粗氣。

「您坐，衛老。」老太醫把椅子讓給他，轉身又喊小廝再搬幾張椅子。「少夫人的身子骨兒好，孩子不大，沒事的。」

衛若懷並沒因此放鬆下來，衛若愉的胳膊被他攥得一抽一抽地痛，看見椅子忙把他按在椅子上，自己靠著椅子站著。

不知過了多久，房間裡傳來「哇哇」的哭聲，衛若懷猛地驚醒。

「恭喜衛大人，是個小少爺！還有一個。」

「還有一個？」激動不已的衛若懷又一屁股坐回去。

大概一刻鐘後，產房門再次打開，衛若愉忙問：「是不是個女孩？」

「長得挺秀氣的，但是，不是。」穩婆笑著說：「也是個小少爺，恭喜衛老大人，恭喜衛大人，雙喜臨門啊！」

「兩個都是臭小子？」衛若愉有些失望。「對了，我嫂子呢？」

「少夫人沒事，只是太累了。太醫，夫人請您進去給少夫人看看。」穩婆剛打開半扇門，只見眼前一花。「大人？」

「你進來幹麼？」大夫人嚇一跳。

丁春花忙推他。「出去，快出去！你怎麼跑進來了！」

衛若懷繞過丈母娘。「孩子都已經出來了，有什麼好避諱的？」三兩步躥到床邊。

杜三妞聽到聲音，抬起眼皮，有氣無力地說：「我很累，別跟我說話。」說著，再次閉上眼。

衛若懷親眼見到媳婦只是累，而不是去掉半條命，身子一軟，整個人跟著癱在床邊。

大夫人轉頭看到這一幕，嫌棄道：「虧你還是廣靈縣的父母官，就這麼點出息？」放下紗帳，拽著他的胳膊。「若愉，進來把你哥扶回他屋裡！」

子時一刻，離第二天還剩三刻鐘，從杜三妞肚子疼到現在已過去三個時辰，這段時間衛若懷的精神一直處在高度緊繃的狀態，如今杜三妞順利生下兩個孩子，放鬆下來，他歪倒在床上就進入了夢鄉。

衛若愉氣得真想一巴掌拍醒他，不過看在兄長這麼緊張他三妞姊的分上，衛若愉脫掉他的鞋，又給他蓋了兩床被子。

翌日，被熱醒的衛若懷睜開眼就尋找杜三妞，見床上只有他一人，想到杜三妞挺著大肚子，穿鞋都困難，趿拉著鞋就往外跑。「少夫人呢？」

「回大少爺，少夫人還在產房啊！」春蘭不解。「怎麼了？」

「產房？」衛若懷一個激靈，瞬間清醒，昨天夜裡杜三妞給他生了兩個孩子，好像都是臭小子！想到這裡他就往產房跑，一推開門看到杜三妞正端著碗。「妳已經能吃飯了？」

「我只是生孩子，又不是生病。」杜三妞見他的頭髮、衣服亂糟糟的。「怎麼還穿著昨晚的衣服？」

衛若懷低頭一看。「啊，忘了！」卻沒說要回去洗臉、換衣服，直直地走到床邊。「吃的什麼？」

「薑汁調蛋，你吃嗎？」杜三妞遞給他。

衛若懷搖了搖頭。「妳吃吧，我不餓。」咕嚕兩聲，小衛大人的臉一下紅了。

杜三妞不厚道地笑了。「別裝了，昨晚為了這兩個小子，全家人都沒吃飯，母親他們這會兒在堂屋裡吃飯，你快去吧！」

「我待會兒再去。」衛若懷這才想起兒子，伸頭瞅了瞅三妞身邊的孩子。「哪個是老大，哪個是老二？」

杜三妞說：「左邊眉毛上有顆痣的是老大，右邊眉毛有痣的是老二。母親和娘說大的像你，小的隨我，還說他倆根本不像雙胞胎；反正我沒看出哪裡像，都一樣，像隻紅猴子。」

「我也沒看出來。」衛若懷下意識伸手戳戳。啪！手背上挨了一巴掌。

「別碰他倆，你沒洗手。」杜三妞說：「我沒事，你快去洗洗，吃飯去吧！」

一大早就挨揍的衛若懷終於乖乖聽媳婦的話，回房洗漱。然而等他到客廳時，衛老和杜發財早已吃飽，大夫人正和丁春花聊兩個孩子的名字。衛若懷道：「大名你們隨便起，乳名叫團團和圓圓。」

「什麼鬼喲！」衛若愉嫌棄一筆。

衛若懷挑眉。「昨天是元宵節，三妞沒吃上湯圓，他倆才出來，不叫團團和圓圓叫什麼？你說。」

衛若愉一噎。「……水餃、餛飩。」

「形狀不一樣，他倆可是雙胞胎。」衛若懷接得飛快。

衛若愉脫口道：「那就叫元宵和湯圓。」

「怎麼盡是吃的？」衛老和大夫人等人只顧著琢磨孩子的大名，根本沒想過孩子的乳名。

聽見衛若愉起的名字，衛老直皺眉。「還不如團團、圓圓，聽著也喜慶。」

「可不是嗎？」衛若懷連連點頭。「水餃、湯圓你自己留著吧！若愉，我兒子的名字就不勞你費心了。」

「我是他倆的叔叔，怎麼能叫費心？」衛若愉說著，頓了頓。「大哥，你給他倆起這麼隨便的名字，嫂子知道嗎？」

衛若懷一窒。「知道，當然知道。」

「是嗎？我去告訴嫂子，姪子叫團團、圓圓。」衛若愉不信他。

衛若懷下意識伸手，只勾住衛若愉的衣角，他輕輕一用力，就甩開阻礙，直奔產房而去。

正月十六，河面上結著厚厚的冰。怕凍著孩子也怕杜三妞受涼，昨天夜裡孩子出生後，大夫人吩咐丫鬟、婆子換下髒的被子和床罩，叫三妞歇在產房裡，等過兩天，她的身體恢復些再搬回房去。

衛若懷霍然起身，大夫人適時開口。「團團和圓圓的奶娘快到了，隨我一起去看看。」

「奶、奶娘？不是，您請奶娘幹麼？三妞說她要自己餵孩子。」衛若懷道：「我兒子不吃其他人的奶。」

「容我提醒你，你有兩個兒子。」大夫人一字一頓。「不怕累著你媳婦，不怕團團、圓圓餓得瘦瘦弱弱的，行啊！」

衛若懷臉上閃過一絲尷尬，居然把奶水不夠吃的事給忘了，還忘得這麼徹底。「衙門裡還有點事，我去縣裡了。」到門外就喊小廝備車。

大夫人嗤一聲，沒提醒他，剛剛才派人去接早早找好的奶娘，至少得一個時辰才能到，她繼而和丁春花說：「若懷的妹妹也快生了，我過幾天得回去，三妞這裡就拜託給親家了。」

「放心吧，我會幫兩個孩子照顧好團團和圓圓的。」丁春花說到外孫的名字，遲疑了下。「……真就叫團團和圓圓嗎？」

「若愉去問了，先看三妞怎麼說。」大夫人聽別人講過，小孩起個賤名好養活，但她不信邪。對於兒子張口就來的乳名，大夫人不滿意，她的雙胞胎孫子值得更好的。「三妞如果也同意，就叫團團、圓圓。」一旦孩子的娘不同意，大夫人便拿這話堵衛若懷。

不料衛若愉蔫頭蔫腦地進來。

「不會吧？」大夫人不敢相信。

「是的。」衛若愉有氣無力地往椅子上一癱。「嫂子說挺好的，名字挺應景，可見大哥費心了。他費心個鬼，明明懶惰圖省事！」

「你說得都對，那又怎麼樣？」

去而復返的人突然出現在門口，衛若愉嚇了一跳。「你、你怎麼又回來啦？」

衛若懷朝他腦門上打了一巴掌後，徑直走到大夫人面前。「母親，回去的時候帶些馬鈴薯粉絲嗎？我叫鄧乙留點。」

「粉絲？要要要，還有那個葡萄酒也給我裝一車！對了，再給太醫準備些。」大夫人頓時不關心孫兒叫什麼了。

衛若懷不禁扶額，好後悔回來。「一車酒得喝到什麼時候？馬鈴薯粉絲和葡萄酒總共給您一車，您和太醫回到京城的時候再分。」不待她開口，又說：「我這就去安排。」

「他、他……」大夫人指著兒子的背影。「這麼點東西夠幹麼呢？」

丁春花一副「那是妳兒子，我怎麼知道」的表情，心想：一車還不夠，妳還想要多少？幸好女婿不是個愚孝的，否則……否則也不能把他給怎麼著，孩子都生了，而且還是兩個……想到孩子，丁春花坐不住，和她親家打聲招呼就去看孩子。

丁春花一進屋就問：「妳婆婆請兩個奶娘的事知道嗎？」

杜三妞說：「知道，白天我餵他倆，晚上奶娘照顧他們。」

「那就好，平時孩子醒著叫丫鬟、婆子幫妳照顧，別交給奶娘。」丁春花不喜歡奶娘這種人，總覺得孩子天天吃別人的奶，將來就會和親娘生分。

杜三妞知道她娘想什麼。「娘，我的孩子我自己照顧，平時也只叫丫鬟搭把手。」說著話往外面瞅一眼，見沒人過來，壓低聲音道：「我婆婆的意思，奶娘比我有經驗，孩子交給她們，我在旁邊看著就好，妳別說漏嘴，這幾天先應付一下，等她回去，我就把奶娘打發得遠遠的，兩個孩子餓了再叫她們過來。」

「就該這樣！」丁春花滿意地點點頭。「妳能這麼想我就放心了，之前還怕妳嫌麻煩，把孩子推給奶娘。行了，我得回家餵牲口，有什麼事就吩咐小丫鬟去喊我。」

杜三妞前世沒少聽別人說，坐好月子是女人的第二次投胎，丁春花一走，她就蓋上被子，摟著兩個小傢伙閉目養神。

杜三妞每天都是吃飽就餵孩子，孩子餵飽後，她和孩子一起睡，偶爾在屋裡活動活動，這種日子一直持續到正月底。

衛家收到衛炳文的來信，衛若兮生了個閨女，不過，並不需要杜三妞替她擔心。衛炳文乃皇帝面前的紅人，衛若懷又是皇帝看重的新人，甭說衛若兮成親一年就為夫家生了個嬌小姐，即便她三年無所出，夫家明面上也不敢作踐她。

衛大夫人這位親娘卻坐不住了，二月初二早上，大夫人到兒媳婦房裡，逗弄一會兒兩個孫子後，含笑道：「我過幾天回去，趙柱子一家留給妳用。」

「啊？」杜三妞沒聽明白。「您的意思，他們一家不隨您回京城？」

大夫人點頭。「怎麼，不願意？」

當然不願意！杜三妞心想：趙家是妳身邊的人，哪天我跟衛若懷隨便叨叨一句，妳那邊就有可能知道，我要一房耳目幹啥？給自己找不自在嗎？

可是這些話不能講。杜三妞嘴角含笑道：「謝謝母親。兒媳聽您說要回去，就在想你們都走了，誰幫我照顧團團和圓圓啊？趙家留下來正好，我瞧著趙雨那丫頭是個機靈的，謝謝母親！」

「妳能這樣想很好。」笑意直達眼底，大夫人接著喊連翹把趙家一家的賣身契給她，又在房裡坐一會兒才回去。

大夫人走後，杜三妞睡不著了，坐在床上想半晌，沒想出該怎麼把趙家退回去，團團和圓圓就鬧起來了，杜三妞立馬丟開趙家人，照顧起團團和圓圓。

大夫人走的那天，杜三妞還沒出月子。初春的天氣冷，怕杜三妞這個當娘的凍病，沒精力照顧兩個孫子，大夫人不准杜三妞出大門送她。

杜三妞看到趙柱子一家，心裡有點不舒服，也懶得送她，順勢留在院裡站一會兒，估算著婆婆走遠了就回房。

雖說杜三妞不喜歡婆婆留下來的人，但是該做的事一點兒也不含糊。她出月子的第二天，就帶著丫鬟、婆子去建康府給衛若兮的閨女準備百日禮。

其實呢，杜三妞原本想送酒和粉絲，怎奈衛若懷太沒用，最終沒攔住他母親。庫房裡的葡萄酒被大夫人拉走了一半，在杜三妞坐月子這其間又賣掉一些，等她到作坊裡一看，只剩十來罈。

二話不說，杜三妞立馬吩咐錢明把葡萄酒拉回家。除了留種子和自家吃的，其餘的馬鈴薯已被全部做成粉絲賣出去，錢明把酒拉走後，作坊頓時變得空空盪盪的。

有兩個孩子要養，偏偏衛若懷的那點俸祿還不夠他自己用的。啃老不符合杜三妞的個性，於是一到建康府，杜三妞給衛若兮的閨女買好禮物後，就去買此地最好的豆瓣醬和甜麵醬，準備回家做香菇肉醬。

「少夫人，親家夫人不是會做嗎？聽說村裡人也會做。」鄧乙家的更想說，買別人做好的不划算。

杜三妞說：「我娘會做，不過我聽說這邊做的好吃，多買幾罈回去試試，看看到底哪邊的好。」因不放心團團和圓圓，買完東西後，一行人買些餅留著路上吃，也沒在建康府吃午飯就駕車回家。

即便這樣，等她回到家也快申時了。

聽到哇哇的聲音，杜三妞直接從馬車上跳下來就往內院跑，一看見廊簷下的人，驚問：「你怎麼在這兒？」

「妳先哄哄他倆！」衛若懷見到他媳婦真想痛哭流涕，對她三跪九叩，但是當務之急是趕緊把兩個孩子遞給她！「也不知道他倆是商量好的還是天生就這麼有默契，上午不見妳，兩個都沒哭，也沒鬧。晌午吃過飯還沒看見妳，團團午睡醒來就開始哭，他哭兩聲，圓圓也跟著哭，中間哭餓了，奶娘餵他們的時候不哭，吃飽又繼續哭。祖父和若愉被他倆哭得頭疼，去隔壁把娘和爹找過來，誰知這兩個臭小子哭得更大聲了，沒辦法，若愉只得去縣裡找我。我抱著，他倆倒是不扯開喉嚨乾嚎，卻默默地流淚，那委屈得喲，搞得好像是我故意把妳藏起來一樣。」兩個孩子一到三妞懷裡瞬間停止哭泣，扒著她的衣服流眼淚。

衛若懷氣得朝團團、圓圓屁股上打一巴掌。「多大的孩子，就這麼有心機?!」

「有心機也是跟你學的。」衛若愉聽說他三妞姊回來，料想姪子不哭了，立馬扯掉耳朵裡的棉球，跑過來圍觀姪子們神奇的變臉術。

衛若懷揉著發疼的胳膊，無語道：「我像他倆這麼小的時候可沒這麼多心機！」

「是，你比他倆大一點的時候就有了，不然怎麼能娶到我三妞姊呢？」

衛若愉話音落下，衛若懷心裡一咯噔。「胡說什麼！」

「什麼什麼？」杜三妞之前並沒在意，抬頭一看衛若懷的眼睛眨得像抽筋，便轉頭問衛若愉。「他娶我，耍心機？」明明只有幾個字，她怎麼就是有點聽不太明白呢？

「沒有、沒有！」衛若懷連忙說：「哪有什麼心計？我才不是那種人！」

「你不是。」見衛若懷一喜，杜三妞又說：「但是我更相信若愉不會騙我，對吧，若愉？」

衛若愉連連點頭。「當然啦！除了我母親，對我最好、也最關心我的女人就是三妞姊了！三妞姊，我告訴妳啊，想當初我們剛來到村裡，也就是妳十歲那年——」

「衛若愉！」衛若懷拔高聲音，見杜三妞瞪他一眼，衛若懷頓時又壓低聲音。「團團和圓圓好不容易才安靜會兒，你不把他倆吵醒不開心是不是？」

杜三妞似笑非笑地睨了他一眼。「相公，你能把我綁在腰帶上，走到哪兒帶到哪兒的話，那你不想叫我知道的秘密，我永遠也不會知道。」

「其實吧，真沒什麼事。」衛若懷說著話，腦門一抽一抽地痛。「咱們回房，我慢慢講給妳聽？」

杜三妞深深看他一眼，就在衛大人以為可行時，聽到他媳婦說——

「可惜，你錯過最佳坦白的時機了。若愉，繼續說，說完我去給你做缽仔糕，我可從未做過哦！做好了，你就是第一個吃到缽仔糕的人。」

衛若愉笑問：「大哥，你會做嫂子說的缽仔糕嗎？不會啊？那不好意思啦，這也不能怪我，對吧？」誰叫你只會吃，不會做呢！

衛若懷看懂他的意思，眼前一黑。「我去書房。」故意慢吞吞地往外走，希望他媳婦看在他很不高興的分上改變主意。

杜三妞裝作沒看見他磨蹭，催道：「快說吧，若愉。」

衛若懷踉蹌了一下，加快步伐，迅速逃離現場。

衛若愉看一眼兄長狼狽的背影。「妳先答應我，不生大哥的氣，我才告訴妳。」

「聽你這麼說，我一定會生氣的。」杜三妞一頓。「可是生氣又能怎麼辦呢？我娘家在隔壁，想躲回娘家也不好躲啊！」

「我就知道妳剛才是故意逗大哥的，虧得他還緊張得跟什麼似的。」衛若愉看穿一切地笑道。

杜三妞搖了搖頭。「他緊張不是因為做虧心事，而是太在意我的態度；如果他不在意我，我就是一哭二鬧三上吊，他也不怕的。」

猝不及防被塞一嘴狗糧，衛若愉頓時想掉頭走人；然而那什麼缽仔糕還等著他，他不能讓缽仔糕失望啊！

為了讓缽仔糕早見天日，衛若愉在心裡對長兄說聲抱歉，然後把衛若懷何時喜歡上杜三妞、為了防止她和別人訂親，如何忽悠媒婆、後來又如何請衛老配合他一起忽悠衛炳文夫婦的事和盤托出。

杜三妞聽得目瞪口呆，喃喃道：「你說的和我認識的是一個人嗎？」

「別懷疑，如果不是因為妳，我也不知道大哥有那麼多心眼。」衛若愉現在想起衛若懷以前幹的事，內心依然很複雜。「心眼多不可怕，可怕的是還被他用到了對的地方，是不是突然覺得他很嚇人？」

杜三妞連連點頭。「何止嚇人，簡直磣人啊！」

「咳，這是妳說的啊！」衛若愉怕回頭被揍，連忙撇清。雖然這樣做並不能改變他不被揍的結果，但是為了缽仔糕，他拚了。「伯娘走的時候送了妳一盒首飾，其中有一個金鐲子，妳看到沒？」

「金鐲子怎麼了？東西都在我房裡，還沒來得及看。」杜三妞作為衛家長媳，這幾天一直在琢磨送什麼東西給衛若兮的閨女，衛若懷這個大舅舅才不會丟臉。忽然，她心中一動。「你哥很早以前送給我個金手鐲，說是母親送的，和你說的那個是一對？」怎麼可能啊！

衛若愉點頭。「已逝的太皇太后送給伯娘的，大哥偷出來一只送給妳，可把伯娘氣得不輕，我聽母親說的。」

「……幫我抱著團團、圓圓，我去看看。」杜三妞把兩個孩子遞給他，衛若愉慌忙接住。

團團和圓圓出生時一個六斤一兩，一個五斤八兩，一個多月過去，好吃好喝的兩個小孩真應了他們的名字，又團又圓。

衛若愉差點沒抱住，跟著杜三妞去她和衛若懷的臥室，見她打開多寶槅。「應該在那個白綢布裡。」

「我知道。」金手鐲意義不凡，而這一小盒首飾只有一個東西用綢布包著，其他的都是很隨意地放在小隔層裡。

杜三妞拆開上好的綢布，老舊的金手鐲躍入眼前。「等等，不是要給若恒的妻子嗎？怎麼給我了？」

「之前那個是我送給妳的，母親大概覺得對不住妳，乾脆把另一個也給妳了。」衛若懷的聲音突然響起。

杜三妞回頭一看，只見衛若懷局促不安地站在門檻外。

衛若懷不安地問：「妳……都知道了？」

「是啊！」杜三妞放下金鐲子。「你覺得我此刻應該生氣呢，還是應該高興？你為了讓我冠上你的姓，費盡心機，連孫子兵法都用上了。」

衛若懷心中一喜，他媳婦如果真生氣，絕對不會跟他廢話的。「妳該高興。」

「大哥你臉皮真厚！」衛若愉看不下去了。

衛若懷白他一眼。「你懂個什麼？如果不是我用心，能有團團和圓圓？」說到這裡，三兩步走到杜三妞身邊。「媳婦兒，看在咱家兩個窩窩頭都變成白麵包子的分上，就別跟我計較了，行嗎？」

「行啊！」見衛若懷面上一喜，杜三妞似笑非笑道：「從今天起，你睡客房。」

「噗！」衛若愉下意識想捂嘴，結果砰一下碰到團團的腦門。

杜三妞循聲望去。

衛若懷大驚失色，反射性奪過團團，往杜三妞懷裡一塞！

小團團睜開眼，動了動嘴巴，正準備給他爹哭個夠，一見是娘，委屈地趴在她懷裡，閉上眼又睡了過去。

衛若懷大鬆一口氣，指著衛若愉，低聲道：「要你有什麼用啊？連個孩子都照顧不好！」

「又不是我的孩子。」衛若愉把圓圓還給他，轉身就走，到了門口，不忘提醒道：「嫂子，我的缽仔糕。」

杜三妞見兩個孩子都眯上眼，便說：「你先抱著，他倆睡熟了再放到床上去。」

「妳幹麼去？」衛若懷好想說他胳膊痠疼，比參加一天會試還累。「剛回來，先歇歇。」

杜三妞輕哼一聲。「我倒是想歇一會兒，然而因為某人幹的好事，我現在不得不去做飯；想我堂堂縣令夫人還得親自做羹湯，要你有什麼用啊？」說完抬腳出去。

衛若懷動了動嘴巴，硬是沒敢叫住杜三妞，只得低頭看了看窩在他懷裡的兩個小子。「你倆可幸福了，吃了睡、睡了吃，快趕上小豬了。」圓圓動了一下，衛若懷忙閉上嘴巴，抱著他倆坐在床邊，直到團團、圓圓睡熟。

二月底的天還有些涼，晚飯喝些熱湯最好，比如羊肉湯；然而衛若愉要吃缽仔糕，又是杜三妞親口應下的，她只得到廚房裡一邊教錢明家的做缽仔糕，一邊吩咐小丫鬟蒸米飯。

錢娘子忙問：「老奴呢？少夫人，您別把老奴給忘了。」

「妳做胡辣湯。」杜三妞說。

錢娘子一愣。「不是吃米飯嗎？」難道她隨著手腳不索利，耳朵也不好使了？

「米飯做鍋巴。」杜三妞並沒有多解釋，而是等米飯蒸熟之後，給牙口不好的衛老留一碗飯，其餘的米飯全做成鍋巴。

杜三妞繫上圍裙，把三分之一的鍋巴和豬肉一起炒，做了一道鍋巴肉片，又炒個醋溜白菜，做個魚湯，晚飯就齊了。

衛老聽到二孫子吃著鍋巴，很是羨慕，一想到他的牙齒快掉光了，臉上的黯然一閃而過。

杜三妞給衛若懷拿鍋巴的時候不巧看個正著，便悄悄招來小丫鬟，吩咐她再去盛一碗胡辣湯，隨後把油炸鍋巴掰碎放到胡辣湯裡。「祖父，喝點湯吧！」

「給我的？」衛老看到杜三妞的動作，準備學她吃，雖說味道和單吃鍋巴沒得比，好在還有得吃，結果就見面前多出了一碗鋪滿金黃色鍋巴的湯，衛老愣住。

杜三妞說：「廚房裡沒米飯了，只有胡辣湯，也沒做饅頭和包子。祖父，您喝這個湊合一下，行嗎？」

非常行！

衛老推開面前濕軟剛好的米飯，端起胡辣湯喝一口。「還是這個好，暖胃。」

「若愉說你們晌午吃麵，我還怕您晚上不想再吃麵食呢！」這句倒是實話，若不是杜三妞下午回來的路上塞一肚子餅，晚上看見乾飯就沒胃口，已經準備做魚湯了，她就不會再叫錢娘子做胡辣湯。

衛老笑道：「我不挑，以後啊，你們想吃什麼做什麼，不用管我，我喜歡吃呢，就多吃點，不喜歡吃呢，就下頓多吃點。」

「好。」杜三妞最喜歡老人家這點，盡可能不給小輩添麻煩，所以她嘴上應得乾脆，卻不忘告訴錢娘子，以後做飯做兩樣，誰想啃饅頭啃饅頭，誰想吃米飯就吃米飯。

第二十八章

衛若懷的母親回京之前給杜三妞留下一房人，或者說，她來杜家村之前特意挑了一房人，特地帶來照顧孩子。

衛家老宅多出一房下人，開支雖然大，但因人手多了，杜三妞倒是有很多閒時間，外甥女的百日禮送出去後，杜三妞就去作坊試驗香菇肉醬。

團團和圓圓兩個默契十足的小子，一眼見不到母親就開始唱雙簧，吵得所有人都想把他倆的嘴巴縫上，然而沒人敢，因此只能去作坊找杜三妞。

杜三妞後來發現，兩個孩子只要看得見她，無論自己做什麼，他們都自己玩自己的，以後便都帶著兩個小的去作坊。

有丫鬟、婆子照顧，還有奶娘守著，杜三妞不擔心兒子跟著她出門受委屈，便一心撲在作坊裡。她把香菇肉醬做出來後，採用流水線方式批量生產香菇肉醬的時候，廣靈縣的杏花和桃花也先後開了，杜三妞就派人去收花瓣，回來泡酒。

十里八鄉的百姓也可以自己做杏花酒、桃花酒，但最近幾年果酒越來越多，自己做不但浪費工夫還賣不了幾個錢。杜三妞派出去的人出現，多數百姓還是選擇把花瓣賣給她，省事又省心。

花瓣收上來，作坊裡就暫停做香菇肉醬，開始釀酒。

因她請的是杜家村的婦人，農忙時杜三妞不等她們請假就主動放假，惹得八位本來擔心請假三妞會不高興的婦人在村口碰到丁春花時，不約而同地走上前寒暄，三句話沒說完，就開始說：「妳家三妞做事乾脆又果斷，將來一定是個做大事的人！」

「她現在姓衛。」丁春花真不想顯擺，閨女將來很可能是誥命夫人。

八人呼吸一窒，尷尬地笑了笑。「這離得太近，總感覺三妞還跟沒成親一樣。」

「她已是兩個孩子的娘了。」丁春花說：「妳們別一看見我就誇她，誇再多她也不會給妳們漲工錢。」

「咱們才不是為了工錢，事實如此。」趙招弟突然開口。「作坊裡還有五、六十罈肉醬，聽說不夠三妞妹子的鋪子五天賣的量，就這樣她還給我們放十天假，換作我，我是不捨得。」

丁春花眼皮一跳。「她的小鋪子一天能賣十幾罈肉醬？我記得一罈肉醬有五斤重。」

「三妞妹子的鋪子可不小，連著三間呢！」趙招弟說：「要不是借給四喜那小子兩間，五大間連在一起可氣派了！」倏然一頓。「嬸子不會不知道鋪子裡一天賣多少東西吧？」

丁春花說：「我知道，上上個月我去看過，四喜忙翻天，她的雜貨鋪子裡卻冷冷清清的，只有兩個客人，其中一個還是大妮派去買調味料粉的跑堂小二。」

「那是妳沒去巧，而且她和四喜的客人不一樣，去雜貨鋪買東西的多是來往客商，四喜

賣的是滷肉，沒有船靠岸也會有十里八鄉的人光顧。」

「按照妳這麼一說，她倒不如賣滷肉。」丁春花說。

趙招弟好笑道：「合著您老還真不知道，三妞妹子一次賣出去的東西，足足夠人家四喜和他婆娘忙活一個月的。有次我隨衛家的管事送香菇肉醬，東西還沒卸下來就被剛下船的客商搬走了。妳那天若是在鋪子裡等著，還真見不到客人，因為什麼妳知道嗎？因為鋪子裡沒貨。」

「妳沒騙我？」丁春花將信將疑。「三妞做的醬有這麼受歡迎？」

趙招弟點了點頭。「聽說縣裡也有人學著做香菇肉醬，做好拉到碼頭邊叫賣，只賣兩天就賣不下去了，大家寧願等三妞妹子的醬，也不願意買別家的湊合。」

「妳不會也試過吧？」丁春花脫口而出。

趙招弟臉上閃過一絲慌亂。「沒有、沒有！我天天在作坊裡做事，哪有那個閒時間？不說了，三嬸子，今天小麥從建康府回來，我得回去幫忙做飯！」

杜小麥準備參加明年的鄉試，今年年初他爹就把他送去建康府的大書院，不讓他再在縣裡的書院混日子。

書院每個月月底給學生放四天假，而杜小麥無論颳風下雨都會回來。這不，又到月底了，今天的天氣又特別好，不出意外，最多再過半個時辰杜小麥就會回來了。

丁春花不疑有他，和其他人打聲招呼後，拎著南瓜到家門口，習慣性往隔壁瞅一眼，結

果睜大眼，問：「妳怎麼又把他倆抱起來？」

「屋裡熱，團團和圓圓不願意待在屋裡。」衛家院裡也有葡萄架，自從進入六月，每天下午太陽快下山的時候，衛家一眾總能在葡萄架下面找到團團和圓圓。

「抱習慣了，他倆就不願意躺下，天天叫妳抱著玩。」丁春花指著她說：「現在妳沒事，妳有事的時候呢？我看妳怎麼辦！」

「我有事的時候有丫鬟啊！」杜三妞回頭就喊。「趙雨，過來看著團團和圓圓，我去廚房裡看看。」

「是，少夫人。」趙雨心裡閃過一絲不耐煩，面上卻笑容可掬地道：「少夫人忙去吧，奴婢一定照看好兩位少爺。」春燕三個小丫鬟也圍上來。

春燕和小趙子六人本來該在鋪子裡，但是杜三妞作坊裡的貨不多，往後十天也出不了貨，鋪子裡不忙，杜三妞便吩咐錢明去把他們接回來，留下鄧乙和他弟鄧丙看鋪子。

杜三妞衝她娘呶呶嘴。瞧見沒？我什麼都沒有，就是不缺人手！

丁春花瞪她一眼，提著南瓜回家。

然而等到晚上吃飯的時候，杜三妞傻眼了。

本該吃了睡、睡了吃的團團和圓圓已習慣睜開眼就出去玩，晚飯的時候，團團和圓圓不餓也不睏更不願意躺下，由於他倆離開杜三妞就鬧，奶娘只能抱著他倆站在杜三妞身後。

起初，團團和圓圓靜靜地看著爹娘吃飯，不巧看到埋頭大吃的衛若愉，團團、圓圓下意識跟著吧唧嘴巴，吧唧兩下覺得沒意思，便開始咿咿啞啞地叫他娘抱。

杜三妞只能抱一個，把另一個遞給衛若懷，結果兩個小的一上桌，聞到香味，看見什麼抓什麼！

衛若懷捉住圓圓的右手，小傢伙又伸出左手，偏偏圓圓才五個多月大，衛若懷不敢用力，一下子沒拉住，圓圓就打翻一碗湯。衛若懷嚇一跳，差點把兒子扔出去。

杜三妞跟著站起來，團團的小腿踢翻面前的碟子。一陣噼哩啪啦後，衛老放下筷子，衛若愉扔下碗過來幫忙，全家都吃得不安生。

衛若懷氣得朝兒子屁股上打一巴掌，兩個小的大概意識到闖禍了，沒等第二巴掌落下，叫了一聲，衛家再次響起二重奏。

衛老心疼極了。「他倆才多大，知道個什麼，你就揍他！你小時候比他還皮，你父親揍過你嗎？」

「祖父，這種事不能慣著，不然以後我們都甭想吃頓安生飯。」衛若懷轉手把兒子遞給奶娘。「帶他回房。」

「哇啊！」圓圓一聲尖叫。

衛若愉伸手奪過來。「不哭、不哭，叔叔抱，圓圓不哭啊！」

杜三妞下意識看團團，小傢伙默默地流眼淚，看起來比圓圓還要傷心、還要難過。她嘆

了口氣，道：「給我吧，我帶他們去睡覺。相公，你和若愉陪祖父再吃點，叫廚房給我留些湯就好了。」

「我和妳一起去吧！」衛若懷說著話時下意識看向衛老。

衛老瞪眼。「看我幹麼？是你把你兒子弄哭的，你不去哄，還指望我給你哄好？」

衛若懷忙接過團團，跟上杜三妞的步伐。

杜三妞同時也意識到，在照顧不講道理的嬰兒方面，她的確不如她娘。

怎奈習慣已養成，想扭轉過來，恐怕未來很長一段時間內，天天都會聽到團團、圓圓的哭聲。杜三妞一想到那種情況，只覺得頭皮發麻。

翌日，衛若懷去縣衙後，杜三妞窩在書房裡畫了三張圖交給錢明。「告訴姚記木材店的東家，按照圖紙做，每樣做兩個，快點，我急著用。」

姚老闆早年遇到個坎，導致木材店開不下去，是轉動的圓桌子讓他的店起死回生的，姚老闆一直惦記著杜三妞的恩情，因此接到錢明的圖後，親自盯著木匠趕工，第二天下午就把杜三妞要的六樣東西做好，親自駕車送到杜家村。

杜三妞仔細檢查一遍後就喊：「春燕，去找管家拿——」

「不用了，夫人。」姚老闆打斷她的話。「我今天過來是想問，我店裡能不能賣這幾樣東西？」

「可以啊！」杜三妞想都沒有想。

姚老闆的呼吸一窒。「夫人，這幾樣遠遠比您當初做的轉桌受歡迎。」

杜三妞心想，受歡迎也不是我發明出來的。「我知道，這種高高的椅子，有孩子的人家估計都想買一個給孩子，還有這個會動的小推車以及這個小吊床；但是這幾樣東西別的木匠一看就會，好賣也只能賺一、兩次錢。」

「夫人說得對，但我如果每樣做兩百個，然後一次性全拿出來賣，可就不一樣了。」姚老闆說。

杜三妞笑道：「那就再給我各做四個，就當買我圖紙的錢了。」

姚老闆點頭應下。

然而五天後，團團和圓圓躺在吊床上玩的時候，姚老闆派人送來了八張椅子、八輛嬰兒推車和八個吊床。

衛老一見滿院子都是，嚇一跳。「怎麼又買這麼多？」能賺錢也不是這麼個花法。

「別人送的，不要錢。」杜三妞跟他解釋一遍。

衛老不禁感慨。「這個姚老闆倒是個實在人。」

「也許吧！」杜三妞並不關心姚老闆是好是奸，她愁的也是這麼多床、椅、推車怎麼辦？「祖父，送給若兮四個好不好呢？」

「隨便妳。」衛老說著一頓。「晚幾天吧，等姚老闆再做一批出來再送去京城。」

杜三妞點頭。「這我知道，現在就送去京城，估計等不到姚老闆賣這個，京城就有人賣了。」

「是呀！」衛老看一眼晃晃悠悠的兩個胖小子。「他倆這下開心了。」

杜三妞順著他的視線看去。「可不是？聽奶娘說，昨天夜裡團團醒來晃悠一下，發現床不動，立馬就哭，怕吵醒咱們，奶娘忙把他放回到吊床上，這小子居然一覺睡到天濛濛亮，中間都沒醒來要吃的。」

「聰明成這樣，長大可夠妳和若懷頭疼的。」衛老有點幸災樂禍。

「有什麼好頭疼？不聽話就揍，揍到他倆聽話為止。」衛若懷大步流星地進來，對上圓圓的笑臉，彎腰就要抱起他。

杜三妞伸手攔住。「洗澡換衣服去！一身臭汗，別抱兒子。」

「你們是不臭，哪兒涼快往哪兒去。」衛若懷瞥她一眼。

「大少爺這可說錯了，兩個小少爺有了新玩具是不再鬧著要跟少夫人，但少夫人這幾天可沒閒著。」春燕不知從哪兒竄出來，快言快語道：「大少爺如果覺得帶孩子輕鬆，那您明天和少夫人換換。」

衛若懷說：「我——」

「春燕，妳怎麼可以這樣和大少爺講話！」趙雨突然開口。

杜三妞側目，見她眨巴著小眼睛偷偷瞟衛若懷幾眼，暗暗皺眉。「我覺得春燕沒說錯，相公，咱倆換換？」

「我——」衛若懷想說「可以，趕明兒妳處理公務」，猛地想到他家夫人識文斷字，話鋒便一轉。「我說一句話，瞧瞧妳這小丫頭多少話？不知道的人還以為我把夫人怎麼著了呢！」

春燕白趙雨一眼，仗著少夫人向著她，理直氣壯道：「誰叫大少爺說話不中聽，又不是奴婢。」

「嘴尖舌巧的小丫頭，都是、都是跟錢娘子學的！」衛若懷本來想說杜三妞，話到嘴邊，決定挑揀軟柿子捏。

「老奴可沒說過大少爺。」一到飯點，錢娘子準時在杜三妞周圍出現。「老奴本來還想問大少爺晚上想吃什麼的，看來您並不需要老奴。」

「不需要。」衛若懷說：「我又不挑食，妳隨便做。」

「那老奴就把口水雞改成素雞好了。」錢娘子說得比他還乾脆。

誰知衛若懷微微一笑。「行啊，只要妳那做好的雞放到明天不臭，我是沒關係。」說完，抬腳回房。

錢娘子一愣。「少、少夫人告訴少爺我燉了雞？」

「我沒說，妳家少爺知道口水雞怎麼做。」杜三妞說：「現在差不多酉時兩刻，妳如果現在才開始殺雞，天黑之前咱們甭想吃上飯，妳家少爺一想，就能猜到雞已經燉好了。」

錢娘子面色僵住。「他、他堂堂知縣不關心朝廷大事、百姓收成，居然研究起吃食？少夫人，您可得好好說說大少爺，不能這般不務正業啊！」

「咳，我回頭就說他，妳去做飯吧！」杜三妞為化解老忠僕的尷尬，忍著笑。「若愉想吃糯米排骨，還記得怎麼做嗎？」

錢娘子下意識回想。「先醃排骨，然後裹上糯米放鍋裡蒸，出鍋後淋上芡汁？」

「對的。」杜三妞微微頷首。「小趙子，去幫錢娘子燒火，排骨若還有剩餘，就叫錢娘子做給你們吃。對了，還有那燉雞的雞湯，留給你們煮麵條。」

「謝謝少夫人！」小趙子一喜，三兩步跳到錢娘子身邊，錢娘子瞥他一眼，跳脫的少年下意識雙腿併攏，抬頭站直。

「噗……小趙子真慫！」春燕等人笑噴。

杜三妞也忍不住笑了笑，隨後派人去喊錢明。

自從杜三妞的作坊裡開始做香菇肉醬，衛家就多養了兩頭驢，錢明的爹每天要做的事便是餵飽馬和驢之後，駕著驢車往雜貨鋪子裡送貨。

錢明體諒他爹辛苦，早上得割草餵牲口，下午要去送貨，因此得空就會去幫他爹拌草料。

聽說少夫人找錢明，錢父埋怨道：「都說了不用你做，非得沾一手草料，趕緊洗洗，去看看少夫人找你有什麼事？」

「天快黑了，有事也不是什麼大事，不急。」錢明拍拍身上的草屑。「娘說老二和老三的房子和地整好了，什麼時候搬出去？」

錢父道：「上午搬出去了。本來你娘想喊你回來的，我沒讓，少爺身邊離不開人，何況他們離這邊又不遠。」

錢明臉上的黯然一閃而過，「嗯」一聲。「我去前院了。」

錢家是家生子，錢明的兩個弟弟想脫去奴籍可不是只給贖身銀子就行，主人家如果不同意，即便知府大人出面也沒什麼用。

杜三妞清楚存了心思的奴才強留下來日後也沒法用，看在錢娘子的面子上，也沒要贖身銀子，叫衛若懷給錢家老二和老三辦了戶口。

杜三妞鬆口的時候，錢娘子就想在村裡買兩塊地，怎奈杜家村的村民富裕，有急著用錢的找四喜、找杜發財或者村長，都能解決燃眉之急；田地又是老百姓的根，自然沒有人賣。

不得已，錢娘子只能去別處，最後在縣南十五里，離杜家村將近二十里地的一個村裡買到了十畝地，隨後又買了兩塊地基。房子建好，錢娘子和她老伴存了一輩子的錢也用去了七七八八。

錢明的媳婦知道後，笑了笑，什麼也沒說，等錢明隨衛若懷去縣衙，關上門就對兒女說：「你們二叔和三叔就是兩個大傻子，還有你們嬸子，往後看見她們給我繞道走。」

兩個孩子一個三歲、一個兩歲，聽得一臉茫然，可是見娘一副「敢不聽話就不要你倆」的樣子，還是乖巧地點點頭。錢明回來後，兩個小孩趁著他們娘去做飯，拽著他們爹問為什麼，錢明哪知道？

爹娘的錢用在二弟和三弟身上，身為兒子的他沒法說，她作為兒媳婦的也裝不知道，不該裝賢慧的時候裝賢慧，才是真傻好不好？居然好意思嫌棄別人。

話說回來，杜三妞見錢明過來就說：「從明天開始，你去作坊跟鄧管事做事，鄧管事的年齡大了，管不了幾年，以後作坊就交給你們管。」

錢明愣了愣，偷偷朝大腿上掐一下，娘啊，真疼，不是作夢！「小的嗎？」指著自己，還是不敢相信他聽到的。

杜三妞點點頭。「是的，你識字不多，好好跟鄧管事他們學，可別叫我失望啊！」

「不、不……」錢明張口結舌，想說自己不行，對上少夫人那雙信任的眼睛，腦袋一熱。「小的一定不會讓少夫人失望！」

「回去準備準備吧！」杜三妞揮揮手。

錢明回到他的小家，整個人還暈乎乎的。

「壞啦，爹也變成傻子啦！」稚嫩的童音驚呼一聲。「妹，快去喊娘，爹被二叔和三叔傳染啦，比疫病還厲害呢！」

錢明猛地驚醒。「爹沒事。」忙攔住一兒一女。因兒子的童言童語，也想到兩個弟弟要想生活過得去，勢必得出去找事做，即便有幸做到掌櫃，到頭來還是得看別人臉色；而作坊裡的管事和鋪子裡的掌櫃差不多，他那兩個弟弟卻不可能一上來就是管事的，所以，最聰明的人居然是他媳婦?!

「鄧乙和鄧丙被妳要去，錢明妳又要走了，媳婦兒，妳的小作坊用得著這麼多人嗎？算上春燕、小趙子他們六個，和作坊裡的女工，快趕上縣衙裡的人了。」吃晚飯的時候，衛若懷揮退丫鬟、婆子就問杜三妞。

團團和圓圓坐在屬於他倆的兒童椅上，也順著衛若懷轉頭看向杜三妞。母親，快說，我們也好想知道呢！

杜三妞眨了眨眼睛。「我沒告訴過你嗎？我把作坊旁邊的十畝山地也買下來了。」

「什麼?!」衛老一驚，手裡的勺子啪嗒掉在碗裡。「什麼時候的事？我怎麼不知道？也沒聽妳爹娘說起。」

「我爹娘不知道。」杜三妞彷彿沒發現她的話多麼驚人。「這個月月初，等到十月分，晚稻收上來，大家閒了就動工建房。」

堂屋裡忽然寂靜下來。

好半晌，衛若愉才豎起大拇指。「妳可真厲害，古有花木蘭，今有我嫂子。我算是見識到什麼叫巾幗不讓鬚眉了。大哥，你前世做多少好事啊？」

「別貧嘴。」衛若懷想了一下。「除了做香菇肉醬和肉鬆，妳還準備做什麼？」

杜三妞微微一笑。「果然什麼都瞞不過你，不過呢，我試著做的東西還沒成，成功之後再告訴你。」

「沒成妳就買地建房？」衛若懷不禁瞪大雙目。「萬一不成呢？」

杜三妞毫不在意。「不成就留著養豬、養羊、養牛、養雞啊！反正房子建好不會閒置著，你們放心吧！」

「我們就是對妳太放心了。」衛若懷深深看她一眼。

杜三妞衝他抬抬下巴，無聲地問：所以呢？要把我休了？

衛若懷看懂她的意思，狠狠瞪她一眼：吃過飯再說！

晚飯過後，杜三妞吩咐奶娘把團團和圓圓放她房裡，團團和圓圓兩個小子最近戀上晃晃悠悠的吊床，就算跟著奶娘一屋，他們也是自己睡。

奶娘聽到杜三妞的話沒廢話，也不擔心，反正有吊床對兩個小孩來說就有了一切。

然而衛若懷進屋一看床邊多出的兩張小床，瞬間不淡定了。「他們怎麼在這兒？」

「團團和圓圓來保護我。」杜三妞抬手一指。

衛若懷這才發現兩個兒子在床上，吊床上空空如也，他眉頭一皺，道：「別鬧，把他們送回去。」

「誰鬧了？」杜三妞故意說：「你嫌棄我們就去客房睡，反正今天晚上團團和圓圓跟著我睡。」

衛若懷可不想去冷冷清清的客房，只得無力地坐在床邊。「妳就不怕半夜睡著了壓到他倆？」

「不怕。」杜三妞打定主意。「還有啊，你別想趁我睡著，把他倆抱回吊床上。」

衛若懷一聽這話，頓時歇了和妻子「深入交流」的心思。「行，妳想怎樣就怎樣吧！但是有一句話我還是得說，下次買地、買什麼的，必須先告訴我再行動。」

「當然，您是一家之主，我哪能越過您啊！」杜三妞見她暫時安全，躺下來摟著兩個兒子討好地笑道。

衛若懷白她一眼。「這會兒知道我是主了？」

「一直都知道啊！」杜三妞道：「你天天忙著民生大事，我這一點小事不好意思耽誤你寶貴的時間啊！」

「妳別貧嘴了。」衛若懷多年以前就見識過杜三妞的嘴皮子有多麼索利。「這裡沒外人，說說，妳那還沒做成的東西是什麼？」

「皮蛋。」杜三妞說。

「皮蛋？」衛若懷重複道：「變了色的雞蛋嗎？不就是鹹雞蛋嗎？還搞得這麼神秘。」

「當然不是。」杜三妞不悅地瞥他一眼。「反正我一、兩句解釋不清楚，八月十五你就知道了。」

「還要這麼久？」衛若懷說著一頓。「春燕那丫頭說妳沒閒著，就是在弄那個變色的雞蛋？」

杜三妞點了點頭，不好意思跟他說，自己上個月就開始做了，第一次做了五十個，每種配方做了十個，但是都沒做成，這個月不得不繼續做。

「我跟你說啊，皮蛋做好和嫩豆腐一塊兒涼調著吃，可好吃了！」杜三妞只吃過松花皮蛋拌豆腐，但是她不會做松花蛋；而雞蛋要做成皮蛋的方法挺簡單的，杜三妞前世聽說過，隱隱還有點印象。這次若還不行，再試一次估計就差不多了，所以杜三妞才敢把她的小工廠擴大兩倍。

衛若懷低頭盯著她看，試圖看出她話裡的真假。

杜三妞無語。「還能騙你不成？就算我會騙你，但我有在吃食方面騙過你嗎？」

「這倒沒有。」衛若懷想一下說。

「那不就得了？」杜三妞拉下他。「睡覺、睡覺，難得今天天氣不燥熱，最近我都沒怎麼睡好，這個夏天什麼時候才能過去啊？」

衛若懷在她身邊躺下，帶著笑意說：「妳就知足吧，這裡比京城好多了，無論白天多熱，到了晚上熱氣都會散去，也不需要大量冰塊降熱。」

「也是。」杜三妞的頭靠著衛若懷的肩膀，胳膊護著兩個孩子，想著她和衛若懷成親的那一年夏天，杜三妞竟然想不出當時是怎麼熬過去的。「明年什麼時候回京述職？」

「四月分。」衛若懷沈思片刻後，說：「我和祖父聊過明年的事，祖父的意思是憑皇上作主，我想求皇上容我再在這邊待三年。」

「為什麼啊？」杜三妞不懂。「碼頭修好後外來客商一天比一天多，鄉民們攢的東西都能賣出去一些，日子遠比一年前好上不知道多少，憑這一點皇上也該嘉獎你吧？」

衛若懷「嗯」一聲，表示知道。「祖父和妳爹娘的身體一年不如一年，說句妳或許不愛聽的話，把他們帶在身邊也照顧不了幾年了，我想咱們盡可能多陪陪他們，日後去別的地方就送祖父回京，岳父、岳母則由大姊和二姊照顧。」

杜三妞大囧，虧她還以為京城又出什麼事了。「……你想得忒遠了。我爹五十來歲，祖父才六十出頭，他們又沒生過大病，說不定還能看到團團和圓圓娶妻生子呢！」

「我也想啊！」衛若懷說：「常人道，人生七十古來稀，我們總得做最壞的打算。」

杜三妞心中一驚，猛地想到古代人壽命不長，她爺爺、奶奶沒活過六十歲，而她姥姥和姥爺也是六十出頭去的，村裡六十五歲以上的老人屈指可數。「你說得對，我聽你的，如果皇上不同意……」

「我自然不會違背聖意。」衛若懷摟著她的肩膀。「這些事妳就別操心啦！母親希望妳帶著團團、圓圓和我一起回京，明年開春妳就得把鋪子和作坊裡的事情安排好，咱們一去快則月餘，慢則三月；萬一皇上不許，我們就得直接從京城轉去別的地方。」

杜三妞說：「鋪子交給鄧乙，作坊裡有錢明，沒什麼問題。」何況她爹娘在這邊，一早一晚還能看著點。「若愉呢？他是隨我們回去還是在這邊參加鄉試？」

「若愉性子跳脫，到京城有若恒、若忱和他一起玩，估計就沒心思做文章了，祖父的意思，和我當初一樣。」衛若懷說著，打個哈欠。「睡吧，時辰不早了。」

翌日，杜三妞去隔壁找她爹商量擴建作坊的事。丁春花一聽她又買了十畝地，抬手就要揍她，然而沒等丁春花碰到人，一旁便跳出了兩個丫鬟，把丁春花氣得牙癢癢的，也只能作罷。

話說回來，杜三妞原本打算十月動工，衛若懷的一番話讓杜三妞意識到她極有可能等不到新作坊投入使用、步上正軌就得去京城了。

在杜三妞同杜發財說起她的擔憂後，杜發財點頭道：「妳想得對，十月分的確有些晚，不下雪還好說，十一月若下起雪，明年開春能建好就不錯了，更別說開始用了。」

「那麼，爹，作坊的事就交給你了，材料和上次一樣，這是錢，你拿著，不夠再找我要。」團團和圓圓太小，杜三妞可不敢帶他倆去工地。

兩個小孩離不開娘，這一點杜發財也知道。杜發財如今就在家看著幾畝地，每天閒得到處找人侃大山，這不，連想都沒想就應下，總算有點事做了！

杜三妞一回到隔壁，杜發財就挨家挨戶找人手。杜家村裡十個漢子有七個會蓋房，他轉一圈就把人找好了，下午，便駕著驢車帶著兩個姪子去買建房用的材料。

木材、青磚等物買齊時，杜三妞做的十罈皮蛋開封了。她怕這次又不行，特意趁著衛老、衛若愉以及衛若懷都不在家的時候拆封。

罈子上面有編號，杜三妞用的是阿拉伯數字，配方是純漢字，丫鬟、小廝看不懂阿拉伯數字，把方子給他們，他們也不知道哪個配方對應的是哪個，所以，杜三妞不擔心有那二心的下人趁著她不在家的時候，提前將配方偷走賣給別人。

拆到最後，萬幸有兩罈是好的，杜三妞可以不用再試驗了。

小趙子等人把壞的雞蛋扔到糞坑裡，回來就問：「夫人，接下來呢？」

杜三妞說：「春燕，你們去村裡買雞蛋，有多少買多少；小趙子，去幫春燕拎雞蛋，喊上錢娘子跟你們一塊兒，別買孵小雞的種蛋。」

「是。」春燕不但喊上錢娘子，還把錢明的媳婦也喊上了。

衛老傍晚回到家，繼滿院子椅子、吊床和小推車之後，他們家的院子裡又堆滿了雞蛋。不過，這次衛老卻問：「什麼時候吃飯？」

「錢娘子剛做，要等一會兒。」春燕等人去買雞蛋的時候，杜三妞又派人把錢明找來，買做皮蛋需要的鹼、石灰等物。杜三妞繞著雞蛋堆看了兩圈，見什麼都不缺，便喊人過來把東西搬到空房間裡，明天做皮蛋。

隨後，杜三妞去廚房洗十個皮蛋，四個皮蛋煮粥，六個皮蛋切開擺成一碟，淋上醬汁和切碎的嫩豆腐，一碟皮蛋拌豆腐就成了。

待錢娘子炒好菜，粥煮黏稠，皮蛋拌豆腐就放到衛老和杜發財中間。「你們不是好奇我又瞎折騰什麼嗎？喏，就是那個。」

「嫂子醃的雞蛋？」衛若愉礙於衛老和杜發財沒拿起筷子，急得心裡癢癢也不敢先嚐。

杜三妞說：「對的，但是比鹽醃的雞蛋好吃，而且不鹹，還沒有腥味。祖父，您嚐嚐看，放的時間長就不好吃了。」

「我咬得動嗎？」衛老用筷子戳一下，發現有些硬，很是懷疑。

杜三妞笑道：「只有您吃過才知道。」

衛老見她又賣關子，嗤一聲，挾一塊最小的。「咦？外面這個透明的有點硬，裡面這個黃色的好吃，好像還有汁。」

「不是汁，是蛋液。透明的其實就是荷包蛋的蛋白，比荷包蛋好吃吧？祖父，我若是做這個賣，成嗎？」杜三妞問。

衛若愉搶答。「成！絕對成！嫂子，我覺得比妳的香菇肉醬那些還好賣！」

「我也是這麼覺得。」杜三妞得意地抬抬下巴。「廚房裡還有十個，下次要吃至少得等到半個月以後。」

「這麼久？」衛若懷挾皮蛋的手一頓。

杜三妞點點頭。「醃鹹雞蛋也得這麼久。」

「我們明天晚上還吃這個，一次吃完，一塊兒等到中秋節過後？」衛若愉看向杜三妞。

杜三妞想笑。「我覺得行，不知祖父意下如何？」

「說得好像我要吃獨食似的！」衛老瞪她一眼。「聽若愉的。若懷媳婦，我覺得妳今天買的雞蛋有可能不太夠。」

「是的，我已經吩咐錢明，明天帶著小趙子他們去外村收雞蛋。」杜三妞說：「日後作坊建好再移到那邊做，現在暫時先擱在家裡？」說著話，看向衛老。

衛老笑道：「以後就不用問我了，聽帳房的意思，家裡現在吃的、用的都是妳賺的，以後家裡的大小事都由妳作主吧！」

「這怎麼成？」丁春花不贊同。「她懂什麼啊！」

衛老抬抬手。「別急，她拿不定主意的事還有我呢！對了，這粥裡面是什麼？我起初以為是雞蛋，不是吧？」

「也是皮蛋。」杜三妞說：「聽說還可以和魚一起煮。」

「嫂子懂得可真多！」衛若愉心生佩服。

杜三妞一凜，笑道：「你若是知道皮蛋怎麼來的，就不會這樣說了。」

「怎麼來的？」衛若愉忙問。

衛若懷道：「吃飯，吃完飯再叫三妞給你解釋，相信我，她如果先說，我估計你可能就吃不下去了。」

「吃完了啊！」衛若愉指著乾乾淨淨的碟子。

杜三妞不禁扶額。「說是某個地方有個富戶，為其母造一口棺材備用，怕潮濕生蟲就把石灰、草木灰等物放入棺材裡。次年，其母病逝，打開棺材，見裡面竟有許多雞蛋，富戶大怒，把雞蛋扔出去，但是——」

「但是雞蛋裡面不是蛋液，而是出來個皮蛋，對吧？」衛若愉接道。

杜三妞點點頭。「有那膽大好奇之人便撿起來嚐嚐，一吃很是鮮美，該地的人便爭相做這個。」

「那怎麼沒有賣的？」衛若愉不出杜三妞所料，問出問題關鍵，幸好杜三妞也已想好怎麼糊弄。「我覺得書上說的那個地方應該是在大亓的最南端，聽說那裡特別潮濕。你想啊，富戶的母親次年病逝，不就表示置辦棺材的時候其母已經生病了？換成咱們這邊，這麼短的時間，棺材根本不會生蟲，也就沒有放石灰的必要了，對吧？」說完，杜三妞不禁佩服自己，太能扯了！

衛若愉仔細一想。「對的，嫂子，妳在哪本書上看到的？我也去找來看看。」

杜三妞腦袋裡「嗡」一聲，鬼知道在哪兒看到的？「忘了。」十分坦蕩。

「忘了？怎麼能？嫂子，妳都記得怎麼做皮蛋了，怎麼會忘記呢？」衛若愉不信。「妳就告訴我吧，我不告訴別人，沒人能搶咱家生意。」

「書又不能吃，她忘了不是很正常嗎？」衛若懷說得那叫一個理所當然。

衛若愉張了張嘴，竟然說不出反駁的話，畢竟嫂子可是連兄長的生日都能忘記的人，不記得從哪本書上看到的，真的很正常。

「我又不是吃貨！」雖堵住了衛若愉的嘴巴，給她解了圍，可杜三妞一點兒也高興不起來。

「嗯，我知道。」衛若懷贊同地點點頭。「妳比吃貨厲害，他們除了吃就是吃，妳還會做。」別有深意地看衛若愉一眼。

衛若愉好想打人，原以為他還在氣嫂子疏忽大意，合著在這兒等著他！「我是只會吃，那又怎樣？你別讓嫂子做給我吃啊！」

衛若懷張嘴就說：「媳婦兒，明天開始妳別去廚房了。」

「行，上個月母親寫信來說團團、圓圓可以吃點粥之類的東西了，比如魚肉粥，回頭你給他倆做。」杜三妞說：「反正我嫌廚房裡熱。」

「噗！」衛若愉大樂。「這個好、這個好！大哥，我看好你哦！」

「滾蛋！」衛若懷瞪他一眼，起身往外走。

衛若愉下意識收起笑，忙站起來。

杜三妞開口道：「坐下吃你的飯。」

「可是、可是大哥生氣了啊……」衛若愉看看漆黑的外面，又看了看杜三妞。「大哥的粥還沒喝呢，他只吃了幾口皮蛋。」

「團團和圓圓哭了，可能是醒來沒見到你嫂子，他看兩個孩子去了。」二孫子平時的機靈勁也被他吃了不成？「你沒聽見他倆哭？」衛老問。

「睡醒了？」衛若愉側耳細聽。「咦，好像是有哭聲，大哥的耳朵真靈！」

「不是他的耳朵靈，是因為哭的是他兒子。」衛老瞥他一眼。「再給我盛碗粥。」

衛若愉不好意思地衝杜三妞笑了笑。「待會兒大哥把他倆抱來，嫂子，我幫妳照顧團團和圓圓。」

「團團、圓圓，聽到你們二叔的話了吧？」衛若懷的聲音由遠及近，衛若愉一轉頭，衛若懷已跨過高高的門檻。「給你！」

衛若愉頓時傻眼。「你……你怎麼這麼快?!」

「你應當說，房子怎麼這麼小？」衛若懷鄙視他一眼，把兩個孩子放在兒童椅上。「他倆可以吃粥嗎？」

「不行。」杜三妞說：「粥裡有調味料。對了，明天你給他倆做鮮蝦肉泥吧！做的時候記得把蝦皮剝淨，蝦肉要蒸熟、蒸爛，放點鹽和麻油就成了，其他的一律別放。」

「……妳說得是真的？」衛若懷目瞪口呆地望著她，看起來像極了傻子。

杜三妞一本正經道：「我什麼時候跟你開過玩笑啊？」轉頭看向兒子們。「團團、圓圓，明天就能吃到爹爹親手做的飯了，開不開心啊？」

「開心、開心，非常開心！」衛若愉搶先替姪子們回答。

啪！

衛若懷一巴掌拍在他腦門上，繼而對杜三妞說：「媳婦兒，聽我講，我從未做過飯，咱兒子以前也只喝過米湯，就我這手藝，萬一把他倆吃出個好歹來，心疼的不還是妳？對，還有我。」

「咳！我——」

「你給我閉嘴！」衛若懷轉頭怒瞪一眼幸災樂禍的衛若愉，轉過頭瞬間切換成溫柔中帶點討好的表情。「妳說是不是？」

杜三妞點點頭。「你說得很有道理。」見衛若懷面上一喜，緩緩道：「沒關係，我教你。」

「教我？」那不還是得他做？「等等，妳看著我做？」衛若懷見她點頭，眉開眼笑了。

「這個好，有妳在我就放心了，我明天下午早點回來！」

「祖父，我也老大不小了，什麼時候也給我訂門親事？」衛若愉冷不丁地開口。結果所有人齊齊看過來，看得衛二少後背一寒。「我說錯了嗎？我已經十五啦，大哥和嫂子當初這年紀就訂親了。」

「你不是宣稱要找個和你嫂子一樣賢慧的？」衛老抬起鬆弛的眼皮。「我可沒這本事。」

衛若愉臉上一熱。「我三妞姊是世上最賢慧的人，哪有人能和她一樣？祖父，幫我找個差不多的就成了，我不挑。」

「這樣還叫不挑？」衛若懷樂了。「你可別為難祖父了。」

「我沒跟你說話！」衛若愉白他一眼。「再插嘴，我、我以後就不成親，住你家，等我老了，叫團團和圓圓給我養老！」

「瞧把你給美得！」衛若懷嗤一聲。「媳婦兒，吃完了沒？吃完了我們回房給團團、圓圓洗澡，然後我們一家四口睡覺。」得意地看衛若愉一眼。

「真幼稚！」衛若愉鄙視他。「你什麼時候能不炫耀你兒子和我三妞姊？」

「我是皇上欽點的狀元。」衛若懷道：「大三元和小三元，炫耀這點行嗎？」

「……我不認識你！」

「噗！」丁春花實在忍不住。「衛叔，我和三妞她爹明晚還來您家吃飯啊！」

「嬸子！」衛若愉心好累。「不帶這樣的。」

「再不吃你的粥就涼了。」衛老提醒他。「若懷，吃完就回去歇著吧，我可不希望被飯嗆死。」

衛若懷得意的臉色一僵，說好也不是，說不好也不是，只得默默抱起兒子。「團團和圓圓尿了，我去給他倆換尿布。」不待衛老開口，抱著就走。

杜三妞無奈地跟上，不忘給沒怎麼吃飯的衛若懷拿兩個包子。

翌日上午，杜三妞把簽死契的下人和衛家家生子召到跟前。這班人的生死掌握在杜三妞手裡，除非有人用性命威脅他們，否則他們不敢把皮蛋的配方透露出去。

衛家地方有限，沒法讓下人們分開做皮蛋，杜三妞又對他們放心，便把人聚集到後院，教他們做皮蛋，而守著後院門的是趙家老倆口。

大夫人把趙家的賣身契給了杜三妞，杜三妞不懷疑趙家的忠心，但是很懷疑他們至今還把大夫人當成主子，而她只是主子的兒媳婦。

所以，杜三妞以趙家老倆口年齡大，搬不動石灰等物為由，把人給支出去；趙雨和她嫂子照顧團團和圓圓；趙雨的兩個兄長則被錢明帶去作坊裡幫忙，趙家人也沒意識到杜三妞防著他們。

八月二十，皮蛋完成。

杜三妞留了一罈，六罈送到京城，二十三罈送往碼頭，每罈裡有一百個晾乾的皮蛋。

然而還沒到九月二十，京城又來信了，三張信紙密密麻麻寫得滿滿的，精簡下來就一句話——還有沒有皮蛋？再來十罈！

杜三妞氣笑了。「母親真當我是販賣皮蛋的。」

「別惱，看我的。」衛若懷提筆，發揮狀元郎的才能，洋洋灑灑寫了五張信，歸根究柢就五個字——沒錢買雞蛋！

家裡老的老、小的小，單單牲口就有六張嘴等著，全都指望著杜三妞的作坊和雜貨鋪，做出的皮蛋都送去京城，那他們吃什麼？不是想吃嗎？拿銀子來換！

大夫人接到信，氣得哭笑不得，偏偏沒法反駁。衛若懷的俸祿不多，杜家沒幾個錢幫襯他，這兩點是真的，杜三妞從京城回去的時候，大夫人也很清楚她身上有多少銀子。

衛若懷說得理直氣壯，大夫人也估算出兒媳和兒子身上沒多的錢，無法反駁，可是她又對親戚朋友承諾了，不日就有皮蛋，要多少有多少，因此只得命人送去一千兩銀子。

九月底，京城衛家來人，杜三妞的作坊還沒建成，只能繼續窩在後院做皮蛋。送銀子的人是京城衛家帳房管事的長子，可以說，他是除了帳房管事以及貼身丫鬟外，大夫人最為信任的人；然而他見後院到處都是雞蛋、石灰等物，連下腳的地方都沒有，心中很是複雜。回到京城，大夫人問起皮蛋的事，他想都沒想，就說大少爺如何可憐、少夫人做皮蛋如何不容易，聽得大夫人都討厭起他話裡的自己了。

太可惡了，她把兒子和兒媳婦當成什麼人了？

可人呢，都不會承認自己很過分。於是，當衛若兮和安親王妃派人來拉皮蛋時，大夫人就跟兩家的奴才說，皮蛋需要三十六道工序，歷時三十三天才能做成。

衛若兮捏著小小的皮蛋，總感覺吃的是哥嫂的汗水，因此剛進臘月就令人送去一車吃的用的。

杜三妞接到很是詫異。「王妃和若兮的年禮都是和咱家的一起送來，今年怎麼單獨送？咱們要不要回禮？」

衛若懷說：「不用。」拜他比任何人都會顯擺的母親所賜，京城達官貴人無人不知廣靈縣有皮蛋，且做工極其複雜、特別耗時。衛若懷收到好友小心翼翼地詢問他還有沒有皮蛋的信後，不用想都知道是他母親搞的鬼。

不但忽悠別人，還忽悠他妹妹和姑母，以至於兩人心懷愧疚，送來足夠團團和圓圓穿到三歲的衣服、玩到五歲的玩具，以及他們家六口人吃到明年正月十五的燻肉、乾貨。

杜三妞是個會過日子的人，這和前世無依無靠、學生時代吃點飯都要算計有關，也和今生的爹娘有關。丁春花和杜發財沒兒子，因此賺到錢就存起來，得閒的時候她就會算算將來不能動彈時，請大夫吃藥、找人伺候得花多少錢，以致前世和今生，杜三妞都深刻體會到錢的重要性。

衛若懷說不用回禮，當場省下好大一筆錢，杜三妞便樂得去給團團和圓圓拿新玩具，逗他倆玩，反正衛若兮和安親王妃若因此不高興，也有衛若懷幫她頂著。

隆冬時節，地處江南的廣靈縣不出意外地迎來一場不大也不小的降雪，熱熱鬧鬧的碼頭歸為平靜。臘月初八早上，鄧乙起床後關好門窗，把鋪子裡僅剩的幾罈皮蛋和香菇肉醬送到迎賓酒樓二店。

二店掌櫃原本是縣裡迎賓酒樓裡的掌櫃，碼頭邊的酒樓一開張，就被段守義派過來。掌櫃跟在段守義身邊時日不短，多少瞭解杜三妞的秉性，看到鄧乙送來的東西，主動道：「有人買我就幫你們賣，沒有人的話算我們買的？」

一年來，鄧乙見識到當家夫人的賺錢手腕和管家能力，不意外人家會這樣講。「不用，我們少夫人說，多謝貴店多年來對她的支持，這幾罈東西送你們。」

「當真？」掌櫃的表示懷疑。上個月去杜家雜貨鋪買一罈皮蛋，這位連一個銅板都不少算呢，有這麼大方？

「你若不信，那現在把錢結給我。」鄧乙伸出手。

掌櫃轉頭就衝小二哥喊。「搬到後廚，東家過來就說是衛夫人賞給咱們的！」

「好咧！」冬天客人極少，跑堂小二坐在火爐邊昏昏欲睡，聽到掌櫃的話，精神大振。

鄧乙張了張嘴，想說是送給他們東家段守義的，卻見小二的嘴巴都咧到耳朵邊了。

「鄧大哥，替咱們謝謝夫人！」

「……好的，我會和夫人說的。」似真似假地看向掌櫃。

掌櫃仗著他在段守義跟前有兩分面子，不躲不閃，任憑他打量。

鄧乙輕笑一聲。回到杜家村後並沒有立即告訴杜三妞，而是趁她心情極好時才向她彙報這件事。

杜三妞今年賺了許多錢，財大氣粗地說：「去後院搬五罈皮蛋，再去作坊裡搬五罈香菇肉醬，你們幾家分了吧！」

鄧乙愣了愣，反應過來後，大喜。「謝謝少夫人，小的這就去！」打個揖，轉身往後院跑，人還沒到後院就喊錢明和鄧丙跟他一起去搬東西。

「少夫人，奴婢們的呢？」春燕問。

衛家五房下人皆是家生子，而除了這五姓家人，便只剩杜三妞當初買回來的春燕、小趙子等六人，於是杜三妞就說：「你們也有，但是，妳先告訴我，是給你們六人一份，還是每人各一份呢？」

春燕一時嘴快，根本沒想過有後續，頓時語塞。「奴婢、奴婢去問問春蘭姊姊。」

「去吧！」杜三妞抬抬手，隨後吩咐趙雨和她大嫂把團團和圓圓抱回房。

直到團團和圓圓睡一覺醒來，還不見春燕回來，趙雨試探道：「奴婢過去看看？」

杜三妞倚在床邊拿著撥浪鼓逗兩個兒子，懶洋洋地說：「不用，一定是被春蘭那丫頭罵哭，不好意思出來了。妳回頭叫鄧乙再跑一趟，搬六罈皮蛋及六罈香菇肉醬，一份送去村長家，一份送去村學的夫子家，三份分別送到我娘、大伯和二伯家，最後一份給春蘭他們幾個；妳若好奇，和鄧乙一起親自送過去也行。」

趙雨聽聞這話，下意識看她一眼，只看到她的背部，想了想，道：「這麼冷的天，奴婢才懶得去看那熱鬧呢！」

杜三妞撇撇嘴，戳戳兒子的小臉，忽然想到什麼，手一頓。「看看大少爺回來了嗎？」

「是！」趙雨應一聲。

杜三妞跟著轉過身一看，屋裡哪還有什麼趙雨？只剩下冷風吹進來的滴滴小雨。杜三妞冷笑，現在倒是不嫌冷了。

錢娘子進來，下意識往外瞅一眼。「這個趙雨，跑那麼快幹麼？地上到處濕漉漉的，也不怕一不小心摔倒。」

杜三妞心中一動，坐起來，高深莫測地道：「大概是急著見什麼心儀之人吧？」

「趙雨那丫頭有意中人？」錢娘子瞪大眼，沒等杜三妞開口，又自顧自地說：「老奴還以為她看上咱家大少爺呢！但凡少爺出現，她的小眼睛就盯著少爺不放，老奴還沒想好怎麼告訴夫人，她又看上別人了？現在的丫頭啊，心思可真活泛！對了，少夫人，那丫頭看上誰啊？您偷偷告訴老奴，老奴不亂講。」

杜三妞的嘴巴一動，就見錢娘子豎起耳朵。「知道是誰也不能告訴妳，這關乎她的名節。」

「嗄？」錢娘子傻眼，耳朵都清空了就給她聽這個？「少夫人，老奴跟在您身邊沒有十年也有八載，趙雨那丫頭還不足一年呢！」

「話是這樣說的，但是，我還是不能告訴妳。」杜三妞態度很堅決。「我只能說，就是咱們家的人，至於是誰，妳自己去想吧！」

「家裡的？」錢娘子開始掰手指一算。「除了小鄧丁，合適的都成親了，難不成是他？不對，趙雨比小鄧丁大四歲，不可能，不可能是他。夫人，您莫不是誑老奴吧？」

「夫人誑妳什麼？」衛若懷進來邊解下簑衣。

錢娘子很自然地走過去接下來，出去遞給走到門外就自動止步的錢明，然後回來道：「沒什麼，問少夫人做什麼吃？」

「晌午吃什麼？」衛若懷問。

杜三妞心底嗤一聲，這老奴才的腦袋轉得真快！「排骨、鹹菜一起燉的豬肚湯。四喜家裡每天都不缺豬肚，我叫錢娘子去找二寡婦買，錢娘子的意思，小年晌午吃豬肚，是不是在逗她。」

「只是小年，又不是除夕。」衛若懷道：「這麼冷的天，喝點熱湯暖暖身子正好，夫人叫妳去妳就去，哪來那麼多話？」

「是！」錢娘子也是來向杜三妞請示晌午吃什麼的，這倒省得她再問。越過門檻，看了看右邊的兒子、左邊的趙雨，忍不住皺眉。這丫頭莫不是看上她兒子了？不可能啊……

錢娘子到四喜家裡，聽到杜四喜恭維道錢明越來越能幹了，以後不能再喊錢明，得喊錢管事云云，她心中倏地一凜。錢明能幹？不會是真的吧？

於是錢娘子到家後把豬肚扔給兒媳婦，拜託春草幫她拖住趙雨，看見杜三妞就撲通跪下了。「求您告訴老奴，少夫人，那該死的丫頭是不是瞧上錢明了？」
杜三妞眨了眨眼。什麼鬼？這又鬧的是哪一齣啊？
錢娘子誤以為她還顧及趙雨的名聲，偷偷朝腿上掐一把。
坐在一旁逗兒子的衛若懷瞥見了，不禁打了個寒顫，女人對自己狠起來可真狠！
「少夫人，老奴的二兒子和三兒子是個沒良心的，有了媳婦不要爹娘，老奴可是指望錢明和他媳婦給老奴養老呢！看在老奴這把年紀了，您就可憐可憐老奴，跟老奴說句實話吧！」錢娘子鼻涕、眼淚橫流。
杜三妞無力地拍了拍額頭。
以她對趙雨的瞭解，在聽她說春燕被罵哭，那丫頭一定會跟著鄧乙去給春蘭送皮蛋，順便打聽一下春燕到底有沒有哭。
錢娘子從她這兒得知趙雨有心上人，也會好奇趙雨看上誰，屆時瞅見趙雨和鄧乙說話，回頭她再給趙雨和鄧乙創造幾次機會，錢娘子絕對得起疑。
待錢娘子看出苗頭，一定會選擇第一時間告訴和錢家關係比較近的鄧家人。
鄧乙的媳婦嘴尖舌巧，鄧婆子的嘴巴不饒人，若聽到趙雨惦記上鄧乙，婆媳兩人去找趙家人理論，輕則能把趙雨嫁出去，重則鬧到衛老面前，無論哪一種，她都能順勢把趙家人還給她婆婆。
杜三妞怎麼想都覺得計劃完美，無須親自出面就能把婆婆留下來的問題徹底解決；然而，變化永遠在計劃之外啊！

「趙雨看上錢明？」衛若懷見他媳婦一臉無語，忍不住同情她。「妳怎麼會這麼想？她看上鄧乙也不會瞧上錢明啊！我說實話，錢娘子妳也別不服氣，論相貌及管事能力，妳家錢明哪點比得上鄧乙？」

「不、不是啊？」錢娘子看了看衛若懷，又看了看杜三妞，老臉一紅，尷尬道：「不、不是嗎？老奴也覺得不是，可是……」可是什麼呢？錢娘子起身就去找錢明，問他跟著衛若懷回房的路上有沒有碰到別人。

「有啊，鄧乙啊！他告訴我，咱家分得一罈皮蛋和香菇肉醬。對了，還有趙雨，他倆站在廊簷下聊天。怎麼啦，娘？」錢明問。

錢娘子想給她兒子一巴掌啊！然而在這之前，是先跑到杜三妞那邊請罪，除了說她誤會少夫人云云，就是把錢明跟她說的話敘述一遍，末了不忘提醒道：「少夫人，趙雨那丫頭不安分，您還是儘早處理得好，有些事若傳出去，外人該當咱家沒規矩了。」還有一句話錢娘子沒說——萬一趙雨哪天瞎眼真纏上她兒子，搞得她家雞犬不寧可怎麼辦？光想像一下她就頭疼！

杜三妞意外地挑了挑眉，中間出了那麼大的烏龍，最後還能讓她如願？真是老天爺都站在自己這邊啊！她故作擔憂地道：「我也想啊，可是趙家是母親的人，至於怎麼處理，等我回去問過母親吧！」

錢娘子點頭。「少夫人考慮得極是，是老奴想得不夠周到。少夫人您也不必擔心，老奴幫您看住那丫頭！」

「行，趙雨那丫頭就交給妳了。」杜三妞十分鄭重地道：「有什麼事立馬向我稟報。」

錢娘子使勁點點頭。

待錢娘子一走，杜三妞就出去喊被她支開的春燕。「請大少爺過來一趟。」

第二十九章

臨近年關，百姓都在著手準備過年的東西。平時脾氣衝的，想著大過節的，也收斂了一些，加上最近又趕上下雪、下雨，百姓不出來，因此衙門裡倒是比平時清閒。

南方濕冷，衙門裡不忙，衛若懷用過午飯也懶得去縣裡，窩在書房裡陪衛老下棋，聽說三妞喊他，拉過衛若愉。「替我下兩盤。」說完便起身離開。

豈料衛若懷甫一進門，腳邊就多出兩顆小腦袋，仔細一看，兩個兒子五體投地，他頓時樂了。「這種迎接方式我喜歡，下次繼續啊！」

走路不穩當、摔倒的團團和圓圓癟癟小嘴，正準備扯開喉嚨乾嚎，聽到聲音不約而同地抬起頭，一看清來人，立刻默契十足地伸出雙手要抱抱。

衛若懷彎下腰才注意到地板上鋪有厚厚的灰兔毛皮毯，難怪他媳婦不緊張。把兩個孩子抱起來，褪掉腳上的皂靴走進去，問：「找我什麼事？」

「不是什麼大事。」杜三妞說：「只是突然想起來，倘若趙雨真不安分，我能作主把她嫁出去嗎？」頓了頓，道：「趙家是母親給咱們的人。」

「我還以為什麼事呢！」衛若懷掂著懷裡的兩個胖兒子，毫不在意地道：「一個奴才而已，妳想怎麼辦就怎麼辦，日後母親如果問起來，我自會同她解釋。」

「那我就聽你的了？」杜三妞再三確定。

衛若懷不禁莞爾。「妳說錯了，不是妳聽我的，是我聽妳的。夫人莫不是忘記了，祖父說過，家裡的大小事都由妳決定？」

「沒有。」杜三妞接道：「不過，祖父說的是這裡，又不包括京城來的人。」

衛若懷頗為無語。「妳看這樣可行，年後見到母親，我把所有的事都攬到我身上？」就見杜三妞使勁點了點頭。「還都沒影呢，瞧妳瞎緊張得，一個奴才還能翻了天不成？」

「就是、就是！」站在門外的春燕突然開口。

杜三妞回頭一瞅。「妳知道什麼?別跟著瞎起鬨。」

「奴婢什麼都知道！」小春燕得意地歪著腦袋。「趙雨不好好做事，夫人要把她賣給別人做媳婦啊！」

「夫人我不是牙婆，到哪兒找買家去？」杜三妞瞥她一眼。「別聽風就想到雨；還有，今天的事不准往外說，要讓我發現妳亂嚼舌根，下次把妳也賣掉！」

春燕下意識捂住嘴巴，連連搖頭，見杜三妞抬抬手，她立馬跑到門外守著。

杜三妞和兩個孩子不出去時，就留春燕一人在身邊，一來春燕忠心，二來春燕年齡小，從山村的家裡出來就被杜三妞買到身邊，沒見過什麼世面。聽到杜三妞給團團和圓圓講她前世所看到的故事而升起疑惑時，杜三妞隨便一句話就能把春燕唬住，省得她絞盡腦汁找理由。

話說回來，小丫頭聽到杜三妞的警告，沒有害怕，眼中還隱隱帶有興奮。夫人和她一樣不喜歡趙雨呢！

趙雨自從出生便待在繁華的京城，極其不願跟著爹娘、兄嫂留在杜家村照顧杜三妞；可當家主母發話了，趙雨心中縱然有一萬個不願意，也得盡心盡力伺候衛家少夫人。而她日常除了在杜三妞身邊伺候，便窩在房裡，偶爾出來也只和鄧乙、錢明這些以前在京城衛家做事的人聊幾句，看見春燕六人從不主動打招呼。

春燕便覺得趙雨比夫人的派頭大，在沒有旁人的時候就把她的發現告訴杜三妞。

杜三妞當她小孩心性，沒在意，不過也因為春燕的話，杜三妞就多留意了趙雨一眼，誰知卻發現趙雨盯上了衛若懷。

起初杜三妞怕自己搞錯，待觀察了兩個月，確定趙雨不知何時真對衛若懷起了心思，杜三妞就開始琢磨著怎麼把趙雨嫁出去。

至於為什麼不是賣？因為趙家是大夫人送給杜三妞的奴才，她才不會因為一個趙雨而惹得婆婆大人生氣。

杜三妞打算好後，便開始琢磨著用什麼理由。趙雨還沒滿十七歲，這個年齡的姑娘在村裡也不算大齡剩女，不好用趙雨年齡大的由頭把她嫁出去，那還能用什麼呢？

託沒兄弟的福，從小杜三妞便聽到很多戳心窩的流言，經常看到她娘偷偷抹眼淚，比誰都清楚流言也能殺人，於是她就準備用流言搞定趙雨。

對付趙雨之前，還得瞭解此人。杜三妞先找春燕聊趙雨，後來又趁著教錢娘子做飯的時候，和她聊家裡這些人，主要是為了把話題引到趙家人以及趙雨身上。讓杜三妞沒想到的是，錢娘子和鄧婆子比較聊得來，非常不喜歡趙家人，特別是趙雨。

杜三妞沒嫁進衛家之前，鄧婆子管著衛家內宅吃穿用度以及人情來往，她的幾個兒子也都是衛家兄弟的書僮，個個識文斷字。

反觀錢娘子，和趙家人一樣，目不識丁，只能做些勞力的雜活，幹伺候人的粗活，按理說，錢娘子該和趙家人談得來，和鄧家有點隔閡啊！

事實上，真不是。

杜三妞琢磨一番後，便把主意打到鄧家和錢家身上。兩家關係好，無論誰家有點事，另一家都不會作壁上觀，但真實施起來，杜三妞又忍不住糾結該坑誰……錯了，是該讓誰和趙雨傳緋聞？

選擇鄧乙，是因為家中僕人中，鄧乙最瞭解衛若懷。趙雨想背著她勾搭衛若懷，必須經常找鄧乙打聽衛若懷的事。哪知那麼巧，在杜三妞最後一次試探趙雨的時候，錢娘子闖了進來，杜三妞便順水推舟，想借錢娘子的口傳出鄧乙和趙雨的緋聞，誰知錢娘子想太多，差點壞了她的事，幸好最後又撥亂反正。

錢娘子這個傳話筒、盯梢的人已就位，如今衛若懷又答應替她應付婆婆大人，杜三妞便開始行動了。

元宵節上午，杜三妞和衛若懷一人抱著一個小胖墩，準備帶兩個孩子去縣裡。剛出房門，就被錢明請去了堂屋。

原來啊，鄧婆子並沒有按照杜三妞的計劃行事。

鄧婆子雖然同樣希望家和萬事興，不允許兒子亂來，但她比錢娘子有心多了。從錢娘子口中聽到「小心趙雨，那丫頭很不安分，天天找機會和鄧乙獨處」的話時，鄧婆子笑了笑，直說不可能。

錢娘子走後，鄧婆子把鄧乙喊到身邊，問他和趙雨怎麼回事，鄧乙一臉茫然。鄧婆子見此就沒再問下去，隔天找到趙雨的娘，說她給趙雨找了門好親事。

趙雨不想嫁給山野漢子，見她娘好像也很滿意，急吼吼地嗆鄧婆子多管閒事。

鄧婆子本就不喜歡趙雨，而她給趙雨介紹的不是旁人，是杜家村的後生，識文斷字，在縣裡木材店當小管事，她好心給趙雨留臉，趙雨卻不要臉。鄧婆子氣急，就說趙雨想攀高枝。

趙雨心虛，臉色白了紅、紅了白，此時她娘也看出不對，便追問她看上誰了？

衛老曾有言，這個家杜三妞說的算，趙雨怕當家主母把她發賣出去，不敢說心悅大少爺，因此咬緊牙關，什麼也不講。

趙雨她娘著急就捶她兩下，鄧婆子下意識拉住，趙雨她娘轉頭一看，猛地想到。「妳知道，對不對？」

鄧婆子哪敢承認？她兒媳婦嘴尖舌巧的，回頭若得知趙雨看上鄧乙，就算鄧乙沒有二心，她兒媳婦也會把家裡鬧得雞飛狗跳！因此，鄧婆子強裝淡定道：「我哪知道？我只是奇怪那麼好的後生妳家趙雨都看不上，是不是想嫁去縣裡，才隨口那麼一說。」

趙雨一愣，沒想到鄧婆子心裡是這麼想的，趙雨的娘見她愣住，誤認為鄧婆子猜對了，又揪住她一頓捶。

鬧騰的聲音太大，被衛老聽到了。

杜三妞在去堂屋的路上搞清楚經過後，第一個反應就是立刻把趙家趕出去，省得夜長夢多，所以，到堂屋裡就派春燕去她房裡拿趙家的賣身契。

趙雨的爹娘一聽這話，急得給她磕頭。

杜三妞立馬喊丫鬟、婆子把人扶起來，淡淡道：「你們想岔了，我叫春燕拿賣身契，是把賣身契還給你們，我還不缺你們那幾個贖身銀子，這樣也不願意？」

趙家人齊齊抬起頭，很是不理解。這到底是怎麼回事？然而杜三妞要的就是快刀斬亂麻，真等趙家人理清楚，屆時就是她這位當家夫人容不得人了。

「那你們說，我該怎麼處置趙雨？」杜三妞乾脆把問題拋給趙家人。

趙雨的爹娘在京城待了大半輩子，聽到、見到的都是當家夫人打殺不聽話的奴才，何時見過主人家問奴才的意見啊？恐怕再磨蹭下去惹怒了杜三妞，導致趙雨被杜三妞隨意發賣出去，趙家人連忙接下賣身契。

趙家人去收拾行李的時候，衛老揮退所有奴僕，讓衛若愉站在門口看著，目光灼灼地盯著杜三妞。

杜三妞頭皮發麻，十分乖覺地承認。「什麼都瞞不過祖父，是我想把他們趕走。」

「什麼？」衛若懷正給兒子擦口水，一聽這話，差點戳到兒子的眼睛。

「你還好意思問什麼？」杜三妞瞪他一眼。「若不是你處處招惹桃花，我至於做這個壞人？」

「大哥？」衛若愉一驚，聯想到剛才聽到的，以及趙雨隨她爹娘出去的時候往他這邊看，當時他身邊好像只有一個人……「趙雨喜歡的人其實是你？」

「若懷？」衛老不禁瞪大雙眼。「孫媳婦，妳沒搞錯吧？怎麼可能是若懷？」

杜三妞的手段簡單粗暴，衛老看她急著把趙家人趕出去就知道今天這齣和她脫不了關係；然而衛老想過很多種可能，獨獨沒想到是因為這一點。

「不可能是我！」衛若懷道：「你們別亂講，趙雨喜歡的人明明是鄧乙。」衛老和衛若愉齊齊看過來，衛若懷忙說：「我聽、我聽錢娘子說過。」

「是我誤導錢娘子那樣講的。」杜三妞看衛老一眼，見老太爺臉上只有震驚，沒有生氣，便知道她就算處理一個趙家，老太爺也不會為了下人和她動怒，於是放心下來，杜三妞就說：「再過三個月你就得回京述職，這個節骨眼鬧出亂子來，傳到有心人耳朵裡，甭說皇上，父親也會對你失望吧？」

衛若懷一愣，是的。「可、可是我……我根本沒那意思，能出什麼亂子啊？」媳婦兒真是太不信任他了！

「我知道啊！」杜三妞點頭。「可是俗話說不怕賊偷，就怕賊惦記。你沒有，架不住趙雨有；萬一哪天你惹我生氣，我把你攆去客房，她半夜摸到你床上呢？」

衛若懷試想一下，不禁打了個哆嗦。

衛若愉跟著說：「嫂子說得對，很有可能，到時候就算大哥睡得不省人事，別人也當他和趙雨成了好事。」

「你給我閉嘴！」衛若懷陡然拔高聲音。

團團和圓圓一哆嗦，「哇」的一聲。

衛若懷的腦袋立即一抽一抽地痛。「好了、好了，不哭，是爹的錯！你們娘說得對，你們二叔說得也對，成了吧？別哭啦！」

「團團、圓圓，我們出去玩。」杜三妞白他一眼，湊到跟前。

兩個小的哭聲戛然而止。

衛老看得嘆為觀止。「你們趕緊帶他倆去吧，再不去就晌午了；還有，今天的事就到此為止，若懷，以後注意點。」事情弄清楚後，討厭後宅鶯鶯燕燕的衛老也懶得再追問下去。

「知道、知道，祖父，我也不敢不注意。」衛若懷說著，呶呶嘴示意他看懷裡的兩個小祖宗。

元宵節過後，府裡沒有礙眼的人，也無須整日裡擔心被挖牆腳，心情大好的杜三妞就帶著忠心的丫鬟、婆子和小廝去作坊。

新作坊建成後和之前的作坊打通，杜三妞便令人用竹製的柵欄把這一片房子隔成四個分區；又叫衛若愉幫她寫四塊牌匾，分別是果酒區、調味料區、肉醬區和皮蛋區，牌子掛在每個區域入口處的柵欄上。

隨後從村裡請了八人，待她們上手後，同時開始做香菇肉醬和皮蛋。

而這時也到了三月底，杜三妞和衛若懷必須收拾行李了。

作坊裡另有錢明，鋪子裡有鄧乙看著，杜發財閒著沒事就去作坊和碼頭逛逛，杜三妞也沒什麼不放心。

一路向北，二十天後抵達京城。團團和圓圓甫一出馬車，就被衛炳文夫婦抱出去顯擺。慢一步的衛若懷傻眼。衛炳文是戶部長官，他回京述職的第一件事就是面見他爹，可他爹跟著他娘跑去外祖家了，他找誰去？

沒搶到孩子的衛炳武同情地拍拍大姪子的肩膀。「進宮吧！」

「您逗我呢？」衛若懷脫口而出。

衛炳武笑道：「沒逗你，是真的。皇上還記得你今年回來，便早早告訴大哥，你一回來就去見他。」

「皇上找相公能有什麼事？」杜三妞下意識拉住衛若懷的衣角。

衛若懷拍拍她的手。「別擔心，衝著父親有心情抱著咱兒子去玩，就知道沒大事。」

然而他這次猜錯了，是很大的事。

衛若懷進宮前是七品小知縣，一個時辰後從皇宮裡出來，搖身一變成了四品知府，任職地不巧正是建康府，同時還有一卷誥書，敕封衛氏杜婕為四品恭人。

杜三妞聽到這個消息，朝身上使勁掐一把，痛得哎呀一聲，確定沒作夢，依然問道：「沒搞錯吧？你、你怎能連升三級？」

「錯了，姪媳婦，不是三級。」衛炳武也嚇一跳，大姪子快趕上他了？難道今天皇上也吃多了，撐糊塗了？「正七品上面有從六、正六、從五、正五、從四，最後才是正四品。」

「這麼多？」杜三妞下意識眨了眨眼睛。「皇上除了升你的官，還說什麼了？」

「不愧是我媳婦兒。」衛若懷長長地舒了一口氣。「什麼都瞞不過妳。皇上說，三年，或者最多六年，他要看到建康府各地都和杜家村一樣富裕。」

「所以呢？」

衛若懷攬著她的腰，看一眼浩渺的藍天。「所以，我們到建康府後要做的第一件事，就是搜索各地美食。媳婦兒，這對妳來說不難吧？」

不難！

難的是團團和圓圓年齡小，杜三妞不想到處跑；然而等四品誥命夫人朝服送到衛府，親自交到杜三妞手上後，小衛夫人再也講不出建康府各地貧窮抑或富裕都和她沒關係的話。

六月中，衛若懷一家回到杜家村。由於兩家人沒四處張揚，以至於杜三妞一家四口帶著丫鬟、小廝出廣靈縣，林瀚轉縣令了，村裡人才曉得小衛大人升官了。

羨慕的有之，高興的有之，獨獨沒有嫉妒恨的。蓋因衛若懷是杜家村的人，他的官越大，對杜家村村民來說越好。

以前衛老初到村裡，十里八鄉的流氓、惡霸立刻就不敢欺負杜家村村民，如今衛若懷成為建康府的知府大人，說句毫不誇張的話，連杜家村的小貓、小狗也沒人敢招惹。

皇帝給衛若懷三年時間，三年沒達到皇上的預期就再寬限三年，即便給了六年時間，也不過是團團和圓圓從蹣跚學步到揹著箱籠上學堂。

前往建康府的路上，杜三妞看著兒子無憂無慮的小臉，一想到壓在衛若懷身上的擔子，就忍不住嘆氣。「你倆什麼時候才能長大啊？」

「娘，吃。」團團舉著手裡的香瓜。

圓圓看到哥哥的動作，有樣學樣，把他手裡的雞蛋糕遞到衛若懷嘴邊。「爹爹，吃。」

「爹不餓，你吃。」衛若懷心下感動又好笑。「瞧把妳給愁得。建康府轄區內共有八個縣，從京城回來的路上我看過文書了，廣靈不用說，按照現在這樣下去會越來越好；臨海縣靠近海，漁民雖說不富裕，日子過得也不算清苦；白雲、花溪、蓮湖三縣靠近建康府，不用愁；算起來也只有大山南邊的向陽縣、土地種出來的東西全是鹹的南崗縣、和到處泥濘一片的香坊縣最是麻煩，等我抽出時間來去看看，總能找出解決的辦法。」

「泥濘一片？土地是鹹的？」杜三妞的眼神閃了閃。

衛若懷抱住在他身上爬來爬去的小圓圓，沒聽出她話裡有話。「具體情況我也不甚清楚。」

杜三妞想了一下。「不如我過去看看？」

「妳出去了，團團和圓圓怎麼辦？」衛若懷笑道：「這兩個孩子，一會兒不見妳就哇哇大叫。」

杜三妞道：「你帶他們去府衙，我早上早點去，最遲傍晚就能回來。」

「娘，去。」團團誤認為杜三妞要去玩，忙抓過圓圓。「我們，去。」

杜三妞捏一下他的小胖臉。「天天想著玩！從明兒起，跟你爹背書認字。」

「妳還是帶他倆一起去吧！」衛若懷一想到左手團團、右手圓圓，兩個小孩在他耳邊嘰嘰喳喳個不停，偏偏還講不通道理就頭痛。「我挑兩名衙役跟妳一塊兒，再帶兩個丫鬟、婆子；等等，不行，馬車坐不下，等到建康府時叫鄧乙重新訂做一輛。」

「是得重新買一輛。」杜三妞贊同。「他倆再長大點，我們一起出去就有點擠了。」

衛若懷接道：「日後再有孩子——」

「我不想再生了。」杜三妞打斷他的話。「這兩個就夠我受得了，再生，你養？」

衛若懷噎住。「妳不想生，我們就不生，算我說錯話了。」

「你本來就說錯了！」杜三妞哼一聲，抿了抿嘴。「回頭告訴鄧乙，做一輛四個輪子的馬車，那種寬敞。」

「多少?!」衛若懷不禁睜大眼。「四個輪子？娘子，妳可真敢想。」好笑地搖了搖頭，見她一臉不解，便說：「遇到拐彎的時候怎麼轉彎啊？我只問妳。」

杜三妞疑惑了。「轉彎？前兩個輪同時偏轉不就行啦？」

衛若懷嘆氣。「妳說得簡單。」

「本來就很簡單啊！」杜三妞心驚，面上卻十分淡然。「我一直很奇怪，明明稍微大一點的馬車就能拉完的東西，為什麼非得用兩輛兩個輪子的馬車，原來是沒有四個輪的馬車啊！」

「不是沒有。」衛若懷道：「我小時候見別人做過，但遇到岔口就不行了，如果路窄，還容易翻車出事。自從那以後，就沒人再浪費銀子做四個輪子的馬車了。」

「這樣啊……」杜三妞眼中精光一閃。「相公，我們做馬車賣，怎麼樣？」

「挺好的。」杜三妞想做什麼，衛若懷都無條件支持。「前提是，妳能做出來。」

「我連皮蛋都能做出來，兩個車轂轆還能難得住我啊？」杜三妞胸有成竹地說：「你就瞧著吧！」

衛若懷根本不信她的說辭。「行，我等著妳的四個轂轆馬車，不過，我們先講好，不能因為馬車，把團團和圓圓撇到一旁不管。」

「不會。」杜三妞抱起趴在她腿邊的團團。

到建康府安頓下來後，杜三妞就帶兩個孩子去木匠店訂做兩張小床，而團團和圓圓的房間就在杜三妞和衛若懷的房間隔壁。

知府府邸是一處三進院子，杜三妞一家四口住在中間，前院待客，廂房和後院留著僕人住。府裡只有四個主子，其中兩個走路還不甚索利，杜三妞身邊伺候的只有鄧乙、錢明兩家和春燕、春蘭、小趙子、小梁子、小許子幾人，她也沒大肆增添人手。

杜家村的作坊及鋪子暫時交給杜家村衛家的帳房管事一家，待日後小趙子和小梁子能獨當一面，就把作坊交給他們。鄧乙和錢明無須再回杜家村，安頓下來之後，鄧乙晉升為府裡的大管家，錢明晉升為內宅管事。

於是，杜三妞就吩咐錢明去牙行挑六個粗使的婆子，平日裡打掃庭院，幹些粗活。

錢明把人帶來，杜三妞過目後，就交給鄧乙家的安排，隨後又交代錢明，如果牙行有無父無母的孩子，領來她見見。

錢明一聽這話，便知道當家主母想買人，而不是像現在這般聘人。「知道了，夫人，小的會留意。」

杜三妞點了點頭。「告訴你婆娘，六天後我請建康府各位大人的夫人們來賞花，中午留飯。」

「咱們院子裡可沒花。」錢明道：「夫人，妳前兒讓小的把院裡清理乾淨，忘了？」

「沒有就去買啊！」春燕接道：「錢管事的腦袋可真不會轉彎！夫人都說六天後了，今天去買，傍晚的時候栽好，勤澆水，等夫人請的那些官夫人過來，看見院裡有一、兩朵花，她們也會說滿園春色。夫人請人來賞花不過是個名頭，主要是認認人。」

「就妳懂！」錢明瞪她一眼。「小丫頭片子，話真多！夫人，小的這就去。」

杜三妞道：「別著急，去找鄧乙支些錢，他倘若不忙，讓他隨你一塊兒去。花買來就按照……按照京城家裡的花園栽種。」

「小的知道了。」錢明打個揖退出去，就去忙鮮花的事。

六月二十三，天氣晴，巳時剛到，接到請柬的夫人們陸續到來。

穿著藍白相間交領襦裙的杜三妞坐在客廳裡，見客人進來才慢悠悠站起來，臉上堆滿笑。「來了啊？坐。春蘭、春燕，上茶。」隨著她一動，髮髻上唯一的銀色小鳳釵上的玉色水滴流蘇跟著晃動。

衣著亮麗的夫人們，眼神閃爍個不停。銀鑲嵌白玉耳釘、銀鑲嵌白玉戒指？衛夫人這身打扮，怎麼如此素雅？然而再仔細看，發現她身上的襦裙是素紗，上面的藍色是繡上去的雲紋，心底不禁驚呼。素紗薄如蟬翼，乃貢品，除了當今一家，也只有皇親國戚才有機會接觸到素紗衣啊！

夫人們再一想，衛若懷的姑姑是皇上的嫂子，料到杜三妞身上的素紗來自王妃，於是一個個收起對一身素雅打扮的杜三妞的輕視，收起打量的眼神，規規矩矩坐好。

春蘭端著早已準備好的桂花茶，春燕端著餅走進來，一股淡香沁人心脾。

夫人們不禁抬起頭，端起茶杯就看到淡碧色的茶水上飄著點點桂花，而淡香也變得濃郁，本想裝裝樣子濕濕嘴唇的，結果不禁真喝了一口。

杜三妞一直仔細觀察眾人的神態，等她們放下茶杯就轉向白瓷盤裡的餅。「嚐嚐鮮花餅，廚房新做的點心。」

衛大人的夫人是個吃貨，建康府無人不知。各家夫人聽到「新做」，瞬間丟掉矜持兩字，拈起一塊嬰兒手心大的三角形鮮花餅，輕輕咬掉尖角，居然看到豔紅色的餡料。

「夫人，請問這是什麼花？」同知夫人開口。

杜三妞說：「薔薇花，有清暑熱、順氣和胃、解渴、止血之功效。」

「夫人懂得好多啊！」通判的夫人面上恭維，心底詫異。

杜三妞笑著搖了搖頭，又看到幾個人過來。「兩個孩子大了，也到啟蒙的年齡，給他們找啟蒙書時剛好翻到的。」等幾人進來，鄧乙家的輕輕點頭，杜三妞知道人來齊了，就請她們去花園裡賞薔薇。

薔薇花期在六月，鄧乙和錢明出去買的薔薇花多，杜三妞想到薔薇花可以食用，便吩咐他倆把其他花移到後院，花園全栽上薔薇花。

正如春燕所說，賞花是個名頭，關鍵是認人。一行人繞著抄手遊廊轉一圈，回到前院客廳，杜三妞便吩咐鄧乙家的擺飯。

午時，衛若懷帶著兩個兒子在一條路之隔的知府衙門吃著小趙子送來的飯菜，杜三妞則和各家夫人把酒言歡，而酒，自然是鮮花泡的糯米酒。

杜三妞不是嗜酒之人，淺嘗輒止，但她可沒怠慢客人。

待衛若懷抱著兩個孩子在府衙大堂裡玩的時候，就看到從他們家裡出來的夫人們一個個臉頰通紅。

衛若懷起先以為看錯了，出去問守門的衙役，只見兩個衙役抿著嘴偷笑。「怎麼回事？」

「聽大人家的小梁子說，她們喝多了。」衙役之一說著又想笑。「大人要不要回去看看夫人可還好？」

衛若懷起先一直擔憂，杜三妞第一次跟建康府的夫人們打交道，會不會被人欺負了也不知道？所以就一直在面對著大門的大堂裡坐著，等著一有什麼不對，好及時回去幫助杜三妞，但現在看來……「她好得很呢！」

「大人真瞭解我。」杜三妞送走各家夫人，正吩咐小趙子關門回去，一抬眼就看到衛若懷在對面站著。

撐著油紙傘，杜三妞款款而來。「團團和圓圓呢？」

「在裡面。」衛若懷仔細打量她一番，見杜三妞真沒喝多，遂接過傘，兩人一塊兒進去，邊走邊說：「建康府這邊熱，我想把團團和圓圓送回去，過了伏天再把他們接回來。」

「團團和圓圓願意去嗎？」杜三妞很懷疑。

衛若懷道：「我之前跟他們商量過，這兩個小子聽說村裡涼快，樂意去，就怕他倆晚上睡覺的時候鬧人。」

「進了伏天，我送他們回去，把他們放在我娘家，我躲在咱家裡，他倆要是不鬧，我就直接回來，如果鬧人，就帶他倆回來。」杜三妞說。

衛若懷想了想。「只能這樣，否則天天待在冰盆邊，撐不了幾天就會生病。」

杜三妞也不捨得兩個孩子，可是為了孩子的健康，還是得狠下心來，聽衛若懷的話。

只是，杜三妞還沒給團團和圓圓收拾東西，昨兒那群夫人又找來了。

打頭的是同知和通判的夫人，進門就問杜三妞鮮花餅的做法。

杜三妞也沒藏私，對眾人說：「妳們先回去，等吃了午飯，我就叫家裡的廚娘去妳們府上。」

眾人一聽這話，喜不自勝，隨後又問：「夫人，我們喝的桃花酒怎麼做？夫人家的廚娘會做嗎？」

「不會。」杜三妞搖頭。「不過，廣靈縣到處都有賣桃花酒的，妳們如果想喝，吩咐家裡的小廝，隨時去隨時能買到。」

「謝謝夫人。」眾人大喜，隨後向她告辭，到家就吩咐家人去買酒。

杜三妞搖頭失笑，暗暗決定回頭有時間再做些新鮮玩意兒，不過，在這之前得把兩個黏人的小不點兒送回去。

七月初，杜三妞把團團和圓圓送到杜家村。

村裡有爹娘，還有衛老和衛若愉，以及丫鬟、婆子，杜三妞倒也放心團團和圓圓住在村裡；而團團、圓圓知道爹娘是為他們好，也確實感覺到山邊涼快，倒也沒鬧。

從村裡回來後，杜三妞身邊沒有牽絆，就帶著春蘭、春燕去木匠鋪。

半個月後，老木匠弄明白杜三妞口中的四個轂轆的馬車做法，開始著手做馬車。

三個月後，天氣轉涼，大亓第一輛四輪馬車誕生。

衛若懷直到看見馬車，整個人還懵懵的，難以置信地來回重複道：「怎麼就成了呢？」

「因為設計馬車的是你夫人！」杜三妞只知道一點原理，木匠不厭其煩地實驗才是關鍵；不過，如果沒有杜三妞的點撥，甭說實驗成功，木匠根本不會去碰四輪馬車。

做馬車之前，杜三妞和木匠簽了份協議，一旦馬車做成功，木匠鋪須免費幫她做五輛；當然，不成功，浪費多少錢都算杜三妞的。

木匠雖不會虧本，杜三妞卻是知府夫人，得罪不起，便答應下來，以至於晚上作夢都在做馬車。

衛若懷看過協議，這會兒想起來，很是無語。「妳要這麼多馬車幹麼？」

「多嗎？」杜三妞道：「祖父一輛，咱們家一輛，我爹一輛，另外兩輛賣給大姊夫和二姊夫，剛剛好。」

衛若懷不禁扶額。「雜貨鋪、作坊裡的進項不夠家裡用嗎？」

「夠啊！」杜三妞點頭。「可是團團、圓圓一天一個樣，不知道哪天就長大了，我得存錢給他們娶媳婦。」

「……妳高興就好。」衛若懷嚥口口水。「什麼時候去那幾個地方看看？」

杜三妞思索了一會兒。「兩天後吧！先讓小趙子試試馬車，他熟練了才能出發。」

「四名衙役夠嗎？」衛若懷問。

杜三妞點頭。「足夠了，我打算先去東北邊的向陽縣。鄧乙說向陽縣離咱們這邊只有五、六十里，一個時辰就能到。」

「記得多帶兩件棉衣，山邊冷。」衛若懷道：「趕明兒我派人通知向陽縣令，中午去縣令家吃飯。」

杜三妞連連搖頭。「別告訴縣令，我們自己做。」

「妳還買菜帶過去啊？」衛若懷怪異道。

「大人，夫人不但讓奴婢們準備菜，還準備了肉和饅頭呢！」春燕笑嘻嘻說：「還有炭和鍋。夫人說，反正馬車大，放得下。」

衛若懷盯著她問：「春燕說的是真的？」就見杜三妞不好意思地點了點頭。「妳這是去勘察？我看說是郊遊還差不多，難怪我一提那幾個縣，妳就說要去。娘子，我真沒想到妳是這樣的人，把為夫撇在家裡，自己出去玩……等等，還想把團團和圓圓扔給我，我算是看清妳了！」

杜三妞故作詫異。「你才看清我？我還以為咱們成親那一天，你就看清我了。」

衛若懷愣了愣神。「成親？」見杜三妞促狹地眨了眨眼睛，衛若懷反應過來，唰一聲，臉色爆紅。「妳、妳……三妞，不對，春燕，出去看看團團和圓圓醒了沒？」

春燕看了看神色坦蕩的主母，又看了看面色不正常的大人，搞什麼啊這兩人？想不通，暗暗搖了搖頭，躬身道：「是，奴婢這就去。」

杜三妞跟著往外去。

衛若懷長臂一伸，抓住準備逃走的人。「一個時辰不見，真叫為夫刮目相看啊，娘子。」

杜三妞知情逃不掉，眼波微動，坐在衛若懷腿上，小衛大人渾身僵住，杜三妞假裝不知，勾住他的脖子。「身為衛大人的夫人，不學會變通，可配不上大人。」親一下他的嘴角，大腿故意磨蹭兩下。

衛若懷下腹一熱，摟著杜三妞的手臂緊了緊，咬咬牙。「別鬧，青天白日的，下面的人看見不好。」

「又沒外人。」杜三妞一直都知道她相公特不禁逗，只是沒想到兩人成親好幾年了，衛若懷的反應還跟以前一樣，動不動就臉紅。「你我的關係又不是見不得人。」說著話，整個人趴在他懷裡。

「娘子……三妞！」衛若懷深吸一口氣，壓下躁熱。「妳再亂動，兩天後妳如果還能去向陽縣，我以後天天帶團團和圓圓去府衙辦公。」

杜三妞僵住。「禽獸！」鬆開他，轉身就走。

「哪兒去？」衛若懷抓住她。「先把火滅了。」

杜三妞一頓，臉也有點熱。「自己解決。」

「還真以為我不敢動妳？」衛若懷雙臂用力，抱起她就往裡間去，邊走邊喊。「小趙子，把門關上，不許任何人進來，包括團團和圓圓。」

「相公……」杜三妞意識到他動真格的，心臟緊縮。「團團和圓圓見不著我會哭的。」

「那妳就裝沒聽見。」衛若懷把人放到床上就解衣服，見杜三妞起身想逃，衛若懷移步擋住。「娘子，別等我動手啊！」

杜三妞眼前一黑。「相公，該吃午飯了。」

「等急了啊？」衛若懷笑道：「別急，為夫這就餵飽妳。」

「爹和娘呢？春燕。」團團往四周看了看。

春燕臉色微紅。「大人和夫人在做很重要的事。大少爺，我們先去吃飯好不好？錢嫂子做的雞蛋羹，還有它似蜜，聽說可好吃了！」

圓圓不解。「它似蜜是什麼？」

「奴婢也不知道。」春燕建議道：「不如一起去問問錢嫂子？」

小哥兒倆相視一眼。「好吧！」跟著春蘭和春燕去廚房。

錢明家的嚇一跳。「我的小祖宗啊，你倆怎麼來了？夫人呢？」

「夫人和大人有事相商，晚一點吃飯。兩位少爺餓了，先盛一點，我們餵少爺。」春蘭開口。

團團忙提醒。「它似蜜、它似蜜！」

錢明家的笑道：「知道啦，大少爺。」

它似蜜，名字怪異。錢明家的第一次聽杜三妞說起時，心裡惴惴不安，下意識認為是道很麻煩的大菜，恐怕自己學不會。

事實上，是將羊肉切成薄片，加雞蛋、藕粉、薑、黃酒和醬油醃片刻，在羊肉醃的過程中，把糖、醋、醬油和甜麵醬倒入乾淨的碗裡攪拌均勻。隨後放入熱油鍋裡爆炒羊肉，炒出香味的時候，把調好的汁倒入鍋裡，最後加一點藕粉水收汁就行了。

羊肉經醬油上色，出鍋時色紅汁亮，又因上面裹有藕粉，吃起來軟滑，羊肉上沾的汁甘甜如蜜，杜三妞對錢明家的說，這道蜜汁羊肉叫它似蜜，錢明家的非但沒有懷疑，還跟著恭維道：「少夫人不愧識文斷字，取的名字就是好聽。」

團團和圓圓吃一口羊肉，就不樂意吃飯了，四隻小手扒著餐盤，春燕便想去掰他倆的手。

春蘭道：「大少爺、二少爺，羊肉是夫人買的，夫人知道有多少羊肉，兩位少爺吃多少羊肉，夫人一眼就能看出來。」

「我們只吃一點！」哥兒倆異口同聲地說。

春蘭點頭：「奴婢知道。大少爺，吃藕片，杜家村昨晚剛送來的鮮藕。」

團團看圓圓一眼，無聲地問：娘如果知道我們只吃羊肉，會不會揍我們？

不會的，只會不准我們吃晚飯。圓圓也無聲地說。

團團眼珠一轉。「好吧！弟弟，你一塊，我一塊。」

春蘭道：「米飯和雞蛋羹也是夫人為兩位少爺準備的，夫人說兩位少爺一人一半。米是少爺的外公種的，雞蛋是少爺的外婆養的雞下的蛋。」

「種米可累了！」團團本來想說不吃的。「妳別倒灑了啊，春蘭。」

「不會的，奴婢很小心。」春蘭把一碗米飯和一碗雞蛋羹分成兩份，笑著說：「快吃吧，涼了就不好吃了。」

團團和圓圓點點頭。

「妳去吃飯吧，春蘭，不用服侍。」圓圓開口說。

「謝謝二少爺，春蘭早上吃得多，現在還不甚餓。」春蘭擦掉圓圓臉上的米粒。守著兩位小主子吃完飯，又看著他倆在花園裡逛一會兒，春蘭就哄他倆去睡午覺。

春燕端著飯進來，看到床上兩個孩子呼呼大睡，遞給春蘭一個大饅頭。「大人和夫人還沒起來呢！」

「少管主子的事。」春蘭道：「以後夫人和大人在一塊兒的時候，妳離遠點。」

春燕點了點頭。「妳不講，我也知道啦！」頓了頓，問：「春蘭姊姊，我記得妳以前說過，妳老家就在向陽縣，我們去向陽縣的時候，妳回家嗎？」

「我家在這裡。」春蘭手一頓，垂下眼。「骨頭啃了吧，我不喜歡吃羊骨頭。」

春燕嘟著嘴。「我家也在這裡。錢嫂子給我們兩根羊骨頭呢，另一根在菜下面，咱們一人一根。夫人說，等我們二十歲就放我們出府，可我不想出去，春蘭姊，妳呢？」

「妳今天怎麼這麼多話？」春蘭瞪眼。

春燕癟癟嘴。「我……我家在香坊縣，夫人去過向陽縣就該去香坊縣了，我、我不想回去，我害怕，哇……啊，打我幹麼？」

「仔細吵醒小主子！」春蘭瞪眼。「妳簽的是死契，妳想回去，妳爹娘也沒錢贖妳，怕什麼怕?!」

「對哦！」春燕揉揉額頭，咧嘴傻笑。

春蘭簡直想捂眼，早知道就留在杜家村了。

兩天後。辰時兩刻，一大一小兩輛馬車從衛府出來。街上的人看到四個轂轆的馬車，紛紛駐足，眼瞅著比後面兩個轂轆的馬車跑得快，遇到拐彎處還能順順利利過去，建康府的百姓雖不是第一次看到，依然忍不住讚嘆。「夫人真厲害！」

「可不是？四個轂轆的馬車，我這輩子就沒敢想過！」

「馮木匠家這下發達了。」

「馮木匠的婆娘前些日子還說夫人折騰人，要找大人好好說道說道。她是該跟大人好好說道說道，請夫人多出來走走看看！」其中一人目不轉睛地盯著越來越遠的馬車。「可惜我家賣布，偏偏夫人的女紅不怎麼樣。」

「聽說咱們的夫人特會吃，你們說我家要不要改賣吃食？」

「賣吃食也輪不到妳！別忘了迎賓酒樓和夫人家的關係。」

眾人一想，確實是。「聽說段老闆的大兒子是夫人的姊夫，欸，段老闆也生了個好兒子。」

「別羨慕了！要我說，看見夫人多跟夫人聊聊，說不定哪天夫人靈機一動，咱們就跟著發達了！」

「這話說得對，聽說夫人起先找的不是馮木匠，只有馮木匠跟夫人說他願意試試。」

「不會吧……」

「夫人，您沒看到，咱家的車從街上經過，無論正在做什麼的都會停下來目送咱們呢！」春燕趴在窗戶上伸頭往後看。

春蘭揪一下她的頭髮。「關上，外面風大，仔細凍著兩位少爺。」

「沒事，團團和圓圓身體好。」杜三妞笑道：「春蘭，我隱約記得妳老家在向陽縣。」

春蘭臉色微變，點了點頭。

「妳老家那裡山多嗎？」

春蘭一聽不是問她家裡的事，鬆了一口氣。「回夫人，奴婢老家那裡三面環山，不如廣靈縣有山有水有碼頭，奴婢老家一個人平均才攤一畝地。」

「妳以前經常上山挖野菜、找野果嗎？」見春蘭點頭，杜三妞又問：「有哪些東西可以吃，好好跟我說說。」

春蘭思索道：「杜家村山上有的板栗、竹筍、木耳、蘑菇這些山貨，奴婢老家都有，廣靈縣沒有的……」

「無論什麼都可以。」杜三妞道：「妳不認識的東西，說不定我認識。我在京城的時候，衛家大小姐天天陪我滿胡同逛，像什麼西域人集聚地、東北人集聚地、海南人集聚地，我們都去過。」才怪！「所以不要有什麼顧慮。妳爹娘雖說把妳賣給人牙子，可但凡家裡有點辦法，也不會賣妳，妳不想家裡一直窮下去吧？」

「不是奴婢故意不講。」春蘭連忙解釋。「是……奴婢不知該怎麼說，有兩種東西的確是杜家村沒有的，一種是紅紅的野果，酸得沒法入口。」

杜三妞臉色微變，春蘭沒發現，春燕扯一下杜三妞的衣角，杜三妞瞥她一眼，小丫鬟趕忙坐好，裝作什麼都沒發現。

春蘭繼續說：「還有一種是圓形的，還沒銅板大，外殼特別堅硬，用石頭砸開，裡面的東西倒是可以吃，但只有一點點可以吃。奴婢小時候經常跟奴婢的娘去山上撿那些東西，雖說肉少，吃著也麻煩，終歸能填飽肚子。」

「我知道了。」見春蘭一喜，杜三妞繼續說：「其實第一種是山裡紅，也叫紅果、山楂；第二種是核桃。核桃在北方很常見，有團團的拳頭那麼大，妳老家那邊的可能是小核桃。」

「叫我做啥？娘。」團團歪著小腦袋問。

杜三妞揉揉兒子的小腦袋。「娘和春蘭聊天，沒喊你，和弟弟玩九連環。」

「好吧，您說沒有就沒有吧！」團團嘟著嘴。「人家明明聽到了。弟弟，我們繼續玩，娘喊你，也不要理娘。」

杜三妞無語。「是去妳家，還是去別的村？」

「去奴婢老家吧！夫人，奴婢的家在村子東北面。」春蘭想了一會兒。「奴婢想在車裡照顧兩位少爺，您和春燕一起去村裡？」

離家幾年，近鄉情怯，杜三妞能理解。「到村裡告訴我妳爹娘或者妳兄弟叫什麼名字，如果妳說的那兩樣真是山楂和小核桃，我回頭找妳爹娘買兩百斤，小核桃按照麵粉價格給。」

「謝謝夫人！」春蘭撲通跪下。

團團和圓圓猛地抬頭，睜大眼。「又幹麼啊？」

「跟你倆沒關係，繼續玩你們的。」杜三妞看春燕一眼。

小丫頭忙扶起春蘭。「姊姊快起來！夫人無論找誰買都會按照麵粉價格給錢，奴婢說得對嗎？夫人。」

「妳知道得太多了。」杜三妞瞥她一眼。

春燕撇撇嘴，團團和圓圓跟著做個鬼臉，春蘭看見噗哧笑了。

到達春蘭老家，玩了一個多時辰的團團和圓圓已躺在車裡呼呼大睡。杜三妞帶著春燕、兩名衙役以及趕車的小趙子往村裡去。

十月初的天兒微微有點涼，杜三妞穿著蔥黃交領中腰襦裙，外面罩一件蜜合色褙子，挽著烏黑的髮髻，戴著金鑲玉花樹釵、珍珠耳釘，舉止嫻雅地走在鄉間小路上。

村裡的孩子們乍一看見，不禁驚呼出聲。「好漂亮的夫人！」

兩名衙役猛地看過去，發出聲音的孩子打了個哆嗦。

杜三妞輕笑道：「別嚇著他們。小孩，過來，我問你一件事。」衝路邊的孩子招招手。

其中一個七、八歲的孩子踉蹌了一下，回頭一瞅，就看到幾個小夥伴一臉不好意思，小孩瞪同伴一眼。

杜三妞再次開口。「過來啊！」溫柔地笑道。

小孩轉身看過去，見杜三妞含笑望著他，小孩不自覺走上前。「夫……敢問夫人是來我們村找人的嗎？」

杜三妞搖頭。「不是，聽說你們村山上有一種酸酸的果子，還有用石頭方能砸開的野果，殼十分硬，是不是真的？」

「酸酸的？」小孩撓頭。

杜三妞說：「這個時節應該是紅色的。」

「啊！我知道了，夫人，您說的那種我家有！」躲在一群孩子身後的六、七歲小姑娘突然開口。

杜三妞假裝很是驚喜的樣子。

小女孩繼續道：「我和我娘上山摘了很多。」

「對的，夫人，她家裡有很多。」站在杜三妞面前的小男孩道：「她娘每天只做兩頓飯，晚上就叫她吃那些果子。」

杜三妞皺眉，那頭髮枯黃的小姑娘不會就是春蘭的妹子吧？

「夫人，那個小姑娘的眉眼好像春蘭姊姊。」春燕壓低聲音說。

杜三妞微微頷首，笑道：「是嗎？可以帶我去妳家看看嗎？」

「可以、可以！」杜三妞微微低頭，小姑娘看到她髮髻上的玉簪子，又見她帶著三男一女，潛意識認為來人是高門貴婦，根本沒把她往壞人方面想。

杜三妞笑道：「謝謝！」

「不、不用謝。」小姑娘臉一紅，跑在前頭帶路。

杜三妞跟著她，一碗茶的工夫就走到小姑娘家門口，杜三妞轉頭，以眼神詢問。

春燕小聲說：「的確是春蘭姊姊家。」話音一落，聽到裡面傳來聲音——

「娘，外面來了一位仙女娘娘，要紅色的果子！」

「什麼仙女？妳個死妮子，又偷跑出去——」

「呀」的一聲，杜三妞推開門。「請問我可以進來嗎？」院子裡的聲音戛然而止，杜三妞沒等對方開口，推開門看到一位頭髮半白的女人坐在板凳上揀豆子。「妳好，大嫂子。」

「妳、妳好。」婦人起身，局促不安，眼中帶有警惕。「這丫頭說的是您？您、您找我有什麼事嗎？夫人。」

杜三妞緩緩往裡走，嘴角含笑。「聽這位小姑娘說，妳家有紅色的果子，吃起來酸酸的，有點澀，不知道是不是真的？」

「紅色？」婦人回想一下，轉身就往屋裡跑。「是不是這種？」

春燕走過去，拿兩個遞給杜三妞看。「夫人，是嗎？」

杜三妞笑道：「妳嚐嚐不就知道了？」

春燕拿出手絹擦兩下，輕咬一小口，不禁皺眉。「好酸啊！」

杜三妞伸手拿走另一個，比她前世所見的小很多，表皮很粗，不甚好看。「是這個，你們家有多少？」

「夫人，我們家有兩袋子。」站在婦人身邊的小姑娘開口。

杜三妞道：「能全拿出來嗎？另外一種呢？」

小姑娘不等她娘開口就跑到屋裡抓了一捧出來，遞給春燕。

春燕笑道：「好機靈的小丫頭！」接過來遞到杜三妞眼前。「夫人，您找的是這種嗎？」

杜三妞張眼一瞧就認出來了。「是的，不知大嫂子家裡有多少？我想買一些帶回去給孩子們嚐嚐鮮。」頓了頓，又說：「我們家人口多。」

婦人眼中一喜，忙不迭地跑進屋裡，一手拎著一個大麻袋出來。

春燕倒抽一口氣。「好大的力氣！」

杜三妞瞥她一眼。

小丫鬟捂著嘴巴，低聲說：「也真不客氣，把咱們當肥羊了！這種酸得倒牙、沒法入口的東西，真不知道您買這麼多幹啥？夫人，您可得想好回去怎麼忽悠大人。」見杜三妞淡淡地瞥她一眼，春燕訕訕笑道：「奴婢啥也沒講。」躲到小趙子身後。

「這種呢？」杜三妞攤開手掌。

婦人放下山楂，跑回屋裡又揹了一麻袋出來。

春燕再次走向前，打開三個袋子，確實是兩袋山楂、一袋小核桃。

杜三妞微微頷首。

春燕拿出兩塊銀角子。「這是二兩銀子。」

「二兩?!」跟隨杜三妞一行過來的孩子們驚呼出聲，紛紛道：「夫人、夫人，我們家也有，去我們家吧！」

杜三妞笑道：「好啊，但不是今天。」

「您什麼時候來？夫人，我們等您！」小孩們齊聲說。

杜三妞笑道：「兩、三天之後，具體時間我沒法保證。」隨後說：「小趙子，把馬車趕過來。」

「是。」小趙子駕著兩個轂轆的馬車過來，由穿著常服的衙役把東西搬上車。

杜三妞見裡面還有空間，問起先前和她搭話的男孩。「你家有栗子嗎？」

「有啊！」男孩下意識回答，反應過來傻樂道：「夫人，我家在東面，我帶您過去！」

春燕把銀角子塞給春蘭的娘後，跟著杜三妞出去，到外面春燕就問：「那個機靈的小姑娘叫什麼名字？」

孩子們七嘴八舌回答春燕的問題。

春燕又問：「她娘為什麼一天只做兩頓飯？」

「攢錢給她哥娶媳婦啊！」其中一個四、五歲的小姑娘道：「她有一個姊姊、兩個哥哥和一個弟弟……不對，是兩個姊姊，大姊被她娘賣掉了。我娘說，如果我不聽話，就把我也賣掉。都怪她，她不賣閨女，我娘才不會動不動嚇唬我。」

「妳娘不見得是嚇唬妳。」春燕開口。

小姑娘一愣。

杜三妞嘆氣。「別嚇她。孩子，以後你們的爹娘都不會再說賣你們的話了。」

「夫人以後會經常來找我們買紅果子嗎？」一個十來歲的男孩問。

杜三妞反問：「我剛才買的兩種野果，除了你們村，還有哪裡有？」

「不知道欸！夫人，我家到了。娘，來客人了，快出來！」小男孩邊喊邊把大木門推開，站在一側請杜三妞一行先進去。

杜三妞不禁多看他一眼。

屋裡出來一位包著頭巾、衣服乾淨整潔的婦人，滿臉堆著笑。「請問夫人找我什麼事？」

「想找妳買些栗子。」杜三妞笑道：「這孩子說你們家有，能賣給我五十斤嗎？」

「我家沒五十斤。」婦人搖頭。「如果您一定要五十斤，我去我弟妹家看看？」見杜三妞點頭，婦人推她兒子一下。「去給夫人搬凳子。夫人且等一會兒，我去去就來。」

板栗集市上有賣，按照集市上的價格買過來後，杜三妞像嘮嗑一樣和對方聊村裡的情況，得知村裡只有五、六十戶人家，杜三妞頗詫異。「你們村只有這點人而已，那你們縣豈不是還沒廣靈縣人口多？」

婦人點頭。「廣靈縣只有一座大山，山少地多，我們縣山多地少，能住人的地方也不多，所以人口一直很少。最近幾年廣靈縣人的日子快趕上建康府了，這邊有點門路的都去那邊做事。夫人剛才去的那家，她家三個男人都在廣靈縣碼頭上做事。」

「去碼頭打零工？」杜三妞問。

婦人點頭。「以前村裡人去建康府，自從廣靈縣有碼頭後，從我們村到那裡只有二十多里路，夏收過後，村裡的男人就改去廣靈縣了。聽說碼頭上吃的不貴，又比建康府碼頭上賣的東西好吃，一個人一天四文錢就能吃飽了。」

「四文錢能吃啥？」春燕詫異。「雞蛋海帶湯？」

豈料婦人點頭。「是的，再從家裡帶些乾糧過去。村裡人說，一大碗公的海帶湯裡面有一個雞蛋，只要兩文錢。」

「妳別聽他們瞎講！」春燕嘴巴快，說出來才意識到再說就要露餡了。「我們家夫人去碼頭上買果子酒時，親眼看到一個雞蛋能做兩碗海帶湯。」

「那也不少了。」婦人笑道。

杜三妞開口。「時間不早，我們回去了。」

「夫人慢走。」婦人送杜三妞出去。

杜三妞順口問她，小核桃是不是這邊獨有的？

婦人見杜三妞比縣令夫人大氣，摸不準她的來頭，不敢有所隱瞞。「別的縣沒聽說過。」

杜三妞微微頷首。

到村口，跟過來的一眾人看到停靠在路邊的馬車。「四個軲轆的馬車?!」大人、小孩皆驚訝地睜大眼。

杜三妞笑道：「是的，你們留步。」踩著杌子坐上車。直到走了很遠，杜三妞才撩開簾子往後看一眼，見村口依然站著一群人。「春蘭，認識送我離開的女人嗎？」

春蘭點頭。「奴婢偷偷瞄了一眼，是村長的婆娘。」頓了頓，說：「夫人，小趙子都跟奴婢說了，謝謝夫人。」

「不用謝，二兩銀子買三袋東西，我可沒吃虧。」杜三妞交代道：「找個僻靜點的地方下車做飯。」

「好咧！」小趙子偷偷看過食盒，不但有饅頭、年糕和青菜，還有一大盤羊肉和兩隻雞，聽春燕說晌午吃烤肉，小趙子就一直等著吃好的。

駕著馬車眼觀六路，不大一會兒，小趙子就找到一處遮風又有水的地方了。

第三十章

吃過飯回到建康府，還未到酉時。杜三妞坐在中堂雕花紫檀椅上，吩咐小梁子去喊鄧乙，待鄧乙過來，杜三妞交代道：「去東市租一間鋪面，買也行，不需要多大，三、四尺寬即可，儘量快點。」

「是，夫人。」鄧乙退出去。

杜三妞又派人去喊錢明，隨後讓春燕去拿筆墨紙硯。錢明來到又等了片刻，杜三妞遞給他三張紙。「去鐵匠鋪打十把這種東西，不懂的地方來問我。」

衛若懷娶杜三妞之前，衛家人覺得杜三妞能嫁給大少爺是杜家祖墳上冒青煙；待杜三妞嫁給衛若懷，生下團團和圓圓後，衛家人反倒覺得大少爺能娶到杜三妞是他上輩子修來的福氣，其中包括錢明和鄧乙也是如此想。錢明和鄧乙沒偷偷向衛若懷稟告，領命之後立刻分頭行動。

衛若懷得知杜三妞回來了，處理完要緊公務就往家跑，看到滿院紅果子，衛若懷好奇不已。「上午買的？」

「是的。」錢明家的說：「夫人帶回來的，大人要不要嚐嚐？山裡的野果子。」

衛若懷想說好，見滿院子丫鬟、婆子突地抬頭盯著他，倏地一凜。「我不喜歡吃野果。」鄙視地看紅果子一眼後，抬腳往內院走。錢明家的可惜地嘆了一口氣，從她身邊經過的衛若懷眼皮一跳，大駭，這群奴才居然想坑他！

「娘子，前院的野果子做什麼用？做果子酒嗎？」

「不是。」杜三妞實話實說：「做點心。」

衛若懷皺眉。「那得做多少？」

「吃不完就賣。」杜三妞說。

春蘭進來稟報。「夫人，鄧管事回來了。」

杜三妞放下書，叮囑春燕照看好團團和圓圓，起身去外間。

「大人。夫人，您吩咐奴才找的鋪面找好了，現在去看還是明天過去？」鄧乙問。

杜三妞想了一下。「春蘭，叫小趙子備車。相公去嗎？」

「去啊！」衛若懷想知道她又搞什麼鬼。

「娘、娘，我們去！」

話音一落，杜三妞的兩條腿就被兩個兒子抱住。

杜三妞嘆氣。「你倆耳朵好生厲害，娘在外間講話你們都能聽見？」

「謝謝娘誇獎！」團團和圓圓異口同聲地說。

衛若懷想笑。「過來，爹抱你們出去。」

「謝謝爹爹！」小哥兒倆伸出雙臂。

衛若懷一手抱一個。「再過一年爹就抱不動你們了。」

團團說：「我和圓圓長大啦！」

「不是，是又胖了。」衛若懷說完，兩個耳朵一痛，正準備開口，耳朵不疼了，轉頭一看，杜三妞正瞪著兩個孩子。

鄧乙找的店面比杜三妞想像中大一點，寬五尺，深六尺，上下兩層，樓上可住人，樓下可燒飯、賣東西。

杜三妞十分滿意，交代鄧乙怎麼打掃，哪裡要壘灶，然後對衛若懷說：「我走回去。」

衛若懷笑道：「我陪妳。團團、圓圓，先跟春燕回家，爹和娘散散步。」

「我們也想陪爹和娘。」團團奶聲奶氣道。

杜三妞看向衛若懷，小衛大人頗為不自在地揉揉鼻子。「團團，爹和娘有事相商。」

「剛才還說散步！」圓圓噘著嘴。「大人都是騙子。」

「走吧！」杜三妞開口。「你倆坐馬車，小趙子，駛慢點。」

「娘子，我們去哪兒？」衛若懷眼見甩不掉兩個兒子，乾脆走到杜三妞另一邊，離兩個越來越聰明的兒子遠一點。

杜三妞沒賣關子，小聲說：「去瓷器店。」

「娘買碗和碟子嗎？」團團伸頭問。

杜三妞苦笑，這孩子上輩子是順風耳不成？「你知道瓷器店是賣什麼的？」
「當然！」團團點頭。「賣碗，盛好吃的。」
「不是，娘去買花瓶。」杜三妞說。
團團滿臉困惑。「花瓶放花嗎？弟弟。」見圓圓點頭，才又說：「可是，我們家的花沒了啊！」
「有菊花。」衛若懷道：「冬天還有梅花，到家爹教你們插花。」
「謝謝爹爹！」小哥兒倆咧嘴笑開。
一家人到瓷器店門口，還沒進去就看到疑似掌櫃的中年男人走了出來。
「草民見過大人。」男人作揖道：「見過夫人。」
杜三妞眨眨眼。「我是不是在哪裡見過你？」
「夫人好記性。」男人道：「草民曾給夫人送過碟子。」
杜三妞恍然大悟。「原來是你啊！」見男人微微頷首。「你現在是這個店的掌櫃？那太好了！」
「夫人需要什麼？」男人問。
杜三妞說：「我想找一種能加在瓷器裡面的細砂石，掌櫃的方便幫我找一下嗎？」說話間走了進去。「團團、圓圓，挑花瓶吧！」
「我們？」剛剛跑進來的兩個小孩仰頭問，見杜三妞點頭。「謝謝娘！」往裡面一看，傻眼了。「好多，怎麼選啊？」

衛若懷道：「你倆商量，但是每人只准選一個。」

滿屋子大人緊接著就看到小哥兒倆看看這個、摸摸那個，偶爾交頭接耳嘀咕一會兒。

「爹，我們選好啦！」

衛若懷順著他倆的手指看去，心中訝異。

杜三妞不太明白。「怎麼了？」

「掌櫃的說說。」衛若懷沒有回答。

掌櫃笑道：「大少爺和二少爺好眼力。」

「敗家子。」杜三妞立刻明白，點點小哥兒倆的腦袋。「相公，付錢吧！」

衛若懷拿起腰間的荷包，把所有碎銀子倒給掌櫃還不夠，連杜三妞的荷包也去掉了一半。小哥兒倆看到掌櫃手裡一把碎銀子，一個往春燕懷裡鑽，一個伸出胳膊叫春蘭抱著他，也不管剛才選的花瓶了。

杜三妞哭笑不得。「掌櫃的，細砂石不著急，什麼時候有空再去窯廠幫我看一下。」

「草民知道了。夫人、大人慢走。」掌櫃一送杜三妞出去，回店就立刻吩咐夥計去窯廠。

瓷器店的夥計知道店裡賣得最好的碟子和碗最初的設計者是知府夫人，當年廣靈縣一間小小的瓷器店能開到建康府，也是託了杜三妞的福，自是不敢遲疑。

「娘子，妳找細砂石何用？」衛若懷問。

杜三妞說：「暫時還不知道，找到之後我試驗成了再告訴你。」

「那妳忙吧！」衛若懷聽她這樣講，立刻知道杜三妞心裡沒底，也沒有再追問下去，以免給她徒增壓力。

翌日下午，晾曬了大半個日頭的紅果表皮乾了，杜三妞就囑咐小趙子把紅果拉到店裡，又吩咐錢明和他媳婦買五斤甘蔗糖和兩口大鍋送到店裡去。

杜三妞看一眼兩個邊玩著遊戲、邊盯著她的兒子。「娘去店裡幹活，你倆去不去？」

「……去吧！」圓圓遲疑一下，團團跟著走過來。

「人小鬼大，又不叫你倆幹活，還猶豫起來了？」杜三妞揉揉兩個兒子的小腦袋，帶上春蘭、春燕和四個粗使婆子，留鄧乙家的和小梁子等人看家。

杜三妞到店裡時，錢明家的正在洗新鍋，等她收拾好，杜三妞就教她做山楂糕和炒山楂。

左右街坊以及來往的行人看到包著頭巾的年輕夫人把一大包糖分別倒入兩口鍋裡，不禁倒抽一口氣，心疼啊！

兩刻鐘後，裹著糖和馬鈴薯粉的炒山楂出鍋，杜三妞捏起一個嚐嚐。

「娘，我要吃。」沒等她送進嘴裡，團團就開口。

杜三妞一點也不意外。「太硬了，你倆吃鍋裡的紅果。」

「這個什麼時候才能吃啊？」圓圓仰頭問。

杜三妞道：「再過兩刻鐘。」山楂糕盛出來後，杜三妞讓春燕去買幾副碗筷，隨後盛了半碗山楂糕放到桌子上，又給兩個兒子兩支勺子。

「錢明家的，你們也盛一點嚐嚐。」杜三妞說。

錢明等人不敢盛太多，幾個人盛一碗，一人吃一勺，意料中的酸味還在，卻不像紅果那般酸得掉牙，酸中帶甜，很是開胃。

一向穩重的春蘭忍不住舔了舔嘴角，讚嘆道：「夫人，這個真好吃！」

「捏一個紅果嚐嚐。」杜三妞指著瓷盆裡的炒山楂。

「這個比那個好吃！」春燕手快，一下咬掉一半，連忙說：「夫人，剩下那些紅果全做成這樣的吧！」

「老太爺怎麼吃？」杜三妞問。

春燕嘿嘿笑道：「奴婢把老太爺忘了，那就三成做成糕，七成炒著吃？」

「吃吃吃，盡想著吃！夫人做這些是留著吃的嗎？」春蘭瞪她一眼。

聞到酸味，連連吞口水的圍觀百姓接道：「夫人，紅果和紅果糕怎麼賣？」

「剛才放進去多少糖，大夥兒也都看到了，大家覺得多少錢一斤合適？」錢明開口問：

「我們家夫人說，這個東西很開胃，食慾不好的人吃上幾口，吃什麼都香；夫人還說，紅果助消化，不過，不加糖的紅果，我想大家想吃也吃不下去。」

「十文？」

不知誰說了一聲，杜三妞循聲看過去，只見是一名穿著錦袍的中年男子。

中年人對上杜三妞的視線，一咬牙。「十五文？夫人，蔗糖也才這個價！」

杜三妞眉頭一挑，哪來的二傻子？十五文，真敢說！於是，杜三妞點了點頭，有錢不賺才真傻。

男子一喜。「給我秤三斤。」

「這位公子，我們總共也沒做多少。」錢明提醒。

男人道：「我都看見了，你們店裡還有紅果。」

「你剛才一直在這邊？」見男人點頭，杜三妞開口道：「既如此，想必你也知道紅果怎麼做好吃，向陽縣到處都是這東西，我們三文錢一斤買來的，你想吃大可派家人去買。」

「向陽縣那麼遠，買回來還得自己做，多麻煩啊！」男人道：「夫人，算草民求您，草民的婆娘懷著孩子，就喜歡吃酸的，可是這個時節，我到哪兒給她找酸的去？正打算去迎賓酒樓給她買幾盤糖醋排骨讓她當零嘴吃呢，您這東西可比迎賓酒樓的排骨便宜多了！」

「大多數懷有孩子的婦人並不能吃紅果，很容易造成出血。」杜三妞提醒道：「依我看，你還是買些別的吧！」

男人道：「那我就少買點，回到家提醒她不能多吃，一有不對就去找大夫；如果她不吃點酸的，胃口不好，什麼都吃不下去，對孩子也不好。」

「得了，錢明，去找一把秤，給他秤一斤。」杜三妞道：「剩下的炒紅果和紅果糕給老太爺送過去。教你娘怎麼做，他們想吃就去向陽縣買，反正離咱家也不遠。」

「小的知道。」錢明應下來。

杜三妞轉頭看兩個兒子。「這些送給曾祖父好不好？」

團團點了點頭。「娘，我送。」

「我也去，娘。」圓圓還沒忘記天天帶著他們滿村轉悠的衛老。

杜三妞蹲下去，看著兩個兒子。「你倆還小，娘不放心，過些天再做紅果，帶你們回去看望曾祖父。」

「我們聽娘的話！」團團和圓圓齊聲道。

杜三妞很是欣慰。一教會錢明家的，就帶兩個兒子拐去縣衙，叫衛若懷調幾個人幫她去向陽縣以每斤三文的價格再買兩百斤山楂。

衛若懷疑惑道：「妳之前買的呢？」

「賣完了。」

「……這麼快？」

「當然。」杜三妞道：「你娘子親自出面，街坊鄰居不喜歡也會給我面子買個幾斤。」

「團團，有人買紅果嗎？」衛若懷不信。

團團和圓圓一起點頭。「娘不賣，那個人偏要，我們便沒得吃了。」

衛若懷更加驚訝，不過也不覺得意外，畢竟這些年來讓他意外的事太多，早已成習慣。他伸出大拇指，恭維道：「不愧是我夫人！走吧，咱們回府。」

杜三妞攔住。「先派人下鄉收紅果，今天做紅果糕的時候很多人都看見了，過兩天降價、漲價無所謂，我怕買不到好的。」

「好吧！」衛若懷轉身安排，隨後問：「妳買的那些核桃怎麼吃？我昨兒捏碎一個，澀澀的，沒法入口。」

「那種核桃把表皮泡掉後，得煮幾遍才能吃。」杜三妞說。

第二天上午，一口鍋繼續炒紅果，另一口鍋煮核桃；不過，在炒紅果之前，錢明家的蒸了一鍋紅果，用竹籤串上，裹上糖蜜，插在稻草綁的棍子上，取名冰糖紅果，三文錢一串八個。精明的百姓看到這些，發現賺錢門路，得空就站在衛家鋪子門口盯著衛家人的動作。

第三天，繼續煮核桃，不過這次在鍋裡放了很多大料，沒有多久，便煮出香味。盯著衛家鋪子的百姓問錢明家的，鍋裡放了什麼？錢明家的隱瞞兩樣，其他的都告訴眾人。

第四天，建康府大街小巷隨處可見炒紅果和煮山核桃的大鍋。

午飯後，衛若懷走出家門就打了個噴嚏，聞到的全是大料的味道。衛若懷想也不想，轉身回家。「三妞，這麼多人做紅果、煮小核桃，蔗糖和大料價格一定上漲，炒紅果和小核桃的價格會跟著大跌，妳這樣做是擾亂市場。」

「建康府就這麼大一點市場，我隨便做點什麼都能擾亂。」杜三妞一點也不意外。「向陽縣山裡的貨物我幫你帶出來了，剩下就是你的事了，衛大人。團團、圓圓，過來，娘帶你們睡午覺。」

兩個小的發現他爹面色不豫，不敢說不睏、不想睡，一把抓住杜三妞的手。

團團催道：「娘，走快點！」

「我想念我的小床啦！」圓圓接道。

衛若懷咬咬牙，瞪娘仨一眼才出門安排……不對，是幫他夫人善後。

建康府的小核桃和紅果不是一般的多，衛若懷暫時也沒有什麼更好的辦法，只能像在廣靈縣那樣到處發小廣告。

官升幾級，府庫裡也有閒錢，終不須衛若懷和一班下屬挑燈夜戰小廣告。衛若懷和同僚商量好範本後，外包給街上專門給別人寫書信的先生。

杜三妞一覺醒來，看到衛若懷的長隨小許子坐在書房門口，拿著炭塊在白色木板上寫寫畫畫，十分認真的樣子。杜三妞躡手躡腳過去一瞧，居然在練字。

小許子看到腳邊突然多出的繡花鞋，一愣，抬頭忙行禮。「夫人找老爺？老爺在裡面。」說著話就要推門。

「等一下。」杜三妞拉住他。「紅果的事解決了？」

小許子眨了眨眼睛，見杜三妞目光灼灼地盯著他，十五、六歲的少年嘿嘿裝傻。「小的不清楚，您問大人吧！老爺，夫人找您！」

「好小子，當初來家裡的時候天天跟著我端茶倒水、跑前跑後，這才幾天工夫，你小子就倒戈了！」杜三妞點了點他的額頭。

小許子繼續傻笑。

呀的一聲，衛若懷打開門。「故意講給我聽呢？我聽到了。小許子，玩去吧，我今天不出去。」攬著杜三妞，往兩個兒子的房間走去。

小許子也不敢走遠，在廊簷下坐著，繼續塗塗改改、寫寫畫畫。

翌日，巳時左右，衛若懷正在處理公務，典吏抱著一疊紙進來。衛若懷聽到腳步聲，抬眼一看，十分意外。「這麼快？」

「惠民好事，咱們不說他們也不敢耽擱。」典吏說：「大人，發往哪裡？」

衛若懷當初在廣靈縣當縣令發小廣告的事，建康府大小官員都聽說過，既佩服他的機智，又佩服他堂堂一方父母官能拉得下臉皮。

從自家娘子處得知，小核桃是向陽縣特產，紅果卻不確定，衛若懷遂道：「方圓百里的縣城。碼頭上多發幾張，不過，短時間內不會有多大效果。先把府裡要給冰糖紅果、炒紅果和小核桃訂價格的風聲透露出去，就說價格比現在只低不高，如果商戶不再瘋狂購買紅果和小核桃，就不再管他們。」

「大人是怕大商戶乘機囤貨，導致向陽縣的百姓放棄耕種，去山上採摘核桃和紅果，或者出現在良田裡種紅果樹的情況？」

衛若懷點頭。「所以你們抓緊時間辦，這些廣而告之的宣傳單發出去，我也要聽到訂價的風聲。」

「是，大人。」典吏出去就找同僚商議。

原本心裡面不太服衛若懷的幾名官員，聽到衛若懷的擔憂，不禁感慨他深謀遠慮。

兩天後，駕著驢車前往向陽縣收紅果的車輛少了一半。向陽縣各地百姓天不亮就去撿掉落在地上的紅果和小核桃，早兩天大商戶過來收購時，甭管表皮不好看、有沒有爛掉，都給很高的價格，有多少買多少，然而今天卻挑挑揀揀，有的甚至連一半都沒賣出去。

杜三妞出門閒逛，被周圍五、六個婦人擋住路，不解地問：「有什麼事？」

「聽說大人要給紅果和山核桃訂價格，是不是真的？夫人。」其中一位四十多歲的婦女問。

杜三妞認識她，她家是開布店的。

杜三妞心中一凜。訂價？干預市場？繼而一想，鹽、鐵價格都是朝廷定的，衛若懷給糖葫蘆訂價好像也沒什麼不可能。

杜三妞便說：「大人從不在家說衙門裡的事，山核桃可以放很長時間，投機取巧之人大肆囤購，卻按照饑渴的方式每天賣一點點，抬高價格，對咱們來說都不是好事。大人為大家考慮，訂定價格也實屬正常，我能理解，妳們呢？」

前幾天被這兩樣東西迷花眼，如今杜三妞一點撥，幾人仔細一想，恍然大悟。「謝謝夫人解惑！」

「不用客氣。」杜三妞道：「這事我從未聽大人提過，不知道消息從哪兒傳出來的，大家不用慌，暫時還沒有，不過，我也不能保證明天會不會出公告。訂價一事也不是大人一人能決定的，他們討論妥當，隨時有可能發公告。」

「謝謝夫人，打擾夫人了。」五、六人從杜三妞這裡沒有得到實話，也知道衛若懷很有可能出面干涉，回到家中，不敢再叫親戚朋友囤紅果和小核桃。

杜三妞本打算出去買幾本話本，被她們一耽擱，乾脆回府教兩個兒子識字。

「夫人，大人真要給紅果訂價？」春蘭猶豫好一會兒，依然沒忍住問出口。

杜三妞搖頭。「市場上一天一個樣，這兩天大家都在做紅果，過幾天沒人做，大人還得派人到處宣傳呢！以後怎麼樣誰都說不準。對了，前幾天我讓你們收拾的紅果和小核桃收拾好了沒？」

「小核桃用大料煮好了，還沒晾乾，紅果也好了，表皮不好看、爛掉的全部挑出來，兩百斤只剩一百來斤。」鄧乙家的連忙回答。

杜三妞點頭。「山核桃曬乾和紅果一起送去京城，再加上五斤肉鬆、五罈香菇醬、五罈皮蛋，其他的比照去年。」

「年禮送得這麼早？」鄧乙家的很詫異。

杜三妞道：「必得這麼早，京城人吃到紅果和小核桃，向陽縣的小核桃和紅果才能賣出去，銷路打開，建康府那些大商戶才不會囤積。」

「皇上會不會讓咱們進貢？」鄧乙家的問。

杜三妞一愣。「不會，紅果和核桃北方也有，皇上不見得喜歡向陽縣的；即便他喜歡，向陽縣那麼大的山，皇宮那些大人物當飯吃也吃不完，何況還得留著肚子吃咱們的肉鬆、皮蛋。再說，這兩樣東西往車裡一扔，半個月後運到京城也不會壞掉，運輸成本低，皇上想吃，咱們供得起。」

「夫人說得在理。」小梁子點點頭。

杜三妞被他故作老成的樣子逗樂。「不好看的紅果，你們自己處理一下，叫廚房給你們蒸著吃，或者做紅果糕吃。」

「謝謝夫人。」幾個年齡不大的丫鬟、小子歡天喜地，行了禮就往廚房跑。

轉瞬間，杜三妞身邊只剩鄧乙家的。

鄧乙家的不禁嘆氣。「夫人，您太慣著他們了。」

「一點點山貨而已。」杜三妞搖頭。「等錢明家的做好，端回去給你們家幾個孩子嚐嚐，但是，可不能當飯吃，吃出好歹來，我可不幫妳付藥錢。」

「謝謝夫人。」鄧乙家的笑道：「向陽縣的山貨如此賣出來一些，鄉民今年冬天應該比往年好過一點了，以後也會越來越好的，其他的事想來大少爺會安排。少夫人，咱們什麼時候去香坊縣和南崗縣？再過些天就上凍了。」

「過一段時間再說吧！」杜三妞道：「別跟大人說。」

鄧乙家的詫異了。「為什麼？」

杜三妞道：「向陽縣窮也不是從今年開始的，以前那麼多任知府都沒想出怎麼解決，大人來了半年就想出一條路，得不得罪人？」頓了頓。「大人如今二十郎當就是一方知府，這一點本身也很惹眼。」

「夫人看得明白。」衛若懷不知何時進來了。

杜三妞回頭，只見他笑著走過來。

「妳若是男子，為夫這個知府就可以讓賢了。」

杜三妞搖頭。「徐徐圖之三年多，我是男子也不如你。」

衛若懷臉一紅，輕咳一聲。「妳怎麼還記著啊？」

「夫人講什麼？」鄧乙家的不懂。

「沒什麼，只是有幾件事只有我知道，你們家大少爺手腕高著呢！」杜三妞瞥他一眼，去看看自從天冷後，無論何時一躺在床上就不願意起來的兒子們。

炒紅果、紅果糕和小核桃一送到杜家村，衛老看到杜三妞的信中提醒不可多食，便拿出一部分賞給全府下人。鄧丙的媳婦得了一碗炒紅果，給幾個孩子分一點，把剩下的送去碼頭給她男人吃。

當時有一位客商正在買肉鬆，鄧丙便請他嚐嚐。

那位客商見碗裡只有十來個，不好意思多拿，捏一個笑著說：「我不愛吃甜食。」咬掉一半後，客商瞪大眼。「酸酸甜甜的，這是什麼？夫人研究出來的新品？」

「是也不是。」鄧丙道：「我們家老太爺胃口不好，少夫人就去山裡找些酸果子給他開胃，但這東西太酸，就放在糖水裡煮；二少爺喜歡脆脆的，少夫人就想出這個。」鄧丙也不知道具體什麼情況，但他開店做生意，最不能說的便是不知道。

「那你們賣這個不？」客商連忙問。

鄧丙搖頭。「我們家沒打算賣這個。」

「鄧管事，我後天去建康府買些東西，你明天去買，我在這裡住一晚。」客商道。

鄧丙再次搖頭。「您如果去建康府，就不用找我買了。」見客商臉色微變，鄧丙笑道：「我們家大少爺如今是建康府知府，夫人也在建康府，聽家裡人說，建康府也有一間店，做的紅果一部分留著自家吃，一部分往外賣。」

「大人高升啦？」隨後進來一位三十出頭的男人。「什麼時候的事？」

「前幾個月。」鄧丙笑道：「現在的知縣大人是林瀚林大人。」

「我們知道，以前經常和小衛大人一起來碼頭。」不知何時來了一位女客。

鄧丙看過去。「宋夫人，好久不見，這次來是歇腳還是有什麼要買？」

年近四十的宋夫人笑道：「歇歇腳，順便買些皮蛋、肉鬆、香菇醬、果子酒，明年初我大閨女成親，用這些招待客人。」

「那您得等一會兒了。」鄧丙道：「店裡東西不多。」

「沒關係，我們去對面吃點東西，明天再走也成。」宋夫人話音一落，身後的丫鬟就遞給鄧丙一張單子和一把金葉子。

鄧丙轉手遞給店裡的長工，也是村裡的人，同時交代道：「去看看家裡人還有沒有紅果，買一些送給宋夫人。」

「不用、不用，鄧管事太客氣了！」宋夫人連連擺手。

鄧丙道：「您買這麼多東西，應該的，什麼都不送，我們家少夫人如果知道，一定數落我小家子氣。各位如果能等到明天，我就叫家人多買點。」

「現在都過午了，晚上也不好趕路，就在這裡待一晚好了。」幾位客商紛紛說：「順便看看這邊有沒有什麼新吃食。」

「迎賓酒樓前幾天推出一道菜，叫雞蛋炒地木耳，那東西只有下雨的時候才出來，清洗也十分麻煩，不常有，你們感興趣可以過去看看。」鄧丙說。

「那我們看看去。」幾位客商吩咐家人把東西送到船上，就往段家酒樓走去。

杜三妞和衛若懷去建康府之前，曾交代家中僕人，有什麼問題就去找老太爺或者二少爺，賣炒紅果一事，鄧丙不敢自專，待客商走後，便親自回衛府一趟。

衛若愉打算出去活動活動筋骨，到門口碰到鄧丙，聽鄧丙那麼一說，沈吟了下。「咱們這邊沒有紅果，得去向陽縣買。」頓了頓，道：「嫂子說紅果不能久放，你如果想賣就派人去買一點，回頭賺的錢單列一個帳本，年底給大家發紅包。」

「謝謝二少爺。」鄧丙愣了愣，顯然沒想到還有這等好事。

衛若愉提醒。「不單單是發給店裡的人。」

「應該的、應該的。」鄧丙心想，鋪子裡都是大老爺們，家裡的老娘們不做，他們想賣也沒得賣啊！

衛若懷得知每天出去買紅果的驢車一天比一天少，又開始犯頭疼了，這些無利不起早的商戶也太沒膽量，府裡給紅果訂價的風聲才出去幾天啊！

杜三妞見他吃個飯唉聲嘆氣，便問：「想什麼呢？」

「紅果和小核桃。」衛若懷道：「妳去買紅果的時候已經錯過收穫季節，我派人去向陽縣察看，街上那些商戶買的，是當地百姓臨時去山上撿的，雖然很多都壞掉了，那一小部分全賣出去，也足夠貧苦人家過冬了，可是這些商戶又不去買了，妳說煩不煩啊？」

「莫愁、莫愁。」團團拍拍他爹的胳膊，小大人般說：「車到山前必有路。」

「柳暗花明又一村。」圓圓接道。

衛若懷好氣又好笑。「你倆跟誰學的啊？」

「娘啊！娘還說船到橋頭自然直呢！」團團道：「爹啊，有什麼我可以幫您的，您儘管講，雖然我還小，但我可以打醬油了。」

「你倆吃飯吧，哪來這麼多話。」衛若懷是真拿自家兩個活寶沒辦法。不過，他倆一插科打諢，衛若懷便決定好好吃飯，下午再去碼頭上看看，宣傳單發出去有三、四天了，遠地方的商戶也該過來了。

杜三妞把兩個兒子打發去午睡，和衛若懷一起出去。「向陽縣的事是當地縣令的責任，你別太愁，改天通知他過來，他比較瞭解當地情況。先商量出一個計劃，按照計劃一步一步來。拿出你當年拐我的耐心，我相信不出六年，建康府會發生翻天覆地的變化。」

「娘子，那事咱能翻篇嗎？」衛若懷臉色微紅。

杜三妞挽著他的胳膊。「這輩子都不會過去，你就別想了。」

「我當時就應該直接去提親！」衛若懷刮一下她的鼻梁，耳邊傳來低笑，衛若懷循聲看過去，就見幾個丫鬟、小子捂住嘴巴。

衛若懷面無表情地瞪他們一眼，幾人下意識低下頭。
「走啦！」杜三妞拽著他的胳膊。
衛若懷踉蹌了一下。隨她穿過熱鬧的大街，正準備坐上兩個轂轆的小馬車去碼頭時，遠遠駛來了幾輛車。
杜三妞拉住他。「我們跟上去看看，說不定就是來買紅果的。」
今天是雙日有大集會，街上人多，馬車不好行走。雖然已是下午，小趙子駕車出來依然是從僻靜處繞的。「夫人，小人是先回家，還是在這裡等您和大人？」
杜三妞道：「回去，小梁子和小許子跟著我們。對了，你下午沒活就去牙行看看。」
「有什麼要求嗎？夫人。」
杜三妞嘴角一彎。「年齡小的，不拘醜俊都行。你如果想討個媳婦，那就挑好看的，願意簽死契的。」
「噗！夫人，小趙子的媳婦不需要您操心。」春燕幾人今天留在家中，只有鄧乙家的隨杜三妞出來。「您別看我，您想知道什麼問小趙子。」
「趙平，她什麼意思？」杜三妞不解。「你給自己找個媳婦了？哪家閨女啊？」
小趙子滿臉通紅。
鄧乙家的笑道：「衛家的，而且夫人特別熟悉！」
「……不會是春燕那個嘴尖舌巧的丫頭吧？」衛若懷開口。

小趙子低下頭。

衛若懷和杜三妞相視一眼，都看出彼此眼中的詫異。「你可以啊，小趙子！平時見你們打打鬧鬧，還以為你們年齡小，喜歡玩鬧，合著是因為你倆偷偷好上才鬧在一起啊？」

「那也是大人教得好。」小趙子嘀咕一句。

衛若懷噎住。

杜三妞噗哧樂了，笑著說：「那大人就不說了，我來問你，春燕怎麼想的？」

「奴婢瞧著，春燕挺高興的。」鄧乙家的說：「不過，春燕是咱家人，左右還得夫人您作主。」

「我不同意。」小趙子猛地抬起頭，杜三妞繼續說：「你們才幾歲？改天我再買幾個人進府，萬一瞧上別人，不是單指你，別亂搖頭，等你們十八歲以後，若還想和對方一起，我給春燕一份嫁妝，雖不足以在這邊買一處小院，也足夠你們在村裡蓋幾間房。」

「謝謝夫人。」小趙子沒料到峰迴路轉，撲通跪在地上。

幾輛馬車從杜三妞一行身後過去。

杜三妞抬抬手。「起來吧！先回去，我和大人去街上。」

「是！」小趙子樂得嘴巴咧到耳根。

杜三妞看到也想笑。

從碼頭方向來的幾輛馬車走得快，但到城門口也不得不停下。他們找地方停車，杜三妞一行又走得稍稍快一點，等到街上找到他們，便看到七、八個男男女女還沒買東西，都圍在紅果攤旁邊。

杜三妞回頭，還沒來得及開口，鄧乙家的就說了。

「夫人，奴婢過去看看。」到前面一打聽，好傢伙，是從廣靈縣碼頭來的；再一打聽，原來是杜家雜貨鋪做的紅果不夠賣，他們來建康府買成衣，順便碰碰運氣。

知府夫婦聽完鄧乙家的話，傻眼了。

杜三妞問：「紅果明明是從這邊開始賣的，怎麼聽妳的意思，那邊銷量比這邊還好？」

「因為這邊已經賣不出去了，那邊才剛剛開始。」衛若懷道：「妳是不知道前幾天，下午一車一車往裡運，上午一車一車往外拉。我只是沒想到鄧丙這麼有生意頭腦，看來我不用擔心向陽縣餘下的紅果了。」

向陽縣和廣靈縣差不多大，礙於向陽縣山多地少，導致總人口只有廣靈縣一半。今年是縣令在向陽縣的第七個年頭，看著隔壁廣靈縣被一個二十歲小兒帶起來，部分離碼頭近的向陽縣百姓也跟著受惠，縣令別提多羨慕嫉妒了。

杜家村方圓三十里的百姓都知道，碼頭能拐著彎修到離杜家村最近的地方，得益於杜家村是廣靈縣最有錢的村子，而杜家村因什麼而富裕起來？因為吃的東西。

縣令想著過兩年往上升一升，可升職的根本是政績。有杜家村在前，從衛若懷連跳幾級到建康府赴任後，向陽縣令得空就到處轉悠，也希望能發現什麼美食，富裕一村，惠及整個向陽縣。

美食沒發現到，這幾天卻經常能看到馬車、驢車，拉著一車一車東西不是往廣靈縣去就是往建康府去。縣令找人打聽，才知道廣靈縣碼頭有賣紅果，建康府也有。

縣令覺得他的機會來了，衛若懷放下心的第二天，向陽縣令便不請自來。

杜三妞用石頭砸開一個核桃，發現裡面全乾了，便吩咐鄧乙。「送去驛站吧！等等，錢明，我叫你做的那種像剪刀的東西做好沒？」

錢明就在不遠處，跑過來說：「小的去看看。」不一會兒，錢明拿著四把夾子回來。

「夫人，其他的還沒好，您急著用，小的去催一下？」

「不急，別為難人家。」杜三妞叫精力旺盛的小趙子去說一聲，然後就教一眾家人用核桃夾子。

穩重出名的春蘭見狀也不禁瞪大眼。「夫人，您、您怎麼想得出來的啊？有了這個夾子，以後想什麼時候吃核桃就什麼時候吃，想去哪兒吃就去哪兒吃，奴婢現在都想試試了。」

「給你們。」杜三妞道：「夾一碗核桃仁出來，晚上做給團團和圓圓吃。」

「是，夫人。」

全府上下都知道核桃得送去京城，夾核桃的時候也不敢偷吃，等夾出一碗核桃仁，就把所有核桃裝車，和紅果放在一塊兒。

「夫人，四個夾子放在哪兒？」鄧乙家的問。

杜三妞道：「放在核桃裡面。」貨物上寫有衛炳文的名字，驛站裡的差役不敢拆開檢查，杜三妞也就不怕他們把夾子當成凶器收起來。

傍晚，杜三妞給兩個兒子做琥珀核桃的時候，衛若懷剛送走向陽縣令。晚上休息時，衛若懷沒有提起，杜三妞見他心情很好，也就沒問向陽縣令來幹麼。

前世忙個不停，只有後來工作了，年假的時候才敢暫時停下來歇歇腳。如今有衛家這麼一座大山，杜三妞不需要像以前那麼累，也不用再做女強人，樂得慢慢學會當米蟲，實在無聊就研究些吃食、逗逗她男人和她兒子。

豈料，計劃趕不上變化。

第二天，香坊縣令和南崗縣令連袂而來，當時衛若懷正在和同知、典吏等人討論向陽縣的事情。兩人隨衙役進來後，撲通一下，雙膝跪地，把衛若懷給嚇得，晚上吃飯的時候還忍不住念叨兩人太誇張。

杜三妞不聽他說也知道兩位縣令來幹麼，不是請她就是請衛若懷去兩地走一趟，聽到衛若懷問她年前能不能去兩地一趟，杜三妞十分乾脆地說：「不去。」

「娘子，妳想看到和團團、圓圓這麼大的孩子衣不蔽體嗎？」衛若懷和她成親多年，早就瞭解自家媳婦吃軟不吃硬的性子。

杜三妞瞥他一眼。「別以為我不知道，府裔早些天就開始置辦過冬物資了，有你們填補，他們能撐過今年冬天。」

「……妳知道得還真多。」衛若懷被她堵得無話可說。「夫人，妳先去看看，也不一定就能想出解決辦法。」

「你說得對。」見衛若懷一喜，杜三妞笑道：「先吃飯，吃過飯再說。」

飯後，杜三妞把兩個孩子哄睡著，回到臥室看到衛若懷正在看書，洗漱好之後揮退所有僕人，坐到衛若懷身邊。「你就從沒懷疑過，我一個鄉野農女怎麼知道那麼多東西嗎？」

衛若懷身體僵住，杜三妞察覺到也沒吭聲，靜靜地等他開口。

「懷疑過。」衛若懷放下書，抓住她的手。「我說了，娘子別生氣。」

杜三妞搖了搖頭。

衛若懷嘆氣道：「有時候我在想，妳是不是仙女，可團團、圓圓都這麼大了，也沒見王母娘娘派人來抓妳，我便確定妳不是。」

「正經點！」杜三妞朝他腿上掐一下。

衛若懷倒抽一口氣。「鬆手、鬆手，我說！你們家離山那麼近，我有懷疑過妳是精怪；

但是自從我認識妳後，我們全家人都胖了一圈，祖父的身體也好多了，我也沒像話本裡說的那樣被妳吸走陽氣，所以，我確定妳不是。三妞，今天打算告訴我了？」

杜三妞點點頭。

衛若懷一僵，想一下，問：「我要不要派人先把大夫請來？」

「衛若懷！」杜三妞瞪眼。「我又不會變身，嚇不死你。」

「好，妳說。」衛若懷懸著的心放下來，不是精怪就好，不是精怪就好。

杜三妞從未想過說她前世的事，太嚇人是其一，怕衛若懷過不了心裡那道坎是其二。如今的日子和她夢想中的一模一樣，丈夫有擔當，公婆不為難她，沒有太過極品的親戚，兒子活潑可愛，所以，杜三妞說：「你知道張子房嗎？」

衛若懷必須知道。「和他有關？」

「沒有，張良和黃石公的故事和我的奇遇差不多。」杜三妞道：「你知道的，我以前為了做飯差點把自己燒死，兩年後我一個人去山邊撿蘑菇的時候遇到的；不過，那時我年齡小，看到那位老人給我的書，只記住一部分。」

「那本書呢？」衛若懷忙問。

杜三妞愣了愣神。「你相信我？」

「為什麼不信？」衛若懷道：「祖父說太祖能在那麼短時間內統一華夏，就是因為有一位隱世奇人教他兵法、策略，這事妳不知道？」

杜三妞老老實實搖頭。「關於太祖的事，除了村學裡的夫子，沒人跟我說，也沒人清楚。但是我一個姑娘，夫子平時也不跟我講太多別的事。我遇到的那位老人更像墨家人，因為書上除了記錄他日常吃什麼，就是一些小玩意兒，比如核桃夾。後來我和我娘去縣裡，也沒在市面上看到過書上的東西，就一直以為自己作了一場夢，現在回想起來還覺得不真實。」

「娘子，別怕，那些都是真的。」衛若懷說：「妳是不是一直想不通，那個老人都記在書上了，為什麼不告訴其他人？」

杜三妞點頭，心想：我確實沒辦法圓謊！一點都不說，這麼大漏洞憋在心裡又實在難受，很怕半夜作夢說出不該說的，所以乾脆坦白一點，把問題丟給你！

「我以前也很不能理解春秋時期的人，一言不合說拿刀自盡就自盡，說跳河投江就投江，現在懂得多了，雖然還不能理解，但也知道那是士的精神。以前那種人多，現在少，但也存在。在我們看來，他們性格乖張，在他們看來卻只是堅持自己認為應該堅持的而已。比如挑選輔佐人，就算天下大亂，生靈塗炭，天下蒼生等著他們出來拯救，沒碰到合心意的人，他們就會繼續隱居山野，任由外面戰火紛飛。如果我沒猜錯，妳就是那位老人選的傳承人。」

「是這樣？」杜三妞心想：你可真厲害，我琢磨二十年都沒琢磨出來的理由，被你一個「士」給解決了！

衛若懷點頭。「肯定的。再說了，妳也沒讓他失望。這幾年杜家村全村都跟著妳脫貧，還把我們全家養得白白胖胖的，間接幫助安親王和當今聖上。這說明了，他的等待沒有錯。」

杜三妞仔細一想。「你說得好像也有點道理。」

「是非常有道理。」衛若懷乍一聽杜三妞要向他坦白，嘴上雖插科打諢，心裡卻緊張得要死。再一聽到只是奇遇，衛若懷便徹底放鬆了。他還以為會涉及到妖魔鬼怪呢！「所以妳看，什麼時候去香坊和南崗？」

杜三妞僵住。

衛若懷感受到，心底暗笑，果然，緊接著就聽到——

「我就不應該向你坦白！」起身就走。

「娘子，好娘子！」衛若懷早有防備，抬手把人拉到懷裡。「為夫陪妳一起去。」

「不去。」杜三妞的態度十分強硬。「我這人平時很大方，但其實我很自私。告訴四喜怎麼做滷肉，告訴街坊怎麼做炒紅果，那都是因為這些法子是跟別人學的。但是你，衛若懷，你是我兒子的爹，我現在幫助香坊和南崗縣的百姓會造成你以後仕途艱難，所以我不會幫助他們的。還有，要去你去，別想我和你一起去。」

十一月二十，衛若懷到衙門裡。

同知見到衛若懷就問：「夫人怎麼說？」

「夫人早些天為了向陽縣的事有些精力不濟，大夫說不能太過操勞。」衛若懷不好說實話。「你覺得咱們在碼頭邊的空地上辦個建康府特產展示怎麼樣？」

「怎麼個展示法？」同知不懂。

衛若懷道：「這些天我自己研究過，單單廣靈縣那邊的特產就有不下十五種，皮蛋、香菇醬、肉鬆、魚丸、豬肉脯、牛肉乾等等，其他七個縣每個縣提供七、八樣東西，擺五、六十個攤位，發宣傳單告訴商戶，咱們建康有這麼多東西，以後需要哪些直接來咱們建康府買，不需要去別的地方，你覺得可行嗎？」

同知愣住。「大人，這是你自己想的？」說出來又搖頭。「肯定是你想的，如果是別人，我多少應該聽說過一些。大人有計劃？」

「沒有。」衛若懷搖頭。「我在廣靈縣當縣令，和林大人一起寫宣傳單的時候把廣靈縣的特產寫到宣傳單裡，碼頭上很快就來一批客人。可是建康府特產太多，寫單子上一般人也沒心情看。如果咱們集中起來辦個展示，實物效果應該會比宣傳單更好。」

「大人的辦法很好，但有一點，五、六十種東西可能是保守估計，萬一有個七、八十種，府衙沒這麼多人出去擺攤，只能另外請人。請人的錢和買那些東西的錢，這可不是一筆小開支。」典吏提醒。

衛若懷微微一笑。「誰說我們出面了？我們只提供場地和維護現場秩序，想參加展示的商戶必須交一筆錢給府衙，咱們再同意他們參加。這樣一來，不僅不會貼錢，還有可能賺一筆，同時一次性把建康府所有特產推廣出去。」

眾人一愣，反應過來後難以置信。「大人的辦法好！」

「所以別再盯著香坊和南崗兩個縣了，從明天起，派人去下面統計建康府的特產，有一樣算一樣，必須寫得清清楚楚的。」衛若懷道：「這也是個大工程，慢慢來。辦得好，朝廷少不了獎勵。」

從縣令直接升到知府，衛若懷應該是近百年來唯一一個連跳這麼多級的官員。然而能連升這麼多，卻只有一個原因——政績。如今再一聽這麼個人提到朝廷嘉獎，同知等人想不心動都難。

選擇仕途這條路，有的人是為了權，有的人是為了財，有的人是為了流芳百世。無論哪幾樣，都必須要往上升。新帝英明，朝廷大員也不敢糊弄他，地方官吏只能憑政績引起皇帝注意。

衛若懷的辦法出來後，同知等人當天下午就拉著衛若懷開始討論商品展示的可行性。

晚上衛若懷回到家，滿面紅光，杜三妞看到很好奇，又怕三句話沒說完，他拿香坊和南崗兩縣的事堵自己，便權當沒看見。

沒過幾日，杜三妞收到京城送來的年禮。同來的信中，大夫人很高興，話裡話外誇杜三妞這個兒媳婦棒棒的。杜三妞瞭解她婆婆，紅果和小核桃到京城後肯定沒少顯擺。不過，杜三妞裝作不知，還假模假樣去一封信，反覆強調她再發現什麼好吃的就立刻送去京城。

春節這其間，衛家大夫人走親串友，逢人就說他們家若懷媳婦怎麼樣怎麼樣，別提把京城一圈貴婦給羨慕成什麼樣了。

話說回來，杜三妞年前說香坊和南崗的事緩一緩，緩到年後，沒有理由拖下去，就帶著兩個兒子去「春遊」。

向衛若懷「坦白」後，杜三妞也就不再藏著掖著，看到香坊縣蘆葦和慈菇到處可見，回來就告訴衛若懷慈菇可以吃，蘆葦可以造紙。但造紙技術她不懂，左右和竹子差不多。

到達南崗縣，南崗縣確實如衛若懷所說，大部分地區不適合種糧食。但一些樹木長得好，居然還有沙棗和枸杞這兩樣東西。

杜三妞不會種地，確定南崗縣是鹽鹼地，香坊縣是沼澤地，可她確實不知道怎麼改善兩地土質，就告訴衛若懷兩地可以吃、可以批量生產加工的東西有哪些。

衛若懷堂堂一個知府，從小精明到大，骨子裡也很是大男人，自然不會事事指望妻子。而杜三妞說蘆葦可以造紙，單單這一點對衛若懷來說就夠了。

造紙技術很保密，但不包括對皇上。衛炳文單獨面見皇帝時，詢問起造紙技術。新皇很瞭解衛炳文，他最大的愛好就是吃吃吃，不用想也知道他是幫別人問的，而這個別人肯定只有他大兒子。沒過多久，造紙工藝就傳到建康府。

五月分，香坊縣人開始試著造紙時，府衙在建康府碼頭邊劃出一塊地，建臨時的展示中心。六月分，建好之後，府裡往建康府各地發小廣告，開始招商。

這種事情衛若懷幹過一次，那時候雖然是建商鋪，但大同小異，如今做起來駕輕就熟。

杜三妞從小趙子口中聽說展示會時，已是七月底。那時候天氣太熱，杜三妞即便想去看看，但因為天氣原因，也懶得出城。

展示會始於八月二十號，杜三妞的生日。杜三妞乍一聽到這個日期，就知道是衛若懷的主意。晚上衛若懷回到家，杜三妞問起他是不是故意的，把開展第一天定在她的生日？衛若懷沒有承認，而是說那時正值秋闈，建康府的學子過來這邊參加考試，透過他們把展示中心的事傳播出去，以後建康府的展示中心會展出全國各地特產。

杜三妞聽到這些，整個人懵了，到底誰是穿越的？難怪她要去南崗縣，衛若懷一個勁兒地說不著急，合著有這麼大一件事等著他安排呢！

八月二十號當天，杜三妞早早起來，打算帶兩個兒子過去。天氣也沒早些時候熱，杜三妞不怕兩個孩子中暑。然而還沒有出發，村裡便來人稟報，老太爺中暑了。

衛若愉早已回京城備考，衛若懷走不開，杜三妞只能帶著兩個孩子過去。等她回來，為期三天的展示會已結束。雖然沒有過去，回到建康府看到街上多出幾家店鋪，杜三妞也知道展示會很成功。

建康府展示會兩年一次，然而第二年，全國各地就陸續出來很多展示中心，但除了在京城辦的展示會，其他地區皆不如建康府受歡迎。

杜三妞起初不知為什麼，後來問小許子才知道，別人辦展示會的時候，衛若懷那個大腹黑也沒消停，再次派人下去發小廣告。言明明年展示會，不拘哪裡的客商，只要交給建康府一部分攤位費，皆可來這邊參展。

消息一出，停靠在建康府和廣靈縣碼頭上的客商特別激動，經過這些客商口口相傳，饒是衛若懷有心理準備，也被來年報名參展人數嚇一跳。同時收上來的參展費也把建康府大大小小官吏嚇得不輕，快抵上一個縣的糧食稅收了！

當年的八月二十號，杜三妞告訴自己，必須早點出發。然而八月十八，又被村裡人喊回去，她娘生病了。

杜三妞一邊嘆氣，一邊去杜家村。

衛若懷連任的第二年，這一年衛若懷二十七歲，杜三妞二十六歲。衛若愉也有二十一歲，高中探花後，沒有像衛若懷一樣選擇外放，畢竟有他珠玉在前，光芒太盛，衛若愉很聰明地選擇進翰林院，不跟長兄這個妖孽一較高低。

八月十七號，學乖的杜三妞早早把家裡人接到建康府。然而八月二十早上，第三次商品展還沒開始，杜三妞還沒起床，她爹娘和衛老就去碼頭等著了。

杜三妞為他們的積極性嘆氣，也不禁懷疑前兩次身體不舒服的人是自己。

早飯後，杜三妞把兩個兒子送到書院裡，到城門外和衛若懷匯合。離建康府碼頭三里地時，衛若懷扶著杜三妞下車。

杜三妞第一次來為期三天的商品展，還沒到跟前就看到人頭攢動，各色商品琳琅滿目。如果不是清楚地知道衛若懷認識她之前連紅燒肉都沒吃過，她真的會忍不住再次懷疑穿越的那位是衛若懷。

想當年她只是說出「廣告」兩字，衛若懷先搞出圖文並茂的宣傳單，後搞出商品展覽館。同時也忍不住慶幸，她從未小瞧過古代人，否則她真有可能被當成異類燒死。

小趙子付給守門的差役入場費，每人一個銅板。衛若懷就指著各種顏色的紙，說：「那就是蘆葦造出來的紙，那邊是南崗縣的木雕，還有那邊……娘子，妳想買什麼，這些商戶會按照成本價賣給妳。」

「我什麼都不想買，就想和你好好逛逛。」杜三妞清楚地認識到衛若懷的才能，莫名覺得惶恐，她何德何能，得衛若懷用盡心機拐到手？「以後你調到別處，我就在家照顧孩子，哪裡都不去了，好不好？」

衛若懷想都沒想就說：「妳想做什麼就做什麼。就算再去貧困地區，大不了慢一點，我總能找到解決問題的辦法。」

聽起來很是自負，但這個展示會告訴杜三妞，衛若懷真有這個本事。「謝謝你，若懷。」

衛若懷攬著她的腰。「走路看著點，人多別碰到妳。妳我夫妻，何須言謝？如果要謝，也是我謝謝妳。沒有妳，我可能得再熬十年。沒有妳，也不會有鬼精鬼精的團團和圓圓。」

「夫人，有人找您！他說他從嶺南來，帶來一些東西請您過去看看！」鄧乙家的急慌慌地跑過來，跑得太快，還差點撞到人。

杜三妞僵住。「相公……」

衛若懷想笑。「妳想過去看看嗎？」

剛剛說不管事，現在就被打臉，杜三妞好想捂臉。「我想去看看，說不定又是好吃的。」

衛若懷心想：妳除了吃，不能想點別的嗎？見她不好意思，安慰道：「三妞，妳記住，無論妳想做什麼，我都會一如既往地支援妳。妳不想做，我也不會勉強妳。去吧，我在這裡等妳。」

「謝謝相公！」謝謝你對我的包容，謝謝你對我的信任。

衛若懷笑道：「盯著我做什麼？快去吧！妳是我的妻子，我以後不想再聽到謝謝。團團和圓圓早上還問晌午吃什麼，我說今天妳親自下廚，快去快回，看看是不是真有什麼好吃的。」

「好！」杜三妞想到兩個兒子，不禁覺得自己杞人憂天了。

以後衛若懷官至丞相又如何？他和兩個兒子，都已經離不開自己了……

——全書完

2018年4月出版

千金好酷

文創風 623～624

想把她當成飛黃騰達的墊腳石？門都沒有！
原以為繼母夠沒心沒肺的了，想不到她親爹更喪盡天良……
也罷，就讓他們瞧瞧重活一世的人能有多強悍！

別具創意布局高手／蕭未然

對陸煙然來說，明明是親生的卻被當外人是有那麼一點點失落，
不過她出身高貴，只要乖巧聽話就一定能嫁個好對象，
比上輩子當個無法決定自己未來的花魁要好多了，理應知足。
只不過，這「逍遙自在過一生」的夢想很快就破滅了，
因為老天爺安排她重生，背後竟有著超乎想像的意義……
在她終於解開圍繞在身上的重重謎團，
逃過繼母的殘害，遠走他鄉又回到都城之後，
那個充滿野心的爹重出江湖，引發了一場新的風暴……
當陸煙然明白走入她心中的男人與她前世的遭遇間接相關，
而他們很可能無法廝守終生時，她是否該選擇放手呢？

為流浪貓狗加油 和貓寶貝 狗寶貝 廝守終生(一定要終生喔！)的幸福機會

對人來說，貓寶貝狗寶貝只是生活的一部分，但妳(你)對牠們來說，卻是生活的全部，領養前請一定要考慮清楚——

▲ 擁有多樣面貌的小少女 尤咕

性　別：女生
品　種：米克斯
年　紀：2歲
個　性：愛撒嬌，可又愛耍高冷；超愛玩耍，很愛演
特　徵：粉紅小鼻子、可愛的白色眉毛
健康狀況：1. 已打過預防針。
2. 一隻眼睛曾受過傷，已痊癒，但有留傷疤。
目前住所：高雄市

『ㄤ咕』的故事：

在一個下大雨的夜裡，中途的朋友聽見了狗叫聲與幼貓細微的哭聲，於是上前察看，就見全身濕漉漉的ㄤ咕縮在小縫隙裡，還被幾隻狗包圍，且畏怯地發抖著。後來，中途和朋友把牠給救出，並送到中途家裡照料。

本來中途以為，ㄤ咕應該會害怕而不敢從紙箱出來，殊不知才進家門十幾分鐘後，ㄤ咕竟然就大剌剌在家中探險了！之後，中途在和ㄤ咕相處時也發現，ㄤ咕只要碰到水和狗，就會變得很緊張，中途想，可能是因為牠之前有過不愉快的回憶。

ㄤ咕是隻非常乖巧的小貓咪，有時喜歡賣賣萌，有時喜歡耍耍白目，但牠最喜歡做的事就是——在大人講話時喵喵叫！就像是牠也有不少「個貓」意見要表達，忍不住想插嘴一樣。

中途表示，ㄤ咕對陌生人會有戒心，因此需要慢慢與牠培養感情，可是只要肯花時間陪牠玩耍、摸摸牠，讓牠熟悉了以後，就會無時無刻黏在你左右喔！如果您正在尋找乖巧又有趣的貓貓陪伴，歡迎來信ppac5427@gmail.com，或致電0953-688-950（陳小姐）。

認養資格：

1. 認養者須年滿20歲，有穩定經濟能力。
2. 須同意簽認養寵物切結書，並對貓有一定了解。
3. 會對待ㄤ咕不離不棄。

來信請說明：

a. 個人基本資料：姓名、性別、年齡、家庭狀況、職業與經濟來源等。
b. 想認養ㄤ咕的理由。
c. 過去養寵物的經驗，及簡介一下您的飼養環境。
d. 若未來有結婚、懷孕、出國或搬家等計劃，將如何安置ㄤ咕？

627

妞啊，給我飯 3 完

國家圖書館出版品預行編目資料

妞啊，給我飯 / 負笈及學著. --
初版. -- 臺北市 : 狗屋, 2018.04
冊 ; 公分. --（文創風）
ISBN 978-986-328-852-7（第3冊：平裝）. --

857.7　　　　107002735

著作者　負笈及學
編輯　黃淑珍
校對　沈毓萍　蔡佾岑
發行所　狗屋出版社有限公司
地址　台北市104中山區龍江路71巷15號1樓
電話　02-2776-5889～0
發行字號　局版台業字845號
法律顧問　蕭雄淋律師
總經銷　知遠文化事業有限公司
電話　02-2664-8800
初版　2018年4月
國際書碼　ISBN-13　978-986-328-852-7

本著作物由北京晉江原創網絡科技有限公司授權出版

定價250元
狗屋劃撥帳號：19001626
網址：love.doghouse.com.tw　E-mail：love@doghouse.com.tw